AF534792

Mit ihrer Familie lebt **Gerlinde Friewald** im Süden Wiens in Österreich, genau zwischen „dem Land“ und „der Stadt“. Sie ist in verschiedenen Genres der Unterhaltungsliteratur beheimatet. Besonders wichtig sind für sie – ob Thriller oder Liebesroman – die Spannung und das Gefühl für die Menschen in der Geschichte.

BLUT STEIN

NICK STEIN ERMITTELT

GERLINDE
FRIEWALD

Überarbeitete Neuausgabe Juli 2024

Blutstein

ISBN: 978-3-98998-155-3
E-Book-ISBN: 978-3-98998-145-4
Hörbuch-ISBN: 978-3-98998-153-9

Dies ist eine überarbeitete Neuausgabe des bereits 2021 bei dp Verlag, ein Imprint der dp DIGITAL PUBLISHERS GmbH erschienenen Titels Totenstein (ISBN: 978-3-96817-220-0).

Covergestaltung: Buchgewand
Umschlaggestaltung: ARTC.ore Design
Unter Verwendung von Abbildungen von
shutterstock.com: © Wilqkuku, © Savvapanf Photo, © Seamm,
© nomadFra, © New Africa
Lektorat: Katrin Gönnewig

Satz: dp DIGITAL PUBLISHERS GmbH
Druck und Bindung: Books on Demand GmbH, Norderstedt

Vorwort

Liebe Leserinnen und Leser,

haben Sie *Seelennarben* gelesen? Dort schreibe ich im Vorwort darüber, dass ich nicht sicher bin, ob der Weg, den ich Nick gehen ließ, der richtige war. Tauche ich jetzt in seinen dritten Fall – *Blutstein* – ein, weiß ich, dass ihm die Wandlung rein menschlich doch sehr gut getan hat.
Ja, Nick und Luisa sind wieder ein Paar, und diesmal will er es wirklich besser machen. Ob er trotzdem in eine heikle Situation gerät? Natürlich.
Blutstein wartet aber nicht nur mit einer Wende in Nicks Privatleben auf, sondern auch mit einer beruflichen. Es ist kein großes Geheimnis, dass sich Nick vom Polizeidienst auf unbestimmte Zeit verabschiedet hat. Untätig ist er deshalb nicht. Sachbuchautor, Dozent, gefragter Berater. Doch reicht ihm das? Und warum hat er diesen Schritt getan?
Nun, in *Seelennarben* wäre er fast zu Tode gefoltert worden, und der Fall in *Schmerzensstille* lässt sich nicht einfach mit einem Fingerschnippen vergessen. Das hinterlässt Spuren.
Außerdem war ich der Meinung, dass Nick seinen Radius ausdehnen sollte. Warum? Weil er als Sonderermittler und Profiler auf Morde und besondere Taten

spezialisiert ist – und seine Heimatstadt, Mödling, ist nicht Rio.
Ich bin gespannt, wie Ihnen Nick im neuen Versace-Anzug gefällt.

Viele Vergnügen beim Lesen.
Gerlinde Friewald

Kapitel 1

Obwohl sich der Kerzenleuchter mit rasender Geschwindigkeit auf seinen Kopf zubewegte, nahm Tom die Bewegung wie im Zeitlupentempo wahr. Deutlich spürte er, wie das Metall seine Schläfe traf und die Haut an dieser Stelle aufplatzte. Das Blut, das sofort zu fließen begann, kitzelte ihn. Dabei wartete er auf ganz andere Empfindungen: Schmerz und Angst, doch keine der beiden stellte sich ein. Zumindest fühlte er blankes Erstaunen.

Ein leichter Schwindel erfasste Tom und er erwog, sich an der Kommode festzuhalten, auf der der Kerzenleuchter gestanden hatte. Sie befand sich nur zwei Meter von ihm entfernt. Als er allerdings einen Schritt machen und die Hand ausstrecken wollte, gehorchten ihm weder Arme noch Beine. Er war wie gelähmt.

Wie war es nur dazu gekommen? Er versuchte, sich zu erinnern, aber alles, was vor dem Schlag stattgefunden hatte, lag wie hinter einer undurchdringlichen Mauer verborgen.

Der Boden wankt. Stehe ich auf einem Schiff? Tom senkte den Blick. *Tatsächlich!* Die Fliesen bewegten sich wellenförmig, jedoch vermochte er nicht, die Begriffe *Fliesen* und *Schiff* in Einklang zu bringen. Er dachte nicht länger darüber nach. Sein oberstes Ziel war, endlich irgendwo Halt zu finden.

Der zweite Schlag traf ihn unvermittelt. Er öffnete den Mund, um etwas zu sagen, brachte aber kein Wort hervor. Zeitgleich wich jegliche Spannung aus seinem Körper und er verlor das Gleichgewicht.

Wie aus weiter Ferne hörte Tom einen ohrenbetäubenden Laut, etwas explodierte in seinem Inneren und eine Information drang in sein Bewusstsein vor: *Ich bin hingefallen.* Für einen Moment empfand er Erleichterung, weil er nun nicht mehr stehen musste, dann aber schien sich ein zentnerschwerer Stein auf seine Brust zu legen. Er konnte kaum noch atmen.

Jemand zog an seinem Bein. Intuitiv wollte er sich wegdrehen, doch seine Muskeln reagierten nicht auf den Befehl. Als die Person kurz darauf nach seinem Arm griff, ließ er es geschehen. Er erzitterte und jäh nahm ihn eine fremdartige Panik vollends ein – jetzt war die Angst da. Verzweifelt versuchte er, Luft durch seinen Mund einzusaugen, allerdings blockierte etwas seine Kehle. *Schlucke,* schrie es in ihm auf, aber er konnte sich nicht erinnern, wie das funktionierte.

Ein Schleier schob sich vor seine Sinne und langsam wurde es dunkel um ihn herum. Selbst die lodernde Furcht löste sich auf. Alles rückte von ihm fort, bis er schließlich nichts mehr wahrnahm.

Kapitel 2

Nick legte das Handy zur Seite, lehnte sich in dem Stuhl zurück und blickte aus dem Fenster.

»War das Samantha?«, fragte Luisa. Sie ging zu ihm und legte ihre Hand auf seine Schulter.

Er nickte bloß.

»Lass mich raten: Sie kann morgen nicht mit dir nach München fahren?«

»Exakt. Es ist bereits das dritte Mal, dass Robert eine Überraschung für sie aus dem Hut zaubert, wenn sie mich zu einem Vortrag begleiten will. Offensichtlich reicht es ihm nicht aus, dass sie zeitgleich mit mir das Bundeskriminalamt verlassen hat und ohnehin nur noch phasenweise für mich arbeitet.« Im Grunde wollte Nick das Thema nicht schon wieder erörtern. Seit vielen Jahren verband ihn eine Hassliebe mit Robert Hofer. Er schätzte den Mann als Rechtsmediziner über alle Maßen, doch auf der zwischenmenschlichen Ebene fanden sie nicht zueinander. Dass seine ehemalige Assistentin Samantha Smith sich ausgerechnet in ihn verliebt hatte, würde er nie verstehen.

»Was hat Robert denn vor mit Sam?«, erkundigte sich Luisa.

»Drei Tage Urlaub in irgendeinem Wellness- und Golfressort.«

Luisa umrundete Nicks Stuhl und setzte sich rittlings auf den Schreibtisch. »Fehlt sie dir?«

»Sam?«

»Aber nein, ihr seht euch oft genug. Die Arbeit bei der Kriminalpolizei meine ich natürlich.«

Nick beugte sich vor und ergriff ihre Hände. »Ich höre diese Frage zu oft von dir. Warum glaubst du mir nicht, dass ich mich wohlfühle?«

»Du bist vielleicht Kriminalpsychologe und durchwühlst die Gehirne der Bösen, aber ich besitze eine herausragende Menschenkenntnis. Und diese sagt mir, dass dich weder das Buch noch deine Vorträge ausfüllen. Dir fehlen die realen Fälle. Samantha und Peter ergeht es genauso. Ich sehe doch das Blitzen in euren Augen, wenn ihr zusammensitzt und über *die guten alten Zeiten* redet.«

Nick antwortete nicht sofort. Luisa hatte bis zu einem gewissen Grad recht, aber seine Entscheidung, sich auf unbestimmte Zeit beurlauben zu lassen, war aus keinem spontanen Impuls heraus geschehen. Er hatte sich auch nicht gänzlich von seinem Beruf abgewandt, sondern schlicht Alternativen geschaffen. Die Vorträge ermöglichten es ihm, sein Wissen weiterhin – auf andere Art – einzusetzen, und das Schreiben seines Sachbuches *Stille Schuld* stand ohnedies auf einem eigenen Blatt Papier. Auf diese Weise hatte er verschiedene Ereignisse weitgehend verarbeiten können, die er im Zuge seiner Ermittlungen bisher erlebt hatte – allem voran die seiner beiden letzten großen Fälle. Der Erfolg des Werks war dabei nur die Cocktailkirsche auf dem Sahnehäubchen. »Ich bereue es wirklich nicht. Sam, Peter und ich waren ein tolles Team, darüber hinaus sind wir Freunde und deshalb sehen wir uns nach wie vor regelmäßig. Für jeden von uns war es auf seine Art von Vorteil, sich anderweitig zu orientieren. Peter hat den Abstand dringend gebraucht und seine Ausbildung als Privatdetektiv trägt Früchte. Und Samanthas Intention ist so eng mit meiner verknüpft, dass es ihr egal ist, ob sie für mich Mordfallrecherchen betreibt oder meine Termine koordiniert und die Vorträge plant.«

Luisa bedachte ihn mit einem offenkundig zweifelnden Blick. »Warum fragst du nicht Peter, ob er morgen Zeit hat?«

Nick wiegte den Kopf. »Das ist gar keine schlechte Idee.«

Sie rutschte von der Tischkante und küsste ihn. »Ich muss mich fertig machen. Mein Nachtdienst beginnt in einer Stunde.«

Nick hielt sie fest und flüsterte ihr zu: »Du bist das Beste, das ich mir aus meiner Polizeiarbeit herausgeholt habe.«

Ein sanfter Ausdruck erschien auf Luisas Gesicht. »Ich weiß es noch wie heute, als du im Krankenhaus aufgetaucht bist und mich über Anästhesien ausgefragt hast.« Sie befreite sich aus seiner Umarmung. »Ich muss echt los. Auch Sonntagnacht wollen Notfallpatienten nicht ohne Narkose operiert werden. Und ärgere dich nicht über Robert.«

Nick sah ihr mit einem versonnenen Lächeln nach, wie sie aus dem Zimmer eilte. Was er eben gesagt hatte, meinte er rundum ehrlich. Ihre Beziehung war nicht die einfachste und sie hatten seinetwegen einige Tiefen durchleben müssen. Erst war es sein ungezügeltes Leben gewesen, bald darauf seine persönliche Beteiligung an einem Fall, die sogar zur Trennung geführt hatte, und schließlich sein beruflicher Wandel. Dieser allerdings hatte die Beziehung vorangebracht. Obwohl Luisa ihn nicht zu der Entscheidung gedrängt hatte, war sie glücklich darüber und das wiederum bestärkte ihn.

Dabei war es ihm nicht leichtgefallen, sich ganz auf ein Leben mit ihr einzulassen. Der Schritt, seine Wohnung aufzugeben und gemeinsam mit Luisa ein neues Heim zu beziehen, war immens gewesen.

Nick riss sich aus seinen Gedanken los, griff nach dem Handy und tippte in der Anrufliste auf Peter Westernschmidts Namen.

Kapitel 3

Nick wartete, bis das Klopfen der Fingerknöchel auf den Tischen verebbte. »Wenn es keine weiteren Fragen gibt, möchte ich mich an dieser Stelle herzlich für Ihre Aufmerksamkeit bedanken.« Er machte eine kurze Pause. »Ich weiß, dass so mancher Geistesblitz erst im Nachhinein kommt. Sollte das der Fall sein, schreiben Sie mir eine E-Mail.« Er verstaute den Laptop und die Unterlagen in seiner Tasche, verließ das Podium und ging zu Peter, der in der letzten Reihe des Hörsaals Platz genommen hatte.

Peter stand sofort auf. »Du bist der geborene Professor. Ich habe die jungen Leute beobachtet, sie haben an deinen Lippen gehangen.«

»Ich spreche gern vor Psychologiestudenten. Ihre Überlegungen und die gedanklichen Herangehensweisen sind anders als bei Polizeifachkräften, weil die Gewichtung –« Nick brach mitten im Satz ab, als ein Mann – er war ihm bereits während des Vortrags aufgefallen – direkt auf ihn und Peter zusteuerte. Sowohl vom Alter, Nick schätzte ihn auf knapp vierzig Jahre, als auch von seiner kräftigen Statur und Größe hatte er herausgestochen.

»Herr Doktor Stein?«

»Ja. Was kann ich für Sie tun?«

»Mein Name ist Axel Mayr. Ich bin von der Kriminalpolizei München.« Er reichte erst Nick und dann Peter die Hand.

Nick übernahm die Vorstellung. »Das ist mein ehemaliger Kollege beim BKA, Peter Westernschmidt.«

»Es freut mich, Herr Westernschmidt.« Axel Mayr lächelte, anschließend galt seine Aufmerksamkeit wieder Nick. »Als ich gehört habe, dass Sie in München einen Vortrag halten, wollte ich unbedingt …« Er räusperte sich. »Herr Doktor Stein, ich habe einen heiklen Fall und möchte Sie diesbezüglich um ein Gespräch bitten. Informell, wenn Sie wissen, was ich meine.«

Nick sah auf seine Armbanduhr. »Wir fahren heute zurück nach Wien, wenn Sie allerdings jetzt Zeit haben, können wir uns gern unterhalten. Was meinst du dazu, Peter?«

»Natürlich, ja! Unbedingt. Ich bin zu allen Schandtaten bereit.«

»Hervorragend. Unweit der LMU gibt es einen Biergarten. Er ist nur wenige Minuten entfernt. Ich lade Sie ein«, entgegnete Axel Mayr.

»Offen gestanden hätte ich nichts gegen einen Kaffee«, antwortete Nick und zuckte entschuldigend mit den Schultern.

»Da treffen Sie bei mir voll ins Schwarze, aber ich dachte, wenn Sie in München sind, ziehen Sie ein typisches Lokal vor. Das Café ist sogar noch näher. Ich kenne eine Abkürzung.« Axel Mayr wandte sich zum Gehen.

Nick und Peter folgten ihm durch das Gebäude zu einem Nebenausgang und überquerten die Straße.

Wie Axel Mayr gesagt hatte, befand sich das Café tatsächlich direkt bei der Universität. Sie wählten im Garten einen etwas abseits gelegenen Tisch und teilten der wartenden Kellnerin noch im Stehen ihre Bestellung mit: Nick und Axel Espresso, Peter Café Latte.

»Ich habe es nicht so mit starken Getränken, egal ob Alkohol oder Kaffee«, erklärte Peter, sobald sie Platz genommen hatten. »In meiner Jugend musste ich deshalb einige Scherze über mich ergehen lassen. Um diesen zu entgehen, habe ich so getan, als würden mir Wodka und Gin schmecken. Es war eine grauenhafte Zeit.«

Axel Mayr nickte. »Das verstehe ich. Ich zum Beispiel kann Bier nicht ausstehen, ein schauderhaftes Getränk, finde ich. Um nicht aufzufallen, habe ich es literweise getrunken, eine Mass nach der anderen.«

Während Peter sich mit Axel Mayr ungezwungen unterhielt, hatte Nick genügend Zeit, den Münchner Ermittler unauffällig zu beobachten. Vom Erscheinungsbild – Axel Mayr war wahrhaft ein Hüne – schien sein Naturell deutlich zu differieren. Er wirkte formgewandt und war überaus höflich. Seine Sprache wies nur eine dezente dialektische Färbung auf und er drückte sich in einem legeren Rahmen gewählt aus. Auch sein Bewegungsablauf bekräftigte die ruhige, gemäßigte Art.

Als die Kellnerin ihre Bestellung auf dem Tisch abstellte, hatte Nick seine Einschätzung weitgehend abgeschlossen: Vor ihm saß ein angenehmer, für sein Umfeld durchaus anregender Mensch. Er wartete, bis sich die Frau einige Meter entfernt hatte, und sagte: »Erzählen Sie uns von Ihrem Fall. Und beginnen Sie bitte ganz von vorn.«

Axel Mayr stützte die Ellbogen auf dem Tisch ab und faltete die Hände. »Am dritten April erhielten wir knapp nach elf Uhr vormittags einen Notruf. Wir sind zur angegebenen Adresse gefahren und haben den Architekten Tom Lockwood erschlagen aufgefunden. Die Tatwaffe war ein metallener Kerzenleuchter. Seine Freundin, die uns angerufen hatte, lag mehr oder weniger ohnmächtig im Vorzimmer der Wohnung. Ich habe mich um sie gekümmert. Letztendlich war sie ansprechbar und konnte mir sogar einiges berichten, aber wir haben trotzdem den Notarzt gerufen. Ihr psychischer Zustand war kritisch. Sie hat sich in einer Art Schockzustand befunden.«

»Zählt sie zu den Verdächtigen?«, fragte Nick. Ihm war aufgefallen, dass Axel Mayrs Stimme bei der Erwähnung der Frau sanfter und etwas leiser geworden war.

»Sie hat ihn bloß gefunden«, antwortete Axel Mayr hastig, dann schien er sich zu besinnen. Kurz presste er die Lippen aufeinander und fügte hinzu: »Ich muss sie zu den Verdächtigen zählen, weil sie zur Tatzeit allein bei sich zu Hause gewesen ist. Außerdem hatten sie und Tom Lockwood am Vorabend eine Auseinandersetzung.«

Nick hob die Hand. »Moment, bitte. Es gab einen Streit, sie ist gegangen, am nächsten Tag zurückgekehrt und hat ihren Partner ermordet vorgefunden?«

»Ganz genau. Nach ihren Angaben hat sie Tom Lockwoods Wohnung etwa eine Stunde vor Mitternacht verlassen und ist am nächsten Tag um Punkt elf Uhr vormittags wiedergekommen. Es hat sich dabei um eine Art Ritual zwischen den beiden gehandelt. Offenbar haben sie sich das erste Mal um diese Uhrzeit geküsst. Gab es einen Krach, trafen sie sich am Tag darauf um elf Uhr zur Versöhnung.«

Auf der Stelle lagen Nick einige Fragen auf der Zunge. Er beschränkte sich auf jene, die ihm im Augenblick am wichtigsten erschien. »Sie persönlich schließen sie als Täterin komplett aus?«

Axel Mayr seufzte. »Mehr oder weniger, ja. Würden Sie Sylvia Schreiber kennen, wüssten Sie, warum. Außerdem habe ich ganz andere Kaliber von Verdächtigen an der Angel.«

»Und zwar?« *Jetzt wird es interessant,* dachte Nick.

»An dieser Stelle beginnt der Fall kompliziert und äußerst diffizil zu werden. Nummer eins ist der Exmann von Sylvia Schreiber, Mark Schreiber. Und Nummer zwei ein hiesiger Unterweltboss namens Juri Sanger.«

Peters Kopf ruckte hoch. »Mark Schreiber, der Name ist mir geläufig.«

»Ihm gehören die Schreiber Hotels. In Österreich habt ihr auch einige stehen. Zudem hat er bereits öfter Schlagzeilen wegen Steuerhinterziehung, Beamtenbestechung und so weiter gemacht.«

Nick zog die Brauen hoch. »Warum zählt er zu den Hauptverdächtigen?«

»Sylvia Schreiber und das Opfer haben sich noch während der Ehe kennengelernt. Mark Schreiber hatte Tom Lockwood für Umbauarbeiten an seinem Privathaus engagiert, und da hat das Schicksal seinen Lauf genommen. Ich habe mit Mark Schreiber gesprochen – ein beinharter Mann, kann ich nur sagen.«

»Wegen der Affäre ist er auf Tom Lockwood nicht gut zu sprechen gewesen, nehme ich an«, mutmaßte Nick.

»*Nicht gut zu sprechen* ist ein Hilfsausdruck. Er hat mir klipp und klar zu verstehen gegeben, dass er Lockwood gehasst hat und sein Tod kein Verlust für die Menschheit sei.« Axel Mayr verzog den Mund. »Mark Schreiber dürfte damals rasch bemerkt haben, dass es zwischen Sylvia und Lockwood knisterte. Also hat er kurzerhand ein Detektivbüro auf die beiden angesetzt, das sowieso permanent für ihn arbeitet.«

»So einen Kunden bräuchte ich ebenfalls«, murmelte Peter. »Entschuldigung, das gehört nicht hierher. Ich habe laut gedacht. Konnten Sie Einsicht in das Beschattungsmaterial nehmen?«

»Mark Schreiber hat es freiwillig herausgegeben. Auf diese Weise sind wir auch auf Juri Sanger, eigentlich auf Tassilo Welk, Juris rechte Hand, gekommen. Aber ich eile voraus.«

Nick winkte ab. »Das ist in Ordnung. Es geht jetzt ohnehin nur um einen groben Überblick. Zu Juri Sanger beziehungsweise diesen Tassilo Welk ...«

»Auf den ersten Blick hatte das Opfer eine blütenweiße Weste. Er war gebürtiger Engländer, lebte jedoch seit vielen Jahren in München. Angesehener Architekt, untadelige Vergangenheit, seriös, bis auf seinen Ausrutscher mit Sylvia Schreiber, aber das fällt in eine andere Kategorie. Erst als wir auf einem Beschattungsvideo ein Telefonat mit eben diesem Tassilo Welk mitverfolgt haben, sind wir hellhörig geworden. Seine Konten haben uns dann die Wahrheit offenbart. Jahrelang hat Lockwood unter dem Radar für jemanden – ohne Zweifel Juri Sanger – Geld gewaschen.«

»Haben Sie Juri Sanger verhört?«, fragte Nick. Mit jedem Detail, das Axel Mayr darlegte, fand er den Fall spannender.

»An Sanger kommt man ohne wirklich guten Grund nicht heran, aber Tassilo Welk haben wir uns geholt. Wie Sie sich allerdings vorstellen können, ist dabei nichts herausgekommen. Als Krimineller erster Güte verhält er sich der Polizei gegenüber wie ein Eisblock.«

»Zumindest musste er doch den Anruf erklären«, bemerkte Peter.

»Das war ein simples Unterfangen für ihn. Lockwood hat in seiner Funktion als Architekt immer wieder für Sanger gearbeitet. Und da auf dem Video nichts Verfängliches besprochen wurde, hat er uns mit dieser offiziellen Begründung im wahrsten Sinn des Wortes abgespeist.«

Nick musterte Axel Mayr. »Das klingt tatsächlich nach einer schwierigen Aufgabe, aber da ist etwas, das sie ganz speziell macht, nicht wahr?« Mit seiner Frage schoss er nicht einfach ins Blaue. Sein Gefühl sagte ihm, dass Axel Mayr eine relevante Information noch nicht genannt hatte. Definitiv handelte es sich um einen vielschichtigen Fall mit berühmten Beteiligten, doch die bisher bekannten Fakten brachten einen erfahrenen Ermittler nicht aus der Ruhe. Es gab einen toten Architekten, der sich als Geldwäscher entpuppt hatte, die entsprechende Verbindung zur Unterwelt und einen hasserfüllten Hotelmagnaten – das war es.

Offensichtlich erstaunt zog Axel Mayr die Braunen hoch. »Sie haben recht, Herr Doktor Stein. Neben dem Kopf der Leiche haben wir einen Aquamarin gefunden. Mutmaßlich ist er dort mit Absicht platziert worden.«

»Einen Aquamarin?«, erkundigte sich Nick. Er wusste nicht, was der Ermittler meinte.

Peter beugte sich vor. »Wenn Sie von dem Edelstein reden, weiß ich Bescheid.« Er wartete Axel Mayrs Nicken ab und wandte sich Nick zu. »Das ist ein blauer bis blaugrüner Schmuckstein. Sein Name ist vom lateinischen aqua marina hergeleitet. In spirituellen Kreisen werden ihm alle möglichen Eigenschaften zugeschrieben.«

»Ach, der Edelstein! Ja, Aquamarin sagt mir etwas, aber warum kennst du dich so hervorragend aus?«, fragte Nick überrascht. Er hatte keine Ahnung von Peters Hobby gehabt. Egal, wie gut man einen Menschen kannte, es blieb doch immer etwas im Verborgenen.

»Als Junge habe ich Edelsteine gesammelt und auch heute noch widme ich mich gern dem Thema, wenn ich Zeit finde. Ich weiß viel mehr über den Aquamarin und andere Steine.«

Axel Mayr nickte. »Was Sie erzählt haben, Herr Westernschmidt, stimmt. In den vergangenen Wochen habe ich mich eingehend mit diesem Edelstein beschäftigt. Er steht für Glück, Reinheit und Liebe, ebenso für Heiterkeit, Freude, darüber hinaus steigert er unser Empfinden für Harmonie. Früher war er zudem Symbol für Unschuld und Keuschheit. Er kann unsere Gedächtnisleistung erhöhen und für Klarheit sorgen. Angeblich hilft er bei Depressionen und Atemwegserkrankungen, für die Augen ist er ebenfalls besonders gut. Habe ich etwas vergessen?«

Peter hob den Zeigefinger. »Sie haben die Eigenschaften ausführlich beschrieben. Einer Legende nach soll er Menschen dabei helfen, zwischen wahr und falsch zu unterscheiden. Der Aquamarin zeigt dir, wer Freund oder Feind ist.«

»Richtig! Darüber habe ich auch gelesen.«

Nicks Blick schwenkte zwischen Axel Mayr und Peter hin und her. Seine Gedanken gingen längst einen Schritt weiter. »Einen solchen Stein zu platzieren, passt weder zu dem gehörnten Ehemann noch zu einem von ihm bezahlten Mörder und schon gar nicht zu einem Unterweltmord. Auch der Kerzenleuchter als Waffe kommt mir seltsam vor. Er deutet auf eine Affekthandlung hin. Aber das ist nur mein erster Eindruck auf Basis Ihrer Beschreibung. Genauso gut kann alles geplant vonstattengegangen sein und es handelt sich um gezielte Ablenkungsmanöver.« Nick strich sich über das Kinn. »Ich müsste mir die kompletten Unterlagen ansehen, um einen besseren Eindruck zu erhalten.«

Axel Mayr klatschte in die Hände. »Ich hatte gehofft, dass Sie das sagen. Wir treten nämlich auf der Stelle und ich habe einige wichtige Personen im Nacken sitzen, die den Fall rasch gelöst haben wollen.«

»Nennen Sie mich doch bitte Nick. Und ja, ich sehe mir die Akten gern an.«

»Freut mich, ich bin Axel. Dann hole ich mir unverzüglich die notwendige Genehmigung und schicke dir alles zu. Ist das in Ordnung?«

Nick zog eine Visitenkarte aus seiner Sakkotasche und legte sie vor Axel auf den Tisch. »Bitte an die untere der beiden Mailadressen, die obere ist für Privates.« Er wandte sich an Peter. »Willst du mich dabei nicht unterstützen?«

»Natürlich. Das lasse ich mir nicht entgehen. Sam wird auch jubilieren.« Es war für Peter selbstverständlich, dass Samantha ebenfalls dabei sein würde.

»Sam?«, fragte Axel.

»Samantha Smith, meine ehemalige Assistentin beim BKA. Sie ist ein Recherchegenie, außerdem entgeht ihr nichts.«

Peter lächelte und fügte hinzu: »Ein Herz aus Gold und eine spitze Zunge aus Stahl. Sie stammt aus England, was ihrer bisweilen deftigen Ausdrucksweise einen besonderen Charme verleiht.«

Nick lehnte sich zurück. Deutlich spürte er das altbekannte Kribbeln in der Magengegend und unweigerlich musste er an Luisas Worte denken. *Sie hat recht, ich vermisse die Arbeit.*

Kapitel 4

Nick beobachtete Samantha und Peter, die beide an dem eigens bereitgestellten Tisch saßen und völlig vertieft in ihre Lektüre waren. Sein Blick schwenkte zu der Pinnwand und dem großen Schreibboard. Er hatte die Utensilien gleich nach dem Einzug in das Haus gekauft, jedoch noch nie umfassend benutzt. Nun würden die beiden Hilfsmittel endlich richtig zum Einsatz kommen.

Als Luisa das Haus am Eichkogel in Mödling – seine Heimatstadt – bei einem Makler entdeckt hatte, war er erst skeptisch gewesen. Wozu brauchten zwei Personen ein solch großes Haus? Mittlerweile konnte er es sich nicht mehr anders vorstellen. Allein die Aussicht von seiner Terrasse über Wien war unbezahlbar.

Axel Mayr hatte mit den Unterlagen des Falls Lockwood nicht lange auf sich warten lassen. Bereits am übernächsten Tag war eine Reihe von Mails eingelangt. Nick hatte einen ganzen Vormittag damit zugebracht, um alles auszudrucken und zu sortieren. Auf dem Zusatztisch sowie seinem eigenen Schreibtisch lagen überall Papierstapel und Fotos, manches hatte er in Flügelmappen und Ordnern abgeheftet. Zum ersten Mal sah sein Büro wie ein echter Arbeitsplatz aus.

Während Peter die Geldwäsche, den Obduktionsbericht und alles zur Leiche selbst unter die Lupe nahm, kümmerte sich Samantha um Sylvia Schreiber. Nick wusste, dass sie ein feines Gespür für zwischenmenschliche Schwingungen hatte und selbst bei Protokollen zwischen den Zeilen lesen konnte. Er wollte herausfinden, wie sie Sylvia Schreiber einschätzte. Eindeutig verband Axel Mayr etwas mit dieser Frau und es war wichtig zu verstehen, was diese Verknüpfung zu bedeuten hatte.

Er selbst bearbeitete die Hauptverdächtigen: Mark Schreiber und Juri Sanger beziehungsweise Tassilo Welk. Obwohl sie einen gewaltigen Brocken ausmachten, war Nick längst fertig. Er hatte nicht anders gekonnt, als sich einen Großteil der Papiere sofort anzusehen, nachdem sie eingegangen waren.

Peter meldete sich zuerst. »Ich bin so weit.«

»One Moment, please ...« Samantha blätterte in einem Ordner zurück, machte sich eine kurze Notiz und nickte. »Me too. Und du, Nick?«

»Ich habe vorgearbeitet, von mir aus kann es losgehen. Wer beginnt? Peter, du vielleicht, dann Sam und ich zum Schluss. Bei den Rahmendaten halten wir uns knapp, dafür stellen wir gegebenenfalls gleich erste Überlegungen an, okay?«

Peter stand auf. »Das Obduktionsergebnis des Opfers ist eindeutig. Tom Lockwood wurde zweimal mit einem metallenen Kerzenleuchter auf den Kopf getroffen. Schädel-Hirn-Trauma, Gehirnblutung, Exitus. Als Todeszeitpunkt wird dreiundzwanzig Uhr bis ein Uhr nachts angegeben. Die recht exakte Eingrenzung basiert auf der Tatsache, dass Lockwood rasch aufgefunden wurde und sämtliche Bedingungen rundum bekannt waren.«

»Sylvia Schreiber hat Lockwoods Wohnung nach einem Streit mit ihm gegen dreiundzwanzig Uhr verlassen. Der Mörder und sie müssen sich die Klinke in die Hand gegeben haben – oder auch nicht«, warf Samantha mit einem bedeutungsvollen Blick ein.

»Wenn wir Axel glauben dürfen, dass Sylvia Schreiber unschuldig ist, scheint es so, als hätte der Täter gewartet, bis sie die Wohnung verlassen hat. Woher hätte er aber wissen sollen, dass Lockwood alleine sein wird? Ihr Abgang war nicht geplant, er resultierte aus dem Streit«, sinnierte Peter.

Nick zuckte mit den Schultern. »Eine von vielen relevanten Fragen, die wir jetzt nicht klären können. Womöglich war es dem Mörder egal, ob er eine oder zwei Personen tötet. Dann hatte Sylvia Schreiber einfach nur Glück.« Er wandte sich an Samantha. »Sam, denkst du, Robert würde sich den Obduktionsbericht ansehen? Eventuell fällt ihm noch etwas auf.«

Sie zog die Brauen hoch. »Du hältst Robert für ein Asshole und willst ihn in unsere Angelegenheit einbinden?« Es war nicht herauszuhören, ob Samantha es wörtlich meinte oder selbst nicht wollte, dass Robert mitwirkte.

»Er ist der beste Rechtsmediziner, den ich kenne, und dank dir gehört er quasi zur Familie. Irgendwann werde ich mich an ihn und seine aufgeblasene Art gewöhnen, und du auch«, fügte Nick mit einem Augenzwinkern hinzu.

Samantha schickte ihm eine Kusshand. »Er wird die Ergebnisse der Untersuchung lesen, dafür sorge ich.« Sie grinste. »I'm kidding myself. In Wahrheit werde ich keine Überzeugungsarbeit leisten müssen. Robert stürzt sich auf jeden Fall mit Freude darauf. Die Arbeit mit dir fehlt ihm, weißt du, Nick.«

»Irgendwie vermisse ich Robert ebenfalls, allerdings auf äußerst verdrehte Art. Nun gut, weiter.«

Peter nickte. »Der Promillewert in Lockwoods Blut war nur gering erhöht, kein Hinweis auf illegale Substanzen. Grundsätzlich war er kerngesund. Die vorhandenen Zusatzverletzungen stammen ausschließlich vom Sturz. Nach dem zweiten Schlag muss er ungebremst zu Boden gegangen sein. Ein Kampf hat definitiv nicht stattgefunden.« Peter trank einen Schluck Wasser, bevor er seinen Bericht wieder aufnahm. »Zum Tod von Lockwood selbst gibt es nichts Weiteres zu sagen, dafür zu seinen Konten. Er hatte drei: ein privates, ein zusätzliches, das auf den ersten Blick unnötig erscheint, und eines für die Arbeit. Mindestens zweimal pro Monat, meistens deutlich häufiger, wurden auf das private Konto Bareinlagen getätigt. Diese Einzahlungen haben vor über vier Jahren begonnen. Es gibt keinen festen Rhythmus. Die Beträge lagen immer zwischen viertausendfünfhundert und viertausendneunhundert Euro. Lockwood hat das Geld dann abzüglich seines Anteils auf dem Zwischenkonto geparkt und davon zeitverzögert Baumaterialien, teure Einrichtungsgegenstände und Ähnliches gekauft. Hinterher wurden die Güter offiziell an verschiedene Scheinfirmen weiterverrechnet und auf sein Firmenkonto transferiert. Haltet euch fest, die Bruttoeinnahmen belaufen sich auf über eineinhalb Millionen Euro. Ja, auch Kleinvieh macht Mist.«

Nick neigte den Kopf zur Seite. »Ein Klassiker. Das Ganze basiert auf einem einfachen Prinzip: Die Auftraggeber suchen sich bereitwillige Personen aus einem traditionellen Umfeld. Sie müssen unbescholten sein und über bestimmte Möglichkeiten verfügen. Ein Architekt kann alles rund um *Bauen und Wohnen* kaufen, ohne dass eine einzige Alarmglocke läutet.«

»Und die Beträge selbst fliegen unter dem Geldwäscheradar«, schloss Peter.

»Ganz genau. Die Drahtzieher haben unzählige solcher Handlanger. Für den Einzelnen ist es ein hübscher Zusatzverdienst und die Großen säubern damit Millionen.« Samantha räusperte sich. »Das ist der perfekte Übergang zu Sylvia Schreiber. Sie hat nämlich von den Geschäften ihres Freundes gewusst. Aber ich beginne am Anfang: Als Axel Mayr und seine beiden Kollegen ...«, kurz betrachtete Samantha ihre Aufzeichnungen, »Yvonne Engel und Benjamin Forster am Tatort eingetroffen sind, hat Sylvia Schreiber am Boden in der Diele gelegen und war nicht ansprechbar. Axel Mayr hat sie versorgt und schließlich eine erste Befragung durchgeführt.«

»Moment!« Nick hob die Hand. »Hast du gerade gesagt, dass sie von der Geldwäsche wusste?«

»Ich habe maybe etwas übertrieben und verfasse es neu: Sie ahnte ohne Zweifel, dass etwas nicht stimmte. Meine Erkenntnis stammt übrigens aus einem Gespräch zwischen Lockwood und Schreiber direkt nach dem Anruf von Tassilo Welk.« Samantha ließ ihren Blick über die Reihe von Ordnern, die auf dem Tisch standen, gleiten und griff nach dem mit der Aufschrift *Dialoge L/S Det.-Mitschnitte.* Nachdem sie die richtige

Stelle gefunden hatte, nickte sie. »Well. Lockwood beendet das Telefonat mit Welk und Sylvia Schreiber fragt: War das dieser Mann, Tassilo Welk oder Wölk? Lockwood darauf: Mach dir keine Gedanken darüber, Honey. Vergiss den Namen. Er ist nur ein Klient. Schreiber: Da steckt doch etwas dahinter. Dein Gesicht verändert sich, wenn du mit ihm sprichst. Du bist sofort angespannt. Lockwood leicht ungehalten: Wenn ich sage, da ist nichts, dann muss das genügen. Schreiber: Ich bin nicht dumm, Tom. Bitte rede nicht so mit mir, das erinnert mich an Mark. Du verletzt mich. Lockwood wieder ruhig: Alles ist bestens. Vergiss es, Baby, bitte.«

»Auf mich wirkt es wie instinktives Misstrauen, eine Mitwisserschaft höre ich nicht heraus. Was allerdings deutlich hervortritt, ist Lockwoods Dominanz. Gerade dass er sie nicht anweist, gefälligst den Mund zu halten«, kommentierte Nick den Dialog.

»Sylvia Schreiber hat bei Axel Mayr einige Andeutungen in diese Richtung gemacht. Weder ihr Exmann noch Tom Lockwood dürften hingebungsvolle Partner gewesen sein – beides Machtmenschen, die ihre Überlegenheit ausgespielt haben und die Frau kontrollieren wollten«, bestätigte Samantha.

»Was gibt es über Mark Schreiber zu sagen, Nick?«, fragte Peter.

»Unbestritten ist er ein harter Geschäftsmann und obendrein ein Mensch, der direkt ausformuliert, was er denkt. Seinen Hass auf Tom Lockwood und seine Exfrau hat er klar dokumentiert. Nach dem, was er auf den Beschattungsvideos und Fotos gesehen und gehört hat, kann man ihm das nicht verübeln.« Einen Augenblick pausierte Nick. »Abgesehen davon, dass Mark Schreiber seine Ex und Lockwood beim Sex in seinem eigenen Haus beobachten musste, hat Sylvia Schreiber Lockwood ihr Herz ohne Rückhalt ausgeschüttet. Gutes hat sie nicht über ihren Mann erzählt.«

Peter zeigte eine verständnislose Miene. »Mal abgesehen von der Moral, warum waren Sylvia Schreiber und Lockwood so dämlich, vor laufender Kamera Sex zu haben? Wollten sie erwischt werden?«

»Laut Mark Schreibers Aussage hat sie es nicht gewusst. Das Haus verfügt über eine ausgeklügelte Alarmanlage. Als Schreiber Zweifel bekam – Tom Lockwood war verdächtig oft auf der Baustelle gewesen –, hat er heimlich ein Kamerasystem anschließen lassen. Darüber hinaus wurde Sylvia Schreiber rund um die Uhr von Detektiven verfolgt, da ergibt sich naturgemäß auch einiges«, erklärte Nick.

»Ein glücklicher Umstand, sonst wären die Münchner Kollegen nicht auf diesen Juri Sanger gekommen. Was ist mit ihm?«, fragte Peter weiter.

Nick strich sich über das Kinn. »Vor allem von der Abteilung für organisierte Kriminalität gibt es unzählige Informationen, jedoch nichts Stichhaltiges. Sitte, Drogenfahndung und andere sind seit Jahren hinter ihm her, ohne Erfolg. Die Ursprünge seines Imperiums – wenn man es so nennen will – liegen eine Generation zurück. Juris Vater war die rechte Hand eines Münchner Zuhälters, der enge Verbindungen in die Ukraine pflegte. Juris Mutter, Helena, ist damals von dort als eine Art Pfand oder Kurier für ein Geschäft nach

Deutschland gekommen. Sie und Juris Vater haben geheiratet und die Verbindung zur Ukraine hat bis heute Bestand. Es handelt sich um ein Länder übergreifendes Netzwerk, wobei jeder für sich arbeitet, aber ein reger Austausch stattfindet.«

»Und Tassilo Welk?«

»Vergleichst du es mit einem Unternehmen, sitzt Tassilo Welk im oberen Management als Leiter des Controllings. Juri Sanger setzt im Übrigen die Tradition fort. Er hat eine Tochter, ihr Name ist übrigens ebenfalls Helena. Sie ist mit Tassilo verlobt.«

»Familienbande als Sicherheit. Wie alt ist Juri Sanger?«, erkundigte sich Peter.

»Fünfundvierzig, seine Tochter ist einundzwanzig, und Tassilo Welk dreißig.«

»Und Mayr konnte Sanger wirklich nicht zu einem Verhör holen?«, wollte Samantha wissen.

»Es gab keinen guten Grund. Tom Lockwood hat vor einigen Jahren Sangers neues Haus geplant und Tassilo Welk berief sich auf einen nun geplanten Zubau. Mehr noch, mit dieser Erklärung rechtfertigte er in einem Aufwasch sämtliche Telefonate, die er mit Lockwood im Laufe der Jahre geführt hat.«

»Ach ja, genau, ihr habt mir gleich nach eurer Rückkehr aus München davon erzählt. Genialer Bullshit im Übrigen, damit sind sie unantastbar.« Samantha spitzte die Lippen. »Ich möchte wetten, dass im Zuge dieses Hausbaus damals die Geldwäsche begonnen hat.«

»Stimmt. Das Haus ist vor fünf Jahr fertiggestellt worden, und wenige Monate darauf ist es mit den Überweisungen losgegangen. Aber schwenken wir bitte zurück zu Sylvia Schreiber.« Nick klopfte mit der flachen Hand auf die Tischplatte.

Samantha warf einen prüfenden Blick auf Nick und dann auf ihre Notizen. »Die Frau lässt dir keine Ruhe, was? Okay, was gibt es ergänzend über sie zu berichten? Sylvia und Mark Schreiber haben zwei Kinder, beide leben bei ihm. Das finde ich erwähnenswert, weil Kids doch üblicherweise nach einer Trennung bei der Mutter bleiben. Aus den Unterlagen geht ebenfalls hervor, dass sie sich in psychologischer Behandlung befindet, nicht erst seit der Scheidung, sondern offenbar bereits lange Zeit. Mayr hat sie erklärt, sie bräuchte die Termine, um eine schleichende Depression in Schach zu halten. Außerdem dürfte sie gegen eine latente Magersucht ankämpfen.«

»Welchen Eindruck hast du anhand der Aufzeichnungen von ihr?«, erkundigte sich Nick und führte weiter aus: »Ich meine auch in Bezug auf Axel Mayr – da ist nämlich etwas. Als er bei unserem Gespräch in München über Sylvia Schreiber geredet hat, ist mit ihm eine Wandlung vonstattengegangen.«

»Das stimmt. Er ist *weicher* geworden. Das klingt doof, ist aber dennoch die beste Beschreibung dafür«, bemerkte Peter.

Samantha lächelte hintergründig. »Wie sieht Axel Mayr denn aus?«

Nick begann mit »Er ist –«, wurde jedoch energisch von Samantha unterbrochen. »Sei mir nicht böse, Boss, aber bei der Beschreibung eines Mannes verlasse ich mich lieber auf Peter.«

»Groß, etwa einen Meter neunzig, sehr stattlich, auffallend breite Schultern, männliche Gesichtszüge, nicht zu kantig, volle Lippen, angenehmes, höfliches Wesen, für mich der klassische Beschützertyp«, fasste Peter prompt zusammen.

»Wärst du Single, würde er dir gefallen?«, fragte Samantha.

»Gefallen darf er mir, obwohl ich in einer Beziehung bin. Die Antwort ist eindeutig: Ja. Du würdest ihn auch anziehend finden, Sam«, konterte Peter. »Oder vielleicht doch nicht. Axel Mayr ist mit Robert nicht zu vergleichen.«

Samantha schnaubte auf. »Jüngelchen, in meinem Alter muss man nehmen, was man kriegt. Außerdem zählen bei Robert andere Werte. Schließe also nicht von ihm auf meinen type of man.« Sie winkte ab. »Du willst wissen, was ich denke, Nick? Sylvia Schreiber wurde von ihrem Ehemann unterdrückt, Tom Lockwood dürfte ähnliche Züge gehabt haben. Axel Mayr hat sich in der wahrscheinlich schlimmsten Stunde ihres Lebens um sie gekümmert und ist für sie seitdem allgegenwärtig. Sie hat ihn zu ihrem Helden erkoren.«

»Und aus Sicht von Axel Mayr?«

»Hast du die Fotos von Sylvia Schreiber nicht gesehen? Sie ist eine Schönheit. Darüber hinaus gibt es für viele Männer nichts Anziehenderes als eine schwache, Hilfe suchende Frau. Ich kann mir den Ablauf lebhaft vorstellen. Sie ist eine Informationsquelle und zugleich Verdächtige für Axel Mayr, deshalb hat er die Gespräche mit ihr auf einer persönlichen Ebene geführt. So erfährt er am meisten. Dabei ist sie ihm wider Willen emotional nähergekommen.«

»Ich hätte die Interviews genauso angesetzt wie er«, erwiderte Nick. »Was Sylvia Schreiber und Axel Mayr betrifft, bestätigst du meine Vermutung. Das wird für die Ermittlungen womöglich zum Problem. Es ist schon schwierig genug, auch ohne besondere Tendenzen ganz neutral zu bleiben.«

»Sprichst du aus Erfahrung?« Samantha grinste süffisant.

»Nein, ich habe mich letzten Endes immer abgegrenzt. Das weißt du doch.«

Peter lachte auf. »Als wir uns kennengelernt haben, warst du tatsächlich ein Schwerenöter erster Güte. Allerdings hast du nie eine verdächtige Frau abgeschleppt, das muss man dir zugutehalten.« Er wurde wieder ernst. »Ich sehe die Verbindung weniger dramatisch. Bei möglichen Tätern wie Mark Schreiber und Juri Sanger ist Sylvia Schreiber wahrlich bloß eine theoretische Verdächtige.«

»Du hast schon recht, nichtsdestoweniger ist es notwendig, einen kühlen Kopf zu bewahren. Unkontrollierte Gefühle können einen in Teufels Küche bringen. Aber im Augenblick mutmaßen wir nur und sollten uns deshalb nicht zu lange damit aufhalten.« Nick rieb sich die Augen. »Es strengt an, alles auf einmal durchzuarbeiten. Wir arbeiten seit Stunden.«

»Dabei haben noch nicht einmal über den Edelstein gesprochen«, warf Peter ein.

»Der Aquamarin ... Er passt in so gar keine Szenerie. Axel hat eine Reihe an Bedeutungen aufgezählt. Einige davon könnte man durchaus mit einem Mord in Verbindung bringen, auch was du gesagt hast, Peter, mit dem Erkennen von *richtig oder falsch*. Dient der Edelstein als Symbol oder wurde er zur Ablenkung hingelegt? Ist er ein Hinweis auf das Opfer selbst? Ich habe keine Ahnung.«

»Welche Bedeutung misst du ihm bei?«, fragte Peter.

Nick strich sich mit der flachen Hand über die Stirn. »Wir dürfen ihn nicht über- oder unterbewerten. Es ist wichtig, unbedingt in der Mitte zu bleiben – dieser Aquamarin ist nicht der Stein der Weisen.«

Alle schwiegen.

Schließlich stand Samantha auf und durchbrach die Stille: »Was fangen wir jetzt mit dem Ganzen an?«

»Wie meinst du das?«, wollte Peter wissen.

»What do you think? Ich möchte wissen, ob wir aktiv werden und mithelfen, oder eine Analyse abgeben und uns zurückziehen.«

Kurz schloss Nick die Augen. »Was meint ihr?«

»Der Fall ist spannend. Ich würde mit Freude dranbleiben«, antwortete Peter auf der Stelle. »Und du, Sam?«

»Wie es aussieht, kann Axel Mayr jede Unterstützung gebrauchen. Nick?«

Nick lachte auf. »Ich fühle mich wie ein Esel, dem man an einer Stange die Karotte vors Maul hält, damit er brav läuft. Natürlich habe ich längst angebissen. Offen gestanden weiß ich jedoch nicht, ob es überhaupt möglich ist, sich direkt in den Fall zu involvieren. Ich werde morgen mit Axel telefonieren ... und vorher mit Luisa sprechen. Ich will sie nicht vor vollendete Tatsachen stellen, sollte es klappen.«

»Darauf trinken wir«, sagte Samantha. »Hast du Wein im Haus?«

»Wein, Prosecco, Champagner, Whisky, Gin«, entgegnete Nick.

Peter schmunzelte. »Die Reihenfolge ist gut.«

Kapitel 5

Nick aktivierte sein Handy und wählte Axel Mayrs Nummer.

Schon nach dem ersten Klingeln hob er ab. »Nick! Ich freue mich über deinen Anruf. Benötigst du noch Infos zu dem Fall?« Er hüstelte. »Ich weiß, mit meiner Bitte habe ich dir einige Arbeit aufgehalst.«

Nick ging auf Axel Mayrs letzten Satz nicht ein. Von *Aufhalsen* war keine Rede. Vielmehr fühlte es sich ungemein gut an, wieder den Hauch seiner eigentlichen Aufgabe zu erleben, und am liebsten hätte er sich bei Axel bedankt. »Ich habe mir einen ersten Überblick verschafft«, entgegnete er betont neutral.

»So schnell? Und, was meinst du?«

»Peter Westernschmidt, du hast ihn in München kennengelernt, und Samantha Smith haben mir geholfen. Die Angelegenheit ist in der Tat komplex, und ihr habt keine festen Anhaltspunkte.«

»Wem sagst du das! Und der Druck von oben macht es um keinen Deut besser, er erhöht bloß den Stressfaktor und damit die Fehleranfälligkeit. Darf ich dich – ganz direkt – etwas fragen, Nick?« Axel Mayr wartete keine Antwort ab. »Du wärst nicht vielleicht daran interessiert, als externer Berater zu fungieren?«

Unwillkürlich musste Nick lächeln und jäh stieg in ihm die altbekannte Spannung auf. »Wie könnte das ablaufen?«

»Um ehrlich zu sein, habe ich präventiv vor Ort schon alles geklärt. Dein Name hat es mir leicht gemacht, du bist kein unbeschriebenes Blatt – in positivem Sinne. Ich bin an bedeutsamer Stelle auf mehr als offene Ohren gestoßen.«

»Ich hätte gern, dass mein Team zumindest phasenweise mitarbeitet.« Samantha und Peter würden ihn steinigen, wenn er sie nicht explizit erwähnte.

»Nun ja, ich habe nur die Genehmigung für dich erhalten, aber es spricht nichts dagegen, deine Kollegen bei Bedarf aus der Ferne einzusetzen, denke ich«, erwiderte Axel ausweichend und ging sofort zum nächsten Punkt über. »Für eine Unterkunft habe ich auch gesorgt. Es stehen uns einige Wohnungen zur Verfügung, ich habe dir die nächstgelegene zum BK reserviert.«

»Warst du so sicher, dass ich zustimmen würde?« Nick konnte sich die Frage nicht verkneifen.

Axel lachte. »Nicht zu hundert Prozent, jedoch zu achtzig. Vergiss nicht, ich bin Kriminalpolizist und habe gelernt, Menschen einzuschätzen. Das Blitzen in deinen Augen hat dich verraten. Außerdem habe ich auf Peter Westernschmidt gesetzt. Er war schneller Feuer und Flamme als du. Es tut mir echt leid, dass deine Leute zu Hause bleiben müssen. Das ist höhere Politik.«

Axel war es zweifellos unangenehm, seinem Wunsch nicht zu entsprechen, und Nick wollte diesbezüglich nicht weiter nachspüren. Er hatte den Entscheid im

Vorfeld ins Kalkül gezogen und die Euphorie der beiden dahingehend bereits gedämpft. Das Wichtigste war, dass er sie überhaupt involvieren durfte. »Ich habe hier einiges vorzubereiten, aber nach dem Wochenende kann ich nach München kommen.«

»Hervorragend. Ich nehme an, du möchtest einige Beteiligte persönlich kennenlernen. Sag mir, mit wem du sprechen willst, dann veranlasse ich die ersten Termine.«

»Mark Schreiber, Tassilo Welk, Sylvia Schreiber. Mit deinem direkten Vorgesetzten würde ich gern reden, und wenn du bitte gleich am Anfang eine Besprechung mit deinem Team festsetzt, damit ich mich vorstellen kann.«

»Wird erledigt. Was ist mit Irina?«

Kurz musste Nick in seinem Gedächtnis kramen, um den Namen zuzuordnen. Sie war Lockwoods Putzfrau gewesen. »Ich habe dein Interview mit ihr durchgelesen, sie scheint nichts Außergewöhnliches über Lockwood zu wissen. Hast du den Eindruck, dass sie etwas zurückhält?«

»Nein. Irina ist eine nette, junge Frau, die mit Lockwood einen äußerst angenehmen Arbeitgeber verloren hat. Die Bezahlung war gut, sie hat immer etwas extra bekommen, und er wollte nicht in der Wohnung sein, wenn sie geputzt hat. Somit habe ich mir auch keine weiteren Gedanken darüber gemacht, dass der Täter Lockwood hätte aufsuchen können, wenn sie anwesend war. Da ist also gar nichts«, entgegnete Axel.

»Über ihre Herkunft stand nichts im Bericht. Irina ist ein russischer Name. Sie stammt doch nicht etwa aus der Ukraine?«

»Du meinst, ob es eine Verbindung zu Juri Sanger geben könnte? Nein, das wäre zu weit hergeholt. Sie ist aus Moldawien und bewegt sich nicht in einschlägigen Kreisen. Das haben wir gecheckt.« Axel ließ eine Pause folgen. »Was ich unbedingt loswerden möchte ... Du ahnst nicht, wie sehr ich deine Unterstützung zu schätzen weiß – für den Fall und ganz besonders für mich persönlich. Danke.«

Nick lachte verhalten auf. »Im Augenblick weiß ich noch nicht, wer wem zu danken hat, Axel.« Insgeheim fragte er sich, warum der Ermittler seinen persönlichen Dank explizit hervorgehoben hatte.

»Das klären wir bei einem Espresso oder einem guten Glas Wein in München. Was sagst du dazu?«

Nick bejahte Axel Mayrs Frage und verabschiedete sich.

Nachdem er das Handy weggelegt hatte, schwenkte sein Blick über den Schreibtisch. Er war richtiggehend aufgeregt und spürte, wie ihn die Vorausschau auf die Arbeit vollends einnahm. Dessen ungeachtet ermahnte ihn seine innere Stimme leise, aber mit Nachdruck zur Vorsicht. Nicht umsonst hatte er sich aus dem aktiven Dienst zurückgezogen. Es waren nicht nur die beiden letzten großen Fälle gewesen, die an seiner Substanz gezehrt hatten. Das gesamte Leben als Kriminalkommissar hatte Nick viel abverlangt und die Pause war dringend notwendig gewesen. Warum fühlte er sich dann, da er nun wieder in Aktion treten durfte, so voller Energie und Tatendrang? Die Antwort war simpel: Es gehörte zu ihm und war nicht einfach ein Job, sondern seine Passion.

Zum Bundeskriminalamt zurückzukehren war keine Option für ihn, doch es gab Alternativen. Vielleicht schaffte er es, den goldenen Mittelweg zu finden. Durchaus konnte er sich vorstellen, als Beistand bei speziellen Fällen zu fungieren.

Das Wort Profiler war ihm stets zuwider gewesen, auch wenn die Medien ihn in der Vergangenheit öfter so genannt hatten. Es war nicht mehr als ein Modebegriff. Wie man es bezeichnete – Berater, Profiler oder Fallanalytiker –, zählte aber letztlich nicht, es ging um die Tätigkeit selbst. Er hatte eine adäquate Ausbildung sowie die notwendige Erfahrung. Erst vor drei Monaten war er nach Quantico eingeladen worden, um dort einen Vortrag zu halten. Diese Verbindung könnte er genauso für Lernaufenthalte nutzen und in diesem Bereich weiter voranschreiten.

Seine Gedanken glitten zu Luisa. Nachdem Samantha und Peter gestern gegangen waren, hatten sie sich lang unterhalten. Sie war verständnisvoll gewesen und hatte ihn sogar ermuntert, sich an dem Fall zu beteiligen, doch war ihm die Sorge und ein Hauch von Angst in ihren Augen nicht entgangen. Mittlerweile kannte er sie gut genug, um zu wissen, was sie sich tief in ihrem Inneren wünschte: ein ruhiges und geregeltes Leben an seiner Seite. Wie seine Arbeit im Augenblick verlief – das Schreiben von Büchern gepaart mit den Fachvorträgen –, gab ihr genau diesen Frieden.

Keinesfalls wollte er Luisa verletzen und über ihren Kopf hinweg entscheiden, aber in Momenten wie diesem wurde ihm mehr als deutlich bewusst, welche Herausforderungen ihm der sogenannte normale Alltag stellte. Unzählige Jahre hatte er der Arbeit all seine Zeit eingeräumt und keine Frau an seiner Seite zugelassen. Jetzt entschied er nicht mehr für sich allein. Alles, was er tat und wie er handelte, betraf auch Luisa und damit befand er sich auf unbekanntem Terrain.

Kapitel 6

»Ich habe zum Glück ein eigenes Büro, das genug Platz für zwei Schreibtische bietet. Ist das in Ordnung? Sonst versuche ich, ein eigenes Zimmer für dich zu bekommen.«

Seit Nick in München angekommen und in Empfang genommen worden war, redete Axel Mayr ohne Unterlass. Nur bei der Besprechung mit seinem Vorgesetzten hatte er sich im Hintergrund gehalten. Nick ahnte, dass seine Anwesenheit dem Münchner Ermittler einen gewaltigen Schub gab und ihn stärkte. Aber auch er fühlte sich aufgekratzt. Als Axel ihm als Erstes die Wohnung gezeigt hatte, war er richtig ungeduldig gewesen. Er hatte sich nicht mit seinem Schlafplatz aufhalten wollen, sondern starten.

»Ich finde es sogar gut, wenn wir in einem Büro sitzen. So können wir uns unkompliziert und direkt austauschen.«

»Das dachte ich ebenfalls.« Axel öffnete die Tür, vor der sie standen. »Hier ist mein kleines Reich.«

Sie betraten den Raum und Nick sah sich um. Das Büro war zweckmäßig eingerichtet: graue Schränke, die beiden besagten Schreibtische, einer voll, einer leer, ein kleiner Tisch mit vier Stühlen, vor jedem Schreibtisch standen noch einmal zwei, ein fix an der Wand montiertes Informationsbrett und eine mobile Schreibtafel. Es fehlte jeglicher Schnickschnack, auch persönliche Dinge konnte Nick auf den ersten Blick nicht entdecken.

»Wie gefällt es dir?«, fragte Axel.

Nick schmunzelte. »Eine Frau mit dem Händchen für Dekoration war hier eindeutig nicht am Werk.«

Ein Schatten huschte über Axels Gesicht. »Die gibt es auch nicht. Genauso wenig wie Kinder, nicht einmal einen Hund oder eine Katze. Ich wüsste also nicht, welches Bild ich an die Wand hängen oder auf meinen Schreibtisch stellen sollte.« Kurz presste er die Lippen aufeinander. »Ich habe keine Ahnung, ob es an meinem Job oder an mir liegt, aber bis jetzt sind meine Beziehungen immer schiefgegangen. Und bei dir?«

Nick musterte den Ermittler. Die Information über sein Privatleben entsprang eindeutig nicht dem pragmatischen Hintergrund, eine Bindung zwischen ihnen aufzubauen. Axel hatte auf der menschlichen Ebene etwas von sich preisgegeben und erkundigte sich zeitgleich, wie es sich bei ihm verhielt – die Frage basierte auf Interesse und nicht auf Berechnung. Dennoch wollte Nick nicht auf Anhieb zu viel von sich erzählen.

»Ich bin fest gebunden.« Nick dachte an Luisas Foto in seiner Aktentasche, das er mitgenommen hatte, um es auf seinen Arbeitsplatz zu stellen. Es sollte ihn ermahnen und daran erinnern, was in seinem Leben zählte. Er durfte nicht abgleiten.

»Ich war sogar einmal verheiratet. Sie hat es nicht verkraftet, ständig allein zu sein. Ich war auf der Überholspur, sie hingegen hat nichts anderes getan, als zu

Hause zu sitzen und auf mich zu warten. Bist du verheiratet, Nick?«

»Nein, aber wir leben zusammen.«

»Arbeitet sie?«, fragte Axel weiter.

»Sie ist Ärztin, Anästhesistin genau genommen, und arbeitet in einem Krankenhaus.«

»Das ist gut. Meine Frau war halbtags als Buchhalterin beschäftigt. Da sind zu viele Stunden übrig geblieben, in denen sie sich auf den nicht anwesenden Mann fokussieren konnte.« Einen Moment lang schwieg Axel. »Du redest nicht so gern über dein Privatleben?«

Nick gab eine ehrliche Antwort: »Nicht zu schnell zu viel. Luisa, so heißt sie, und ich haben schwierige Zeiten hinter uns gebracht. Ich gehe sehr achtsam mit der Beziehung um.«

Axel zwinkerte. »Du hast eine Lebenspartnerin. Sie heißt Luisa und ist Ärztin. Und offenbar liebst du sie, sonst hättest du längst die Chance ergriffen, mir etwas vorzujammern. Für den Anfang ist das gar nicht so wenig an Info.«

Axels Art gefiel Nick. »Was kommt als Nächstes an die Reihe?« Er zeigte auf den leeren Schreibtisch. »Das ist meiner, nehme ich an.«

»Mach es dir bequem. Und dann stelle ich dir mein Team vor. Im Augenblick sind wir ausschließlich für den Lockwood-Fall abgestellt.«

»Yvonne Engel und Benjamin ... Forster?«

Axel nickte. »Du hast ihre Namen aus den Akten. Sie sind beide – ich nenne es mal – speziell, aber ich denke, du wirst sie mögen. Benjamin ist erst seit knapp einem Jahr bei mir. Was ihm an Erfahrung fehlt, macht er durch Akribie und eine sagenhafte Verbissenheit wett, wenn er sich in eine Sache hineinkniet. Er war es, der Lockwoods Konten durchforstet und die Verläufe genau aufgezeichnet hat. Unsere Spezialisten auf dem Gebiet der Geldwäsche mussten nicht mehr viel tun.«

»Samantha könnte ihm einiges zeigen, sie ist ein alter Hase und in diesem Bereich unschlagbar.«

»Ich hoffe, es lässt sich etwas arrangieren. Benjamin wäre begeistert.«

»Er muss nur Sams Wesen mögen. Sie ist ebenfalls *speziell*. Und Yvonne Engel?«

»Sie ist eine hervorragende Ermittlerin, auf sachbezogene Weise. Ich kenne keinen korrekteren Polizeibeamten, Grauzonen gibt es für sie nicht. Das macht die Arbeit mit ihr manches Mal etwas schwierig. Sonst, das Gesicht einer Elfe, blondes Engelshaar, – nomen est omen –, aber in ihr steckt der Teufel. Anders als dein Peter.«

Nick war bereits aufgefallen, dass Axel einen guten Dialog zu schätzen wusste. Er war nicht darauf aus, allein von sich zu erzählen, sondern gab und wollte genauso aufnehmen. Auch diesen Zug fand Nick sehr einnehmend. »Peter ist ein feinsinniger und harmoniebetonter Mensch. Man darf ihn jedoch nicht unterschätzen.«

»Ist er homosexuell?«

»Ja. Warum fragst du? Hat hier jemand etwas gegen –
«

Axel unterbrach ihn. »Um Himmels willen, nein, genau das Gegenteil ist der Fall. Sollte Peter Westernschmidt Aufgaben übernehmen, was ich wirklich hoffe, ist seine Neigung von Vorteil.«

»Inwiefern?«

»Yvonne hat mit einem gewissen Männerschlag Riesenprobleme, Peter fällt definitiv nicht in diese Kategorie. Du ahnst nicht, wie oft ich sie schon abmahnen musste. Sie ist in diesem Punkt unbelehrbar.«

»Gehöre ich dazu?«

Axel grinste. »Grundsätzlich ja, aber sie ist begeistert von deiner Historie und will von dir lernen. Also bist du außen vor.«

»Ein Glück.« Nick konnte sich anhand der Erzählung lebhaft vorstellen, gegen welchen Typ Yvonne Engel vorging: dominante Machos, Schwerenöter, Wichtigtuer. Er war gespannt auf die Frau – und auf ein mögliches Aufeinandertreffen zwischen ihr und Mark Schreiber in seiner Gegenwart.

Schwungvoll hievte Nick seine Aktentasche auf den Schreibtisch und zog den Laptop heraus. Es folgten Luisas Foto, sein Notizbuch und eine Mappe mit der persönlichen Zusammenfassung des Falls. »Von mir aus können wir los.«

»Gut, gehen wir. Die beiden warten in ihrem Büro, es ist gleich auf der gegenüberliegenden Seite des Gangs. Ich habe absichtlich keinen Besprechungsraum für die Vorstellung genommen, das ist zu unpersönlich.«

Sie verließen das Zimmer und überquerten den Korridor. Axel öffnete eine Tür und wie auf Befehl ruckten die Köpfe von Yvonne Engel und Benjamin Forster hoch.

Während sie eintraten, stellte Axel Nick lakonisch vor: »Nick Stein.«

Die beiden standen auf und umrundeten nahezu synchron ihre Tische. Als Erste streckte Yvonne die Hand aus.

Nick ergriff und schüttelte sie. *Früher wäre mir diese Frau gefährlich geworden,* überlegte er. Bewusst wiederholte er das Wort *früher* und visualisierte Luisas Bild auf dem Schreibtisch, dann widmete er sich – eine Spur zu hastig für sein Empfinden – Benjamin Forster.

Auf den ersten Blick wirkte der junge Mann wie ein klassischer Nerd. Groß und sehr schlank mit nach vorn gekippten Schultern sah man ihn buchstäblich stundenlang vor einem Computer sitzen. Er trug eine Brille, seine Haut war auffallend blass und kontrastierte zu dem dunklen Haar.

Nick wartete kurz, damit sich auch Yvonne Engel und Benjamin Forster einen Eindruck von ihm verschaffen konnten, und setzte sich schließlich auf einen der drei Stühle, die vor der Querseite der beiden Schreibtische standen. Ohne Zweifel war im Vorfeld genug über ihn geredet worden, sodass er nun keinen Monolog darüber halten musste, wer er war und was er hier tat. Lieber wollte er sofort in die Thematik einsteigen. »Axel erzählte mir, dass ihr exklusiv mit diesem Fall befasst seid. Jeder hat seine eigene Sichtweise. Die interessiert mich.« Bewusst verzichtete er schon jetzt auf das förmliche *Sie.*

Axel nickte, nahm ebenfalls Platz und streckte die Beine aus. »Gute Idee. Ladies first?« Er schien sich in der Situation überaus wohlzufühlen.

Yvonne ging nicht zurück zu ihrem Sitzplatz, sondern machte einen weiten Schritt zurück und lehnte sich an die Wand. Sie verschränkte die Arme und fragte: »Du meinst, wer aus meiner Sicht Lockwood erschlagen hat?« Wie selbstverständlich übernahm sie die persönliche Anrede.

Diese Frau muss sich nicht bemühen, locker zu wirken, sie verkörpert die pure Lässigkeit, dachte Nick und antwortete: »Ja, und welche Gedanken du sonst noch birgst – zum Opfer, zum Täter, zu einem Detail des Falls. Sag spontan, was dir einfällt.«

»Okay. Ich beginne bei Tom Lockwood. Für mich war der Typ ein billiger Gigolo, ob er nun als Architekt oder Eisverkäufer gearbeitet hat. Wir haben es live auf den Überwachungsvideos gesehen: Sylvia Schreiber ist von Lockwood eingewickelt worden. Ein bisschen schönreden, ein wenig in den Himmel heben und dazu beteuern, dass mit ihm alles anders wäre. Der Ehemann wird zum kontrollsüchtigen, eiskalten Monster hochstilisiert – was er tatsächlich ist – und er selbst erstrahlt als der Retter auf dem weißen Pferd. Ich hätte am liebsten gekotzt, als ich das gesehen habe. Nicht nur wegen Lockwoods Vorgehen, sondern auch wegen Sylvia Schreibers Reaktion und ihrer offenkundigen Blindheit.«

»Warum wollte Lockwood deines Erachtens mit Sylvia Schreiber zusammen sein?«, erkundigte sich Nick.

»Geld und Image. Mit der Scheidung ist Sylvia Schreiber zu einer vermögenden Frau geworden, sie ist auffallend hübsch und bewegt sich in guten Kreisen. Dass sie einen Knall hat, war ihm vielleicht sogar ganz recht. So konnte er sie einfacher lenken.«

Nick machte sich eine gedankliche Notiz: Unbedingt wollte er das Beschattungsmaterial sichten, selbst wenn es Stunden dauern würde. Die schriftlichen Aufzeichnungen zeigten bloß einen Teil auf. »Und Lockwoods Mörder?«

»Ein Mann wie Mark Schreiber lässt sich nicht ungestraft betrügen. Es muss wie ein Schlag in die Weichteile gewesen sein. Seine Frau vögelt mit einem anderen und dann darf er auch noch tief in die Tasche greifen. Ich kann mir vorstellen, dass er seine Aggressionen in einem bestimmten Augenblick nicht mehr im Griff hatte. Andererseits haftet ihm eine kalkulierte Berechnung an. Genauso ist es ihm zuzutrauen, dass er einen Auftragskiller bezahlt hat.« Yvonne Engel löste sich von der Wand, machte einige Schritte und blieb direkt vor Nick stehen. »Ich habe eine weitere Theorie: Es gibt noch eine Person, die Lockwood nach dem Leben getrachtet hat.«

»Zuerst Juri Sanger ...«, forderte Nick sie auf.

Energisch schüttelte sie den Kopf und ihre blonden Locken flogen durch die Luft. »Der hätte Lockwood erdrosseln lassen oder ein paar seiner Jungs geschickt, die ihn zu Tode prügeln.«

Nick brauchte den Übergang zu Benjamin nicht einzuleiten.

Er reagierte von selbst. »Du glaubst nicht daran, dass Juri Sanger es gewesen ist, weil du keinen Grund erkennen kannst. Die Tötungsart ist nur die Draufgabe. Dabei ist es simpel: Lockwood hat sich womöglich etwas zu viel Geld in die eigene Tasche gesteckt, und Juri ist dahintergekommen. Daraufhin besucht ein Handlanger Sangers den Architekten, um ihn zur Räson zu bringen. Das Ganze gerät aus den Fugen, der Juri-Mann greift sich die nächstbeste Waffe und schlägt zu.«

»Und dieser Kerl hatte weder ein Messer noch einen Totschläger oder sonst eine Waffe bei sich?«, konterte Yvonne.

»Eventuell hat er durch Zufall genau bei der Kommode gestanden und wollte das Überraschungsmoment ausnutzen.«

Yvonne verzog die Lippen. »Gut. Aber wie willst du mir dann den Aquamarin erklären?«

Nick streckte wie Axel die Beine aus. Es konnte nicht besser laufen. Yvonne und Benjamin pflegten zweifellos ein freundschaftliches Kollegenverhältnis, Stimmlage, Mimik und Gestik verrieten das eindeutig. Bei ihrer Kontroverse handelte es sich um ein Ausloten der Möglichkeiten, was Nick einen Schritt weiter in den Fall hineinbrachte.

Benjamin hob die Hände. »Sobald der Aquamarin ins Spiel kommt, fällt genauso die Theorie eines wild gewordenen Mark Schreibers.«

Yvonne seufzte auf. »Somit landen wir direkt bei *meiner* fremden Person, die einen verrückten Steinfetisch hat, an Zauberei oder sonst etwas Schwachsinniges glaubt.«

Axel zog die Beine an und richtete sich auf. »Wir gehen aus heutiger Sicht davon aus, dass der Aquamarin platziert worden ist. Allerdings eliminieren wir die Möglichkeit nicht, dass er ungewollt neben der Leiche landete. Der Täter könnte sich beispielsweise über Lockwood gebeugt haben, um sich von seinem Tod zu überzeugen, und dabei ist ihm der Stein aus der Tasche gefallen. Auch ein Ganove ist nicht davor gefeit, an Schutz- und Heilsteine zu glauben. Sind uns nicht schon die absonderlichsten Eigenheiten bei Verbrechern untergekommen?« Der Reihe nach streckte er seine Finger in die Höhe. »Geplant oder Affekthandlung? Bewusste Platzierung des Steins oder Zufall? Einer der uns bekannten Verdächtigen oder ein Fremder? Und je nach Version variiert das Motiv beziehungsweise kennen wir es nicht. Wie du siehst, Nick, kommen wir nicht einen Zentimeter weiter – so läuft es seit Beginn.«

Yvonne schob ihre Unterlippe nach vorn. »Es zählt nicht einmal, dass der Stein blitzsauber gewesen ist. Aberglaube lässt Menschen seltsam handeln. Stellt euch vor, wir versteifen uns auf das Fehlen von Fingerabdrücken, dabei wird der Stein jeden Tag säuberlich abgewischt, weil das angeblich Glück bringt.«

»Der große Unbekannte mit Hang zur Esoterik schwirrt in unseren Köpfen herum – vor allem in Yvonnes –, aber solange wir keinen Hinweis auf ihn finden, fixieren wir uns auf Schreiber und Sanger«, fasste Axel für Nick zusammen. »Was denkst du?«

Absichtlich ließ sich Nick mit der Antwort Zeit. Sie war unzweifelhaft seine Generalprobe in diesem Team und er wollte seine Meinung ehrlich und so klar wie möglich formulieren. Schließlich erwiderte er: »Ihr habt alle auf eure Art recht. Ich selbst schließe bei einem Fall generell bis zuletzt keine Möglichkeit aus, auch wenn sie noch so weit hergeholt scheint – der anonyme Täter sollte also Thema bleiben. Mark Schreiber und Juri Sanger sind Verdächtige par excellence und sie sind euch bekannt, demnach fokussieren sich die Ermittlungen auf die beiden, bis neue Erkenntnisse hinzukommen, wie Axel es gesagt hat. Sylvia Schreiber habt ihr nicht erwähnt ...« Nick ließ seinem Satz keinen Punkt folgen. Aufmerksam beobachtete er Yvonne, Axel und Benjamin.

Axel reagierte als Erster. »Wir glauben alle drei nicht daran, dass sie dazu fähig wäre. Das habe ich bereits angemerkt.«

»Sie ist zu schwach. Ich meine nicht physisch, jeder vermag ordentlich zuschlagen, wenn genug Adrenalin im Körper ist. Es liegt an ihrer Psyche. Sie hat es einfach nicht drauf«, bekräftigte Yvonne.

Benjamin nickte zustimmend.

»Morgen um zehn Uhr habe ich einen Termin mit Sylvia Schreiber vereinbart. Dann kannst du dir selbst ein Bild machen. Wenn du mit ihr sprichst, wirst du schnell wissen, was wir meinen«, fügte Axel hinzu. »Und übermorgen stehen Mark Schreiber und Tassilo Welk hintereinander auf dem Tagesplan.«

»Sehr gut, ich bin schon gespannt.« Nick schenkte allen der Reihe nach einen anerkennenden Blick. Man benötigte wahrlich keine Ewigkeit, um herauszufinden, dass hier eine fabelhafte Gruppe vor einem saß: der besonnene Chef mit Gespür und Einfühlungsvermögen, ein junger, äußerst gründlicher Mitarbeiter, und eine ebenso kernige wie enthusiastische Frau mit renitenten Zügen. »Ich freue mich auf die Zusammenarbeit, wirklich. Wenn es möglich ist, würde ich mir jetzt gern das Beschattungsmaterial ansehen.«

Yvonne schnaubte auf. »Stundenlanger Blümchensex und Liebesbeteuerungen?«

»Das Opfer in seinem normalen Umfeld betrachten zu können, ist wie ein Geschenk, das man als Ermittler nicht alle Tage bekommt; frei Haus dazu eine hautnah in den Fall involvierte Person. Und die einschlägigen Szenen spule ich vor.«

Axel erhob sich. »Yvonne, Benji, bereitetet ihr im Medienraum alles vor? Ich gehe die Video- und Tonaufnahmen mit Nick durch.«

Yvonne Engel und Benjamin Forster standen sofort auf.

Axel hat die beiden gut im Griff, und das, ohne wie ein Tyrann zu agieren, dachte Nick.

Kapitel 7

Sylvia Schreiber legte das Handy zurück auf den Tisch. Sie fand einfach keinen Grund, Axel Mayr anzurufen. Dabei hätte sie nur seine Stimme hören wollen. In seiner Gegenwart fühlte sie sich sicher und gut aufgehoben. Er war höflich und wenn sie miteinander redeten, galt seine gesamte Aufmerksamkeit ihr. Sie hielt sich an dem Glauben fest, dass es nicht daran lag, weil er Toms Mörder suchte. Natürlich gehörte es zu seinen Aufgaben, dies zu tun, aber zusätzlich hatte sich auf ganz anderer Ebene eine Verbindung zwischen ihnen entwickelt.

Sie seufzte. Bloß einen Tag musste sie überstehen, dann würde sie ihn wiedersehen. Er hatte einen Kollegen angekündigt, mit dem er sie besuchen würde, einen gewissen Doktor Nick Stein. Aufgrund der Komplexität des Falls hatte die Polizei ihn als Berater hinzugezogen.

Erst war sie enttäuscht gewesen, dass sie mit Axel nicht allein sein würde, aber schließlich war die Neugierde hinzugekommen, und nun freute sie sich auf den Termin.

Deutlich war sie sich bewusst, wie dringend sie Abwechslung und den Zugang zur Realität brauchte, um nicht durchzudrehen. Seit Toms Ableben erfuhr sie Gefühlswellen ungeahnter Art. Sie schwankte zwischen tiefer Verzweiflung und Erleichterung, wobei ihr die

Erleichterung mehr Angst bereitete als die Verzweiflung.

Jahrelang war sie von Mark unterdrückt worden und als minderwertig angesehen. Er hatte sie so lange *klein* gemacht, bis sie sich tatsächlich *klein* gefühlt hatte. Am Anfang der Beziehung war sie von seiner bestimmenden Art fasziniert gewesen und hatte ihn für seine Tatkraft bewundert. Im Laufe der Zeit jedoch hatte sich seine überbordende Dominanz gegen sie gerichtet. Erst waren minimale Unstimmigkeiten aufgetreten, die zu einer andauernden Unzufriedenheit angewachsen waren, bis sie ihm letzten Endes gar nichts mehr recht machen konnte.

An diesem Höhepunkt der Ausweglosigkeit war Tom Lockwood in ihr Leben getreten. Schritt für Schritt hatte er den gordischen Knoten in ihrer Seele gelöst, wodurch endlich ihr Selbstbewusstsein zurückgekehrt war und sie wieder Freude verspürt hatte. Sie war nicht dumm! Sie war nicht inkompetent! Sie war kein Mensch zweiter Klasse! Und keinesfalls war sie *klein*.

Automatisch erschien ein Lächeln auf Sylvias Lippen. Sie war so berauscht gewesen, dass sie alles für Tom getan hätte – damals. In der Tat waren die ersten Wochen nach der Scheidung wie im Flug vergangen und sie hatte beinahe gemeint, in einem Traum zu leben. Doch wie mit Mark war die Illusion des allumfassenden Glücks langsam auseinandergebrochen. Erst unterschwellig, schließlich vehementer hatte Tom begonnen, ihre Verhaltensweisen zu kritisieren. Er war eifersüchtig gewesen und hatte versucht, sie in seinem Sinne zu beeinflussen. Ermahnungen, Anweisungen und Verbote hatten sich gehäuft, und abermals waren

Versagensängste in ihr hochgestiegen. Sie hatte sich gefühlt, als erführe sie ein Déjà-vu.

Mitten in diese leidvolle Situation hatte das Schicksal erneut eingegriffen. Bei ihrer Loslösung von Mark war Tom ihr Retter gewesen, jetzt hatten höhere Mächte die Hand der Gerechtigkeit gelenkt und sie befreit.

Nie wieder würde sie *klein* sein!

Mit einem Ruck stand Sylvia auf und ging in die Küche. Sie durfte machen, was sie wollte. Niemand war hier, um ihr zu sagen, was sie auf welche Weise zu tun hatte. Sie konnte sich zum Beispiel jetzt – mitten am Tag – bekleidet ins Bett legen und schlafen oder sich einen Gin Tonic mixen, ohne getadelt zu werden. Sie verspürte eine wohlige Aufregung aufsteigen und das Wort Selbstbestimmung flammte in ihrem Kopf auf.

Beinahe ehrfurchtsvoll bereitete sie alles vor: Gin, Tonic Water und ein Longdrinkglas, Eiswürfel. Als sie eingeschenkte, stieg ihr der würzige Geruch des Gins in die Nase. Sie trank einen kräftigen Schluck und wartete auf die Reaktion. Ihre Zunge sprach auf den bitteren Geschmack des Chinins im Tonic Water an, während der Gin ihr Inneres wärmte. Sie goss etwas Gin nach, nahm das Glas und lief ins Badezimmer.

Einen Augenblick lang verharrte sie vor dem großen Spiegel, betrachtete ihre Gestalt und ohne Vorankündigung glitt sie von ihrem Hoch in die Verzweiflung hinab. Sie war allein. Mark hasste sie, Tom war tot. Wie würde sie die Einsamkeit ertragen? War sie überhaupt fähig, ohne einen Mann an ihrer Seite zu bestehen? All die kleinen Aufgaben, die es zu erledigen galt, ständig mussten Entscheidungen getroffen werden. Abrupt sprang ihr Empfinden zurück und sie erstrahlte. Sie hatte es geschafft, ihrem Kokon zu entschlüpfen und konnte nun die Flügel ausbreiten. Das war die größte Errungenschaft ihres Lebens und sie durfte diese auf keinen Fall durch Angst zerstören. Wer vermochte schon von sich zu behaupten, neu geboren worden zu sein?

Der Terminus *Opferrolle* fiel Sylvia ein. Ihre Therapeutin hatte ihn einige Male im Zusammenhang mit ihr erwähnt und sie angehalten, sich daraus zu befreien. Viele Jahre hatte sie dieses Wort nicht erfassen können. Es war ihr immer so vorgekommen, als benutzte die Psychologin eine fremde Sprache, die sie zwar verstand, jedoch nicht begriff. Endlich gewahrte sie den Sinn.

Unschlüssig wanderte ihr Blick von ihrem Spiegelbild zur Badewanne und wieder zurück. Warum sollte sie jetzt kein Bad nehmen? Niemand würde sie dafür kritisieren. Sie stellte das Glas auf dem Wannenrand ab und öffnete den Hahn. Versonnen betrachtete sie das Wasser, das aus dem Auslauf plätscherte, und reflektierte ihre Gedanken.

Von selbst erschien Axel Mayrs Gesicht vor ihrem inneren Auge. Dieser Mann hatte das Vermögen, sie zu verstehen. Er würde sie nicht ändern wollen. Konnte es abermals das Schicksal sein, das lenkend eingriff? Ein tragisches wie besonderes Schicksal. Gebar der Tod ein neues Leben voller Freiheit und Liebe?

Sylvia drehte den Wasserhahn zu, stieg in die Badewanne und legte sich flach hin, dann schloss sie die Lider und stellte sich vor, dass Axel vor ihr stand und sie anlächelte. So sehr wünschte sie sich, dass er die Arme um sie schlang und sie küsste. Sie wollte sich an ihn schmiegen und seine Haut auf ihrer spüren.

Begleitet von einem leisen Stöhnen berührte sie ihre Oberschenkel und glitt langsam höher. Das Wasser half ihr, die Vision des warmen Männerkörpers aufrechtzuerhalten. Lustvoll seufzte sie auf und ergab sich ihren Liebkosungen. Als das Ziehen in ihr stärker wurde, spannte sie die Muskeln an. Der Orgasmus brach wie ein Orkan über sie herein und peitschte in Wellen durch ihre Nervenbahnen. Erst als das Gefühl gänzlich verebbt war, öffnete sie die Augen. »Danke, mein lieber Axel. Du bist da und ich bin nicht allein«, flüsterte sie.

Kapitel 8

Axels Finger rückte auf dem Blatt Papier eine Zeile tiefer. »Auch die nächste Aufnahme können wir überspringen. Es findet kein Dialog statt. Sie sind wieder dabei ... Na, du weißt schon.« Er verdrehte die Augen.

Nick hob die Hand. »O ja, bitte. Davon habe ich mittlerweile genug gesehen. Sind wir bald durch?«

»Fünf Sequenzen sind ausständig. Drei zeigen das Übliche, auf zweien reden Lockwood und Sylvia Schreiber miteinander.« Axel überflog die Inhaltsangabe. »Einmal geht es um Mark Schreiber, dann um ein Restaurant, in das Lockwood sie einladen will.«

Nick lehnte sich zurück. »Am Anfang waren sie vorsichtig, je mehr Zeit allerdings vergangen ist, desto unüberlegter haben sie gehandelt. Treffen in Cafés, Restaurantbesuche, Spaziergänge durch die Stadt, sie haben sogar zwei Ausstellungen gemeinsam besucht.«

»Sylvia Schreiber wollte achtsamer vorgehen, du hast es selbst auf den Videos gesehen, aber Tom Lockwood hat letzten Endes völlig frei agiert und sie angespornt: ›Wenn uns jemand sieht, haben wir uns durch Zufall getroffen, außerdem dürfen wir doch wohl Freunde sein.‹ Und dieses ewige ›Come on, Babe‹«, ahmte Axel Tom Lockwood mit einem deutlichen Anflug von Verachtung nach.

Obwohl Nick Axels Antwort als aussagekräftig erachtete, kommentierte er sie nicht. Es war ein heikles Unterfangen, ihn auf Sylvia Schreiber anzusprechen, und noch war der Zeitpunkt nicht gekommen. Sie kannten einander kaum und dafür bedurfte es eines gewissen Maßes an Vertrauen. In diesem Fall musste sich Nick auf seine Intuition verlassen, wann es so weit sein würde. »Meines Erachtens liegt Yvonne mit ihrer Meinung über Lockwood richtig. Da ich die Aufzeichnungen jetzt kenne, gehe ich sogar so weit zu denken, dass Lockwood Sylvia Schreiber bewusst manipuliert hat. Das Ganze erscheint mir fast wie geplant.«

»Wolltest du deshalb die Videos sofort sehen?«

»Ja, Yvonnes Standpunkt hat sich auf der Stelle festgesetzt. Das darf man nicht mit sich herumtragen. Auch bei der Durchsicht der Akten sind einige Dinge hängen geblieben, die ich für mich beantwortet haben möchte. Doch das kommt mit der Zeit – alles der Reihe nach.«

»Es ist nicht einfach, mittendrin einzusteigen, was?«

»Teils, teils. Ich bemerke Vorteile. Vieles muss ich nur hinterfragen und nicht erfragen. Zudem gewährt es vorab eine neutrale Sicht. Wenn ich demnächst alle Verdächtigen kennengelernt habe, ist es mit dieser dann allerdings vorbei«, erwiderte Nick.

»Nichts liegt mir ferner, als mich ständig zu wiederholen, aber einmal sage ich es noch: Ich bin wirklich heilfroh über deine Unterstützung. Gerade weil –«

Ein Klopfen unterbrach Axel mitten im Satz. Bevor er reagierte, wurde die Tür bereits aufgezogen und ein kahl geschorener Kopf mit einem Tattoo oberhalb des Ohrs erschien im Türspalt.

»Störe ich?«

Axel winkte den Mann herein. »Überhaupt nicht. Ich wollte euch ohnehin miteinander bekannt machen. Nick, das ist Olaf Tieke, unser bester Spurenspezialist. Er hat mit seinen Leuten den Tatort untersucht. Brauchst du etwas, Oli?«

»Nein, ich will nur meine Neugierde befriedigen und mich zugleich erkundigen, ob es womöglich Fragen an mich gibt.« Olaf Tieke streckte Nick seine – ebenfalls tätowierte – Hand entgegen. »Es freut mich, dich kennenzulernen.«

»Mich auch«, antwortete Nick. »Und ich würde mich tatsächlich gern mit dir unterhalten. Dein Bericht birgt ein interessantes Detail.«

Olaf grinste. »Zwei Hobbys gibt es in meinem Leben: Die Arbeit und über selbige zu philosophieren. Ich habe so eine Ahnung, worüber du reden möchtest. Der Versuch mit den Putzutensilien, oder?« Er zog sich einen Stuhl heran und setzte sich.

»Stimmt. Ihr habt in der Küche einen Eimer mit nassen Schwämmen darin gefunden ...«

Olaf spitzte die Lippen. »Genau, unter der Spüle. Ich war natürlich augenblicklich alarmiert. Wenn diese Schwämme nach rund zwölf Stunden noch immer nicht zumindest angetrocknet waren, hätte das bedeutet, dass der Mörder nicht geradewegs nach der Tat seine Spuren entfernt hat, sondern erst Stunden später.«

»Das wäre ein Hinweis auf ein Verbrechen im Affekt. Der Mann erschlägt Lockwood, flieht in Panik, besinnt sich und kehrt zum Tatort zurück, um aufzuräumen«, fasste Nick zusammen.

»Völlig richtig. Zwar würden sich aus diesem Szenario weitere Fragen ergeben – allen voran: Läuft man planlos davon, nimmt jedoch die Wohnungsschlüssel an sich, um wiederkommen zu können? –, aber stellen wir diese einmal hinten an. Nun, jedenfalls habe ich eine ganze Woche mittels einer Armada von Eimern und Schwämmen mit unterschiedlichen Mengen an Wasserrückständen versucht herauszufinden, wann geputzt worden ist.«

»Du bist jedoch zu keinem Ergebnis gelangt«, entgegnete Nick.

»Leider. Ich wollte einfach nicht wahrhaben, dass ich keine zumindest halbwegs stimmigen Rückschlüsse ziehen konnte. Der Mörder allein weiß, ob und wie viel Wasser im Eimer zurückgeblieben ist, und damit ist die beste Idee hinfällig.«

Nick wiegte den Kopf. »So würde ich das nicht sehen. Sehr wohl sollten wir die Überlegung im Gedächtnis behalten. Man darf eingeübte Handlungen nicht außer Acht lassen.«

»Was meinst du damit?«, erkundigte sich Olaf.

»Gegenfrage: Wie verfährst du persönlich mit Schmutzwasser in einem Behälter?«

Olaf strich sich über die Glatze. »Ich leere es selbstverständlich in den Ausguss, was sonst?«

Nick nickte. »Würde das der Täter nicht auch tun? Im Grunde handelt sich um eine ganz normale Alltagsszenerie: Man reinigt etwas, gießt das Wasser nach getaner Arbeit weg und presst die Schwämme aus, dann landet alles wieder an seinem Platz.«

»Es bleibt allerdings nach wie vor nur eine Theorie«, erwiderte Olaf mit einem Seufzer.

»Ich verstehe dich. Es ist ärgerlich, kein richtiges Ergebnis zu erhalten, aber vielleicht hilft uns dieses Puzzleteil zu einem späteren Zeitpunkt trotzdem weiter.« Nick winkte ab. »Deine Zusatzfrage mit den Schlüsseln kann ich dir übrigens beantworten: Unser Gehirn arbeitet nicht wie eine Maschine. Hochgradige Gefahrensituationen vermögen sehr wohl eine überstürzte Flucht auszulösen, bringen aber genauso zeitgleich logische Handlungen mit sich. Das eine schließt das andere nicht aus.«

Axel, der sich bis jetzt im Hintergrund gehalten hatte, richtete sich auf. »Stellt euch bitte kurz vor, es ist wirklich so abgelaufen. Damit landen wir sogleich bei der nächsten Ungewissheit: Wusste der Täter von der elf-Uhr-Vereinbarung zwischen Lockwood und Sylvia oder hat er durch Zufall den Tatort gesäubert, bevor sie gekommen ist und Lockwood entdeckte?« Der Unmut war ihm deutlich anzusehen. »Selbst bei theoretischen Annahmen verzweigt es sich sofort und eine klare Antwort gibt es sowieso nicht.«

»Ihr drei – ich meine Yvonne, Benji und dich – verfangt euch mittlerweile aber auch in jedem Detail, das muss ich ehrlich sagen«, entgegnete Olaf und drehte sich Nick zu. »Haben sie dir von der Hypothese erzählt, dass der Aquamarin dem Mörder aus der Tasche gefallen sein könnte? Von meinem Fachgebiet aus betrachtet, ist das völliger Quatsch. Der Stein wurde mit Absicht hingelegt.«

»Olaf ist der unumstößlichen Meinung, dass er Fingerabdrücke auf dem Aquamarin gefunden hätte, wenn er zufällig neben Lockwoods Schädel gelandet wäre«, erklärte Axel.

Olaf nickte eifrig. »So ist es. Mal ehrlich, kannst du dir vorstellen, Nick, dass jemand einen Glücksstein mit sich herumschleppt und ihn nie anfasst? Und das davor! Man müsste den Aquamarin abwischen und vorsichtig in seine Tasche befördern, damit nichts zurückbleibt. Ich lebe unter anderem von Fingerabdrücken und weiß genau, wie schwierig es ist, sie zu vermeiden. Manches darf man getrost ausschließen.«

Nick lachte auf. »Muss ich mich um eine diplomatische Antwort bemühen?«

Axel und Olaf blickten sich an und grinsten breit.

Nick seufzte auf. »Okay. Grundsätzlich gebe ich Olaf recht, aber ich kann nicht gegen meine Überzeugung angehen, dass man selbst abwegige Varianten nicht ausschließen darf. Genauso, wie ich mich nicht zu sehr auf ein bestimmtes Szenario versteife. Man fixiert sich damit zu schnell auf einen Weg, der möglicherweise falsch ist – zum Beispiel, dass es sich um ein Ritual handelt. Habe ich mich halbwegs elegant aus der Bredouille gerettet?«

Olaf streckte den Daumen in die Höhe. »Axel hat mir im Vorfeld erzählt, dass er dich nach dem Vortrag an der Uni ansprechen möchte. Ich finde, das war ein äußerst weiser Entschluss.« Er stand auf. »Ich muss leider weiter. Wenn ihr abends mal was trinken geht, gebt mir Bescheid.«

Axel zeigte auf Nick. »Er weiß zwar noch nichts davon, aber ich will ihn heute zum Abendessen einladen. Komm doch mit. Yvonne und Benji sind auch dabei. Das wird eine nette Runde.«

»Schick mir eine Nachricht, wann und wo.«

Nachdem Olaf Tieke den Raum verlassen hatte, sagte Axel: »Ich schlage vor, wir sehen uns die restlichen Videos an, dann reicht es für heute. Mein Kopf zumindest ist voll und ich hoffe, du hast Lust, auszugehen. Ich wollte nicht über dich hinwegentscheiden.«

»Meiner auch. Und ich freue mich auf den Abend.«

Kapitel 9

Axel bog in eine Seitenstraße ein. »Das da vorn ist Sylvia Schreibers Haus.« Er zeigte geradeaus auf das letzte Gebäude in der Gasse.

Seit sie die Stadtgrenze Münchens passiert hatten, waren die Wohnhausanlagen allmählich Einfamilienhäusern und Reihenhaussiedlungen gewichen. Nun befanden sie sich in einer typischen Vorstadtgegend und Sylvia Schreibers Haus war der Umgebung angepasst. Durch den Bungalowstil wirkte es weiträumig. Im Vorgarten standen einige blühende Büsche. Nick vermutete, dass sich der richtige Garten auf der gegenüberliegenden Seite befand. »Es sieht sehr gepflegt und bürgerlich aus«, bemerkte er. Eigentlich hatte er anhand der Berichte über Sylvia Schreibers Vermögen ein prunkvolleres Haus erwartet. Sie schien mehr Wert auf Gemütlichkeit als auf Demonstration zu legen.

»Warte, bis wir im Haus sind. Alles ist vom Feinsten. Allein das Wohnzimmer hat wahrscheinlich mehr gekostet, als die gesamte Einrichtung meiner Wohnung. Und ich lebe durchaus ansprechend, ganz nebenbei«, erwiderte Axel.

Er parkte direkt vor der Gartentür und stellte den Motor des Wagens ab, stieg aber nicht aus. »Nick, ich möchte dich um etwas bitten.«

»Natürlich. Worum?«

»Sylvia Schreiber hat das alles zutiefst getroffen. Man merkt rasch, wenn ihr die Befragung zu viel wird. Ich habe in den Gesprächen immer Rücksicht darauf genommen.«

»Mach dir keine Sorgen. Ich will sie kennenlernen und nicht bedrängen.«

»Mir liegt etwas daran, dass es ihr gut geht. Als wir in Lockwoods Wohnung gekommen sind und Sylvia im Vorraum auf dem Boden kauerte, fast ohnmächtig und voller Angst ...« Axel seufzte. »Ich fühle mich verantwortlich für sie.«

Nick sog die Luft in die Lungen. Auch wenn es noch immer zu früh war, musste er reagieren. Die Thematik war zu wichtig, um ein Gespräch länger hinauszuzögern, zumal er den Einstieg gerade auf dem silbernen Tablett serviert bekommen hatte. »Empfindest du mehr als Verantwortung für Sylvia Schreiber?«, erkundigte er sich behutsam.

Für einen Augenblick wirkte Axel wie erstarrt, schließlich antwortete er: »Ich befürchte, ja.«

»War das ein zusätzlicher Grund, mich zu involvieren?«

Axel nickte. »Je schneller der Fall gelöst ist, desto eher kommt sie zur Ruhe, und ich auch.« Eine Spur zu energisch öffnete er die Wagentür und stieg aus.

Nick wartete einen Moment, bis er ebenfalls den Wagen verließ. Axel hatte ihm eine ehrliche Antwort gegeben, die Aussprache jedoch im Keim erstickt. Der Anfang war immer das Schwierigste, aber nun er war gemacht und alles Weitere würde sich ergeben. Er gesellte sich zu Axel, der indessen geklingelt hatte.

Kurz darauf wurde die Haustür geöffnet und Sylvia Schreiber erschien im Türrahmen. Ihre Miene erstrahlte förmlich, als sie Axel sah, und Nick bekam eine lebhafte Ahnung, warum sein Kollege sich in dieser Frau verfangen hatte.

Sie war unabhängig von Geschmack und Neigung eine bildschöne Frau mit einem ebenmäßigen Gesicht, zarter Nase, vollen Lippen und auffallend großen Augen in einer Farbmischung, die Nick nie zuvor gesehen hatte: blau mit grünen Sprenkeln, sehr hell und dabei doch auffallend intensiv. Unweigerlich musste Nick bei dem Anblick an eine Bucht in der Südsee denken. Aber ihr Aussehen allein gab nicht den Ausschlag. Sie sandte eine Weiblichkeit aus, die einen auf der Stelle in seinen Bann zog. Es stand jedoch nicht die sexuelle Anziehungskraft im Vordergrund, wie manche Frauen sie innehatten, sondern Anmut und Liebreiz.

»Das Gartentor ist wie immer offen. Kommen Sie bitte herein«, sagte Sylvia Schreiber und wartete mit einem bezaubernden Lächeln auf sie.

Nick blieb bewusst im Hintergrund und beobachtete die beiden. Sylvia Schreiber und Axel reichten einander die Hände und blickten sich an. Oberflächlich betrachtet handelte es sich um eine normale Begrüßung, doch darunter verbarg sich jedenfalls Verlangen und Sehnsucht.

Als sie sich schließlich voneinander lösten, wandte sich Sylvia Schreiber sofort Nick zu. »Ich freue mich, Sie kennenzulernen, Herr Doktor Stein. Axel hat mir erzählt, Sie unterstützen ihn bei der Klärung des ... Entschuldigen Sie, ich bringe es noch immer nicht fertig, das furchtbare Ereignis beim Namen zu nennen.« Sie vollführte eine einladende Handbewegung. »Gehen wir ins Wohnzimmer und setzen uns.«

Während Nick Sylvia Schreiber und Axel folgte, ließ er die Begrüßung aus seiner persönlichen Sicht Revue passieren. Er hätte schwören können, dass sie ihn aus dem Augenwinkel von oben bis unten gemustert hatte, obwohl ihre volle Aufmerksamkeit Axel gegolten hatte. Es funktionierte genauso, wie er gerade sowohl die erlesene Einrichtung begutachtete als auch die beiden taxierte.

Als sie das Wohnzimmer erreichten, machte Axel es sich wie selbstverständlich auf der Couch bequem.

Nick gesellte sich zu ihm.

Sylvia Schreiber blieb stehen. »Darf ich Ihnen etwas zu trinken anbieten? Axel, für Sie einen Espresso, wie üblich?«

Er verneinte. »Wir haben gerade einen Kaffee getrunken, aber vielen Dank, Sylvia ... Frau Schreiber.«

Nick war an der Eingangstür aufgefallen, dass sie Axel beim Vornamen erwähnt hatte und war gespannt darauf gewesen, wie er sie im Gegenzug nannte. Die Antwort hatte Nick nun erhalten. Er geduldete sich, bis sie ebenfalls Platz genommen hatte, dann leitete er die Unterhaltung ein: »Ich weiß, wie schwer es für Sie sein muss, Frau Schreiber, den Moment noch einmal zu durchleben. Dafür bitte ich Sie gleich zu Beginn um Verzeihung.« Er faltete die Hände. »Ich habe die Protokolle gelesen, doch ersetzt es nicht das Gespräch mit Ihnen.«

Sie nickte. »Das verstehe ich. Das Wichtigste für mich ist, dass jener Mann gefunden wird, der das getan hat. Bitte, stellen Sie ihre Fragen.«

Nick ließ einen Augenblick verstreichen, bevor er mit betont ruhiger Stimme zu sprechen begann. »An jenem Tag sind Sie um elf Uhr vormittags zu Herrn Lockwood gekommen. Ich kenne die Bedeutung dieses besonderen Zeitpunkts für Sie«, fügte er leise hinzu.

Sie versuchte ein zaghaftes Lächeln. »Ich wusste von Tom, dass er am Vormittag zu Hause arbeiten würde. Als ich die Wohnung betreten habe, ist mir sofort diese seltsame Stille aufgefallen. Die Atmosphäre war anders als sonst. Auch hat es irgendwie eigenartig gerochen, nicht stark, nur ein bisschen. Ich glaube, ich habe nach Tom gerufen und bin ins Wohnzimmer gegangen, wo ich ...« Kurz schloss Sylvia Schreiber die Augen. »Alles Weitere erscheint mir heute so unwirklich. Ich erinnere mich genau an meinen Anruf bei der Polizei. Wo ich telefoniert habe und wie ich in den Vorraum gelangt bin, weiß ich aber nicht mehr. Auf einmal wurde alles rund um mich schwarz.«

Axel beugte sich vor und streckte den Arm aus, als wollte er ihre Hand berühren. »Wie ich Ihnen schon erzählt habe, stand ihre Handtasche geöffnet auf der Kommode in der Diele. Das Handy lag neben Ihnen, als wir eingetroffen sind.«

»Ja, ich werde wohl direkt zum Eingang zurückgelaufen sein und dort den Notruf gewählt haben.« Ihr Blick wanderte unstet durch das Wohnzimmer.

Nick schien es, als würde sie abgleiten. Rasch fragte er: »Als sie in der Nacht davor Herrn Lockwoods Wohnung verlassen haben, ist Ihnen auf dem Weg zu Ihrem Wagen vielleicht jemand oder etwas aufgefallen?«

»Im Wohnhaus bin ich niemandem begegnet, auch auf der Straße habe ich nichts Besonderes bemerkt.«

»Hat sich Herr Lockwood in irgendeiner Weise eigenartig verhalten? War etwas anders? Selbst Kleinigkeiten sind relevant«, erkundigte sich Nick sogleich weiter.

»Tom? Nein. Das einzig Seltsame an diesem Abend war der Grund der Auseinandersetzung, es gab nämlich eigentlich keinen. Er hat wegen nichts herumgenörgelt, bis ich einfach reagieren musste. Dabei mag er es nicht, wenn ich nachts nach Hause fahre.« Sylvia senkte den Blick und fixierte ihre Finger. »Ich rede, als käme Tom gleich zur Tür herein.« Als sie hochsah, glänzten ihre Augen feucht. »Jegliche Streitigkeiten gehen mir immer extrem zu Herzen. Danach habe ich das Bedürfnis, für mich zu sein, um wieder zur Ruhe zu kommen. Das Elf-Uhr-Ritual gab es im Grunde deswegen.«

Ohne Zweifel wurde Sylvia Schreiber mit jeder Minute schwächer. Nick war klar, dass er bald zu einem Ende kommen musste. Dabei wurde es gerade interessant. Ihre Aussagen kannte er sinngemäß aus den Protokollen. Dass die Auseinandersetzung von Tom Lockwood möglicherweise inszeniert worden war, hatte er allerdings nicht gelesen. »Gestatten Sie mir eine letzte Frage: Hatte Herr Lockwood oft spätabends Besuch?«

»Nein, nie.« Sie ließ die Schultern sinken und murmelte: »Ach, Tom ...«

Kaum merklich gab Nick Axel einen Wink, der prompt reagierte: »Wir wollen Sie nun nicht länger stören, Sylvia. Bitte bleiben Sie sitzen, wir gehen allein hinaus.«

Nick stand auf. »Vielen Dank, Frau Schreiber, dass Sie sich Zeit genommen und für mich alles wiederholt beantwortet haben.«

Sie hob den Kopf, blickte jedoch nicht Nick, sondern Axel an. Eine Träne löste sich aus ihrem Augenwinkel. »Es bleibt dabei? Sollte mir wider Erwarten noch etwas einfallen, melde ich mich bei Ihnen.«

Axel nicke. »Sie erreichen mich rund um die Uhr.«

Kapitel 10

Kaum, dass sie im Auto saßen, sagte Axel: »Der Streit zwischen Sylvia Schreiber und Lockwood vor seinem Tod ist bekannt, aber nicht, dass er von ihm offenbar hochgezüchtet worden ist. Ich habe wohl die falschen Fragen gestellt.«

»Vielleicht ist es Sylvia Schreiber erst während des jetzigen Gesprächs bewusst geworden. Das ist gar nicht so selten, vor allem, wenn man ein Trauma erlebt hat.«

Axel nickte. »Ich weiß, trotzdem danke für deinen Zuspruch. Meinst du, Lockwood wollte sie an diesem Abend loswerden, weil er Besuch erwartet hat? Jemand, von dem Sylvia nichts wissen durfte?«

»Ihre Angabe spricht dafür. Lockwood kannte Sylvias Verhalten bei Auseinandersetzungen – wie im Übrigen auch Mark Schreiber. Er war immerhin jahrelang mit ihr verheiratet. Hast du eine Ahnung, wer alles von dieser Versöhnungsuhrzeit weiß?«, erkundigte sich Nick.

»Meiner Kenntnis nach niemand. Ich möchte Sylvia heute nicht mehr behelligen, du hast ihren Zustand selbst miterlebt, aber morgen rufe ich sie an. Warum interessiert dich das?«

»Wenn dieser Brauch jener Person geläufig war, die Lockwood besucht hat, konnte sie sicher sein, dass Sylvia Schreiber nicht frühzeitig zurückkehren würde. Es ist nicht außergewöhnlich, dass eine Frau wütend wegläuft und kurz darauf ihre Meinung ändert. Ich meine das nicht sexistisch, es kommt in der Realität oft genug vor.«

»O ja, ich habe es selbst einige Male erlebt. Dazu würde sogar Olafs Theorie hervorragend passen, dass der Mörder den Tatort zweimal aufgesucht hat. Es bestand keine Gefahr, erwischt zu werden.«

Nick tippte sich auf die Stirn. »Mark Schreiber wusste von der Versöhnungszeit um elf Uhr des folgenden Tages. Auf den Videoaufnahmen der Detektei ist es mehrfach erwähnt worden.«

»Herrgott, du hast recht. Was könnte Mark Schreiber von Lockwood gewollt haben? Eine Aussprache? Oder haben die beiden Sylvia gar aufs Kreuz gelegt?«

Nick hatte keine Ahnung, welchen Gedanken sein Münchner Kollege gerade spann. »Was meinst du damit?«

Axel hob die Hände und gestikulierte aufgeregt. »Mark Schreiber möchte Sylvia loswerden und die Kinder behalten. Der Zufall spielt ihm Lockwood in die Hände, der durchaus offen ist für eine finanzielle Zuwendung inklusive einer schönen Frau. Alles verläuft nach Plan, aber bei diesem nächtlichen Treffen geht etwas schief. Eventuell wollte Schreiber den vereinbarten Endbetrag nicht bezahlen oder Lockwood hat ihn erpresst.«

»In unserem Job ist es wichtig, Abläufe zu konstruieren, das allerdings führt zu weit. Noch wissen wir zu wenig, um derartige Überlegungen anzustellen.« Nick konnte nicht oft genug betonen, dass er das Entwerfen von Szenarien prinzipiell befürwortete, auch zu einem frühen Zeitpunkt, doch Axel griff wahrlich nach jedem Strohhalm und hielt sich nahezu verkrampft daran fest. Damit beeinflusste er aber Yvonne und Benjamin in ihrem freien Denken. Er spürte selbst, wie es ihn einschränkte, jedoch auf der gegenteiligen Ebene. Überzeichnete Achtsamkeit machte sich breit und er betrachtete Axels Ansätze doppelt kritisch. Beides war für die Ermittlungen nicht von Vorteil.

Axel stieß einen Seufzer aus. »Diese Menschen, mit denen wir es hier zu tun haben, sind zu allem fähig. Ich nehme das Opfer nicht aus.«

»Im Augenblick sollten wir uns an dem orientieren, was wir zur Verfügung haben«, entgegnete Nick eindringlich.

Axel fuhr sich durchs Haar. »Ich rede schon wie jemand, der sich einen Lottoschein kauft und mit dem Gewinn, den er noch gar nicht in Händen hält, einen Ferrari bestellt. Keine Ahnung, was mit mir los ist. Der Fall macht mich verrückt, ich schwöre es dir. Ich kann mich nicht erinnern, je einen solchen Druck und vor allem diese Beklemmung gespürt zu haben. Es ist, als müsste ich platzen.«

»Wir gehen es gemeinsam Schritt für Schritt an und am Ende werden wir die Lösung finden.« So gelassen Nicks Stimme klang – seine Worte sollten Axel beruhigen –, klingelten doch sämtliche Alarmglocken in ihm. Sein Kollege war ohne Zweifel ein hervorragender Kriminalist, aber der Fall zermürbte ihn offensichtlich tatsächlich. Mit einem solchen Umstand hatte Nick nicht gerechnet. Doch was konnte er in seiner Funktion als Berater tun? *Ich darf mich nicht nur auf den Fall selbst konzentrieren, sondern muss ebenfalls Axel verstärkt im*

Auge behalten, beschloss er. War es möglich, dass Axel Mayr ihn unter anderem auch aus diesem Grund – bewusst oder intuitiv – angesprochen und um Mithilfe gebeten hatte? Der Selbstschutz eines Menschen ging oft bizarre Wege. Immerhin waren *verrückt werden* und *platzen* gewaltige Worte, die man nicht einfach dahinsagte.

Kapitel 11

Nachdem Axel Mayr und Nick Stein Sylvia verlassen hatten, war sie eine Weile lang auf der Suche nach einer sinnvollen Beschäftigung durch das Haus geirrt. Da sie allerdings nichts gefunden hatte, das sie ablenkte, war sie in ihr Auto gestiegen und erst ohne Ziel herumgefahren. Was sollte sie tun? Sie hatte keine beste Freundin, mit der sie sich treffen konnte, genau genommen nicht einmal liebe Bekannte. Der Kreis, in dem sie sich mit Mark bewegt hatte, war zu eng mit seiner Person verknüpft und Tom hatte es überhaupt vorgezogen, seine Zeit mit ihr allein zu verbringen.

Aus Mangel an Alternativen beschloss sie, es sich in ihrem Lieblingscafé gemütlich zu machen. Ohnehin war sie instinktiv in diese Richtung gefahren. Es war allemal besser, unter fremden Menschen zu sitzen, als einsam in ihrem Wagen.

Das Gespräch mit Axel und diesem Nick Stein hatte sie angestrengt. Sie war nicht nur damit beschäftigt gewesen, das Richtige zu sagen, sondern zudem den neuen Ermittler zu beobachten. Er war so anders als Axel, dessen mimische und gestische Eigenheiten sie mittlerweile verinnerlicht hatte. Wartete Axel etwa auf eine Antwort, beugte er sich ganz leicht vor. Dabei blieben seine Augen stets sanft, selbst wenn er sie in manchen Situationen herausfordernd aufriss. Das zurückhaltende Lächeln zwischendurch, kaum als solches zu erkennen, gefiel ihr am besten. Wenn er dazu auch noch durch sein Haar strich, wärmte es ihre Seele.

Nick Stein hingegen war zwar ein auffallend attraktiver Mann, auf den ihr Körper sofort reagiert hatte, nichtsdestoweniger fehlten ihm genau Axels besondere Eigenschaften. Er verfügte nicht über diese förmlich greifbare Güte und die beschützende Ausstrahlung fehlte ihm gänzlich. Nichts Liebevolles lag in seinem Blick. *Er macht seinem Namen wahrlich alle Ehre: Stein, hart und kalt,* dachte sie und musste unwillkürlich schmunzeln.

Währenddessen hatte sie das Café erreicht, und zum Glück fand sie einen Parkplatz in der Nähe. Im Garten des Lokals wählte sie einen Tisch an der Seite, von dem aus sie das Treiben um sich herum beobachten konnte, und bestellte einen Espresso sowie ein Glas Prosecco.

Gestern hatte sie sich eine Packung Zigaretten und ein Feuerzeug gekauft. Jetzt öffnete sie die Schachtel und zog eine Zigarette heraus. Früher hatte sie geraucht, wegen Mark allerdings damit aufgehört. Nach ihrer Scheidung war sie abermals in Versuchung geraten, Tom hatte es jedoch genauso gehasst wie Mark. Endlich durfte sie wieder rauchen. Sie zündete die Zigarette an und inhalierte den Rauch. Es schmeckte scheußlich, aber sie machte einen weiteren Zug und musterte den Kellner, der zwischen den Tischen hin- und herlief.

Vielleicht bereitete der Job ihm keine Freude, doch immerhin musste er nicht nachgrübeln, wie er die Stunden totschlagen sollte – ganz im Gegensatz zu ihr.

Früher hatte sie Mark und die Kinder betreut, dann war Tom in ihr Leben getreten und hatte sie für sein Wohlbefinden beansprucht. Tagein, tagaus war sie damit beschäftigt gewesen, das Dasein anderer bequemer zu machen, selten mit Erfolg. Der Kellner stellte wenigstens seine Gäste zufrieden. Sie hatte es weder geschafft, Mark glücklich zu machen, noch Tom. War es nicht an der Zeit, dass jemand sie glücklich machte?

Axel könnte genau dieser Mann sein, aber bis der Fall nicht abgeschlossen war, würde er ihr bestimmt fernbleiben, mochten seine Augen bei ihrem Anblick aufleuchten wie zwei Sterne am Himmel. Selbst diesen Zug liebte sie an ihm: sein Verantwortungsbewusstsein. Sie durfte gar nicht daran denken, wie lang sich die Aufklärung von Toms Tod hinziehen konnte. Unbedingt musste sie bis dahin etwas finden, das ihren Alltag bereicherte.

Hätten Tom und ich diesen Streit nicht gehabt, bräuchte ich mir wegen einer Beschäftigung keine Gedanken zu machen. Widerwillig ließ sie die Erinnerung hochsteigen: seine bestimmenden Worte, ihre Reaktion darauf, und dieses nicht in Worte zu fassende Gefühl dabei. Wie eine Welle brach das schlechte Gewissen über sie herein, doch entschieden kämpfte sie gegen die Tränen an und erinnerte sich bewusst an Axels Aussage, als sie sich zum ersten Mal begegnet waren: *Sie dürfen sich keine Vorwürfe machen. Es ist nicht Ihre Schuld.* Obwohl sie damals auf dem Fußboden in Toms Vorzimmer gekauert hatte, war ihr jeder Satz fest im Gedächtnis geblieben.

Axel hatte recht. Und wie recht er hatte! Handlungen zogen Folgen mit sich, die man weder im jeweiligen

Moment noch später beeinflussen konnte. Es war nicht möglich, die Vergangenheit zu ändern, aber sie durfte sehr wohl ihre Zukunft bestimmen. Ergab sie sich der Angst, stand ihr eine triste Zeit bevor. Schaffte sie es allerdings, ihrem Leben einen neuen Sinn zu geben, vermochte sie womöglich endlich ihr Glück zu finden.

Ich brauche eine Aufgabe, zumindest bis sich alle Wirren gelöst haben und wieder Ruhe eingekehrt ist. Ein Hobby, einen Beruf, eine Passion. Doch was konnte sie? Worin war sie wirklich gut? Nach dem Abschluss an einer kaufmännischen Schule hatte sie in einem Reisebüro gearbeitet. Schon bald war Mark in ihr Leben getreten und mit ihm das Ende ihrer kleinen beruflichen Karriere. Sie war keine herausragende Köchin und nicht handwerklich begabt. Mit ihren leidlichen Tennis- und Golfkenntnissen war sie für andere Spieler mehr ein Hindernis als ein adäquater Partner.

Sylvia legte den Zeigefinger auf die Lippen und trommelte. Es gab Dinge, die ihr im Blut lagen und Freude bereiteten. Warum verband sie diese Elemente nicht miteinander und erzeugte etwas für sie völlig Neues? Die Arbeit an einem Computer hatte sie von jeher fasziniert und sie verfügte über *das besondere Auge für Schönheit,* wie sie es für sich nannte. In ihrem Fall äußerte sich Letzteres in einer ausgeprägten Begabung zu malen. Das Handicap bestand darin, dass sie nicht gern mit Pinseln und Stiften hantierte. Könnte sie für die Erstellung von Kunstwerken dagegen einen Computer benutzen, wäre sie mit Feuereifer bei der Sache. Es musste doch entsprechende Grafikprogramme geben, mit denen sich etwa Collagen entwerfen oder Fotos verändern ließen. Damit würde sie ihre neue Bildersammlung bearbeiten und aus den mangelhaften Fotografien Kunstwerke erschaffen.

Je mehr Sylvia über diese Idee nachdachte, desto begeisterter war sie. Sie musste nur ihren inneren Schweinehund überwinden und den ersten Schritt wagen. Und dieser bedeutete, auf die Suche nach einer Person zu gehen, die ihr Basisinformationen lieferte. Es war eine winzige Herausforderung, die sie gewiss fertigbrachte.

Kapitel 12

Nick machte es sich mit einem Glas Weißwein auf der Couch der kleinen Wohnung bequem und schaltete den Fernseher ein. Der Tag war anstrengend gewesen und er hatte gehofft, bei einem Film abschalten zu können, aber das entsprach nicht seinem Naturell. Zu sehr war er auf den Fall fokussiert. Also übersprang er den Fernsehversuch und suchte gleich einen Radiosender mit ruhiger Jazzmusik.

Seine Gedanken glitten zu Sylvia Schreiber und von selbst schob sich ihr Gesicht, vor allem diese großen blaugrünen Augen, in den Vordergrund. Von jeher hatte er Frauen den Vorzug gegeben, die mitten im Leben standen und mit Selbstsicherheit vorgingen. Er brauchte nur an Luisa zu denken, mit der er gerade telefoniert hatte. Dessen ungeachtet musste er sich eingestehen, dass ihn Sylvia Schreiber auf besondere Weise berührt hatte. Sie wirkte auf ihn wie eine wertvolle Porzellanfigur, die man achtsam behandeln und beschützen wollte.

Nachdem Nick sie nun kennengelernt hatte, vermochte er sich auch besser in Axel hineinzuversetzen. Gleichwohl war Axels Verhalten unangebracht und gehörte nicht in eine Ermittlung. Er verstand nicht, wie ein erfahrener Kriminalkommissar sich dermaßen gehen lassen und in solch eine Falle tappen konnte.

Nick seufzte auf, er sollte nicht schon wieder über Axel sinnieren. Im Vordergrund stand Lockwoods Tod und ihm hatte seine ganze Aufmerksamkeit zu gelten. Auf das morgige Gespräch mit Mark Schreiber war er beispielsweise äußerst gespannt. Obwohl er noch nicht vollends in den Fall eingetaucht war, zählte Mark Schreiber auch für ihn zum momentanen Hauptverdächtigen. Die Zusammenfassung seiner Person zeugte von einem skrupellosen Menschen, der bei Bedarf ohne mit der Wimper zu zucken über Leichen ging. Es stellte sich nur die Frage, ob im übertragenen oder tatsächlichen Sinn.

Bestimmt gab es mehr über Mark Schreiber herauszufinden, aber wie sollte er das bewerkstelligen? Kurz entschlossen griff Nick nach seinem Handy, das vor ihm auf dem Couchtisch lag, und suchte Samanthas Nummer aus der Anrufliste. Sie und Peter durften zwar nicht aktiv vor Ort an den Ermittlungen teilnehmen, doch Unterstützung von ihnen zu bekommen, war ihm nicht untersagt worden.

Sie hob nach dem vierten Klingeln ab. »Sweetheart! Dir ist klar, dass es bereits nach zehn Uhr p.m. ist? Ich betone: p.m.!«

Nick gab sich zerknirscht. »Ich weiß, allerdings brauche ich dich.«

»Privat oder Office?«

»Letzteres, aber auch emotional hätte ich deine Unterstützung nötig, zumindest hin und wieder deine bewährten imaginären Schläge mitten ins Gesicht. Ich bin hier nämlich von schönen Frauen umzingelt. Na ja, ich will nicht übertreiben, es sind zwei.«

»Du wirst doch nicht ...?«

»Nein, ich schwöre es dir – aber lassen wir das. Du kennst sämtliche Informationen über den Verdächtigen Mark Schreiber. Irgendwo muss es noch etwas Vergrabenes über ihn geben. Du bist die Beste in diesem Bereich. Wo würdest du ansetzen?«

Einen Augenblick schwieg Samantha. »Das ist einfach. All seine abgewiesenen Anklagen sind offenkundig, man weiß, was er besitzt und wie er agiert. Die Leute in München müssen sowohl in die Breite als auch in die Tiefe gehen. Scheuklappen abnehmen und alle Möglichkeiten einbeziehen, ist die Devise. Dann bekommst du, was du willst.«

Unwillkürlich musste Nick lächeln. Samantha hatte ohne viele Worte und Erklärungen sofort erfasst, was er meinte. »Worauf sollen sie besonders achten?«

Sie lachte. »Auf alles. Ein guter Ansatz ist, Dinge herauszufiltern, die letzten Endes nicht zur Anklage gekommen sind, aber aufliegen. Dezidiert meine ich damit zum Beispiel zurückgezogene Anzeigen. Gab es bei einem Hotelbau einen Kontrahenten, der plötzlich gekniffen hat? War Schreiber je in eine Schlägerei verwickelt oder einen Verkehrsunfall, aus dem er sich herausgewunden hat? Soll ich dir weitere Möglichkeiten aufzählen?«

Auch wenn Samantha ihn nicht sehen konnte, hob Nick die Hand. »Ich weiß punktgenau, worauf du hinauswillst. Gleich morgen früh bitte ich Axel, eine solche Suche zu veranlassen. Apropos *Suche*, hat sich dein verehrter Herr Doktor den Obduktionsbericht indessen zu Gemüte geführt?«

Samantha stieß ein Murren aus. »Und ob. Er hat ihn sich angesehen, war unzufrieden und hat ihn in die

Rechtsmedizin mitgenommen. Etwas passt ihm nicht, aber er möchte erst darüber sprechen, wenn er fündig geworden ist. Du kennst ihn.«

»Leider zu gut. Das hat mich früher schon an ihm aufgeregt. Alles muss hieb- und stichfest sein, wenn er es aus der Hand gibt.«

»My lovely, sein Perfektionswahn birgt auch gewisse Vorteile. Diese gedenke ich im Übrigen nach unserem Telefonat zu nutzen. Er liegt im Bett und ich werde mich ebenfalls direkt dorthin begeben.«

»Vielen Dank für die Andeutung. Ich werde sie in einem Albtraum verarbeiten. Gute Nacht, Sam. Und ... du bist ein Schatz.«

Erneut lachte sie. »Das will ich doch wohl hoffen, dass ich das bin. Und als Schatz warte ich erst recht darauf, dass du mich endlich nach München holst. Sleep well, Darling.«

Bevor Nick etwas erwidern konnte, hatte Samantha bereits aufgelegt.

Kapitel 13

Die Zentrale der Schreiber Hotels befand sich in einem dreistöckigen Gebäude am südlichen Stadtrand Münchens. Axel parkte auf dem für Gäste gekennzeichneten Platz. Bevor er ausstieg, drehte er sich zu Yvonne um, die es sich auf dem Rücksitz bequem gemacht hatte.

»Mark Schreiber empfängt uns dieses zweite Mal aus purer Höflichkeit, weil ich ihn wegen Nick darum gebeten habe. Keinesfalls will ich herausfordern, dass er zum Telefonhörer greift und seinen Anwalt anruft. Mit diesem Mann ist nicht zu spaßen. Du verstehst?

Yvonne spitzte die Lippen. »Hat mein Chef Angst, dass ich mich danebenbenehme? Mach dir keine Sorgen, ich werde mich zuvorkommend und kultiviert verhalten. Es gibt zwei Gründe, warum ich darum gebeten habe, bei dem Gespräch dabei sein zu können: Erstens möchte ich Mark Schreiber kennenlernen. Beim ersten Termin bist du mit Benji allein hier gewesen, weil ich in die Rechtsmedizin musste – falls du das vergessen hast. Zweitens will ich Nick live erleben.« Mit einer energischen Bewegung öffnete sie die Wagentür, stieg aus und steuerte sofort auf die Eingangstür des Gebäudes zu.

»Yvonne hat Mark Schreiber für sich längstens als *Kotzbrocken* klassifiziert. Wenn man sie nicht rechtzeitig stoppt, schießt sie in Interviews leicht über das Ziel hinaus«, erklärte Axel.

»Ich kann es noch nicht beurteilen, aber manchmal ist es gar nicht schlecht, sein Gegenüber aus der Reserve zu locken«, entgegnete Nick.

»Vorläufig bin ich gezwungen, Mark Schreiber wie ein rohes Ei zu behandeln – er ist nicht irgendjemand. Außerdem habe ich nichts gegen ihn in der Hand und er hat sich bis jetzt kooperativ gezeigt.« Axel griff nach dem Türöffner. »Machen wir uns auf den Weg.«

Sie stiegen ebenfalls aus und gesellten sich zu Yvonne. Gemeinsam betraten sie das Foyer und gingen auf den Empfangsbereich zu.

Die junge Frau hinter den Tresen lächelte sie an. »Guten Tag. Was kann ich für Sie tun?«

»Axel Mayr von der Kriminalpolizei. Herr Schreiber erwartet uns.«

»Einen Augenblick.« Sie rückte ihr Headset zurecht und drückte auf der Telefonanlage einige Tasten. Leise sprach sie in das Mikrofon. Als sie fertig war, erschien abermals ihr Lächeln. »Wenn Sie bitte warten. Sie werden abgeholt.«

Axel bedankte sich und sie machten einige Schritte zur Seite, um die junge Frau wieder ihrer Arbeit nachgehen zu lassen.

Es verging keine Minute, als die Aufzugstür zur Seite glitt und eine ältere Frau mit verbissener Miene auf sie zukam. Von der hochgeschlossenen Bluse bis zu den

Schuhen war sie in Grau gekleidet, was sie noch strenger erscheinen ließ als ihre schmalen Lippen ohnehin verrieten.

Ihr Blick streifte Yvonne und Nick und blieb an Axel hängen. »Herr Mayr! Bitte.« Das *Bitte* war ein Befehl.

Sie bestiegen den Lift und fuhren in den zweiten Stock hinauf, wo die Frau sie durch ein Zimmer – Nick nahm an, dass es sich um ihr Refugium handelte – zu einer Doppeltür geleitete. Ohne anzuklopfen riss sie den rechten Flügel auf und sagte: »Axel Mayr.« Der Reihe nach ließ sie sie eintreten, dann zog sie Tür von außen zu.

Mit einem schnellen Rundumblick erfasste Nick den Raum: ein großer Schreibtisch aus dunklem Holz, davor vier Stühle, an der hinteren Wand Schränke und Regale, im linken Bereich zwei schwarze Ledercouchen, auf der gegenüberliegenden Seite ein ovaler Besprechungstisch. Persönliche Dinge wie Fotos oder Sammlerstücke fehlten gänzlich. Drei surrealistische Bilder hingen an der Wand. In seiner Gesamtheit vermittelte der Raum eine gute Arbeitsatmosphäre.

Mark Schreiber stand auf und reichte ihnen über den Tisch hinweg die Hand. »Bitte.« Er zeigte auf die Stühle.

Während sie sich setzten, betrachtete Nick ihn aufmerksam. Er war etwa vierzig Jahre alt, das dunkelblonde Haar trug er kurz. Seine männlichen Gesichtszüge passten zur kräftigen, trainierten Gestalt. Er blickte sie offen an und vollführte jede Bewegung mit einer Zwanglosigkeit, wie sie nur selbstsichere Menschen zustande bringen. *Sylvia und Mark haben ein schönes Paar abgegeben,* dachte Nick unwillkürlich.

»Kann ich Ihnen etwas anbieten? Kaffee, Tee, Wasser ...«, fragte Mark Schreiber.

»Sehr gern. Einen Kaffee, schwarz.« Yvonnes Stimme klang sanft.

»Für mich nichts, danke«, antwortete Axel.

Nick schloss sich ihm mit einem Nicken an.

Mark Schreiber drehte sich seinem Bildschirm zu und tippte etwas auf der Tastatur, dann schenkte er ihnen wieder seine Aufmerksamkeit. »Sie haben sich also Verstärkung geholt, Herr Mayr.« Er wandte sich an Nick. »Sie werden schon gehört haben, Herr Doktor Stein, dass ich nicht flenne, weil Lockwood über den Jordan gegangen ist. Und ich verstehe durchaus, warum ich auf Ihrer Liste stehe. Sämtliche Mühe können Sie sich allerdings ersparen, weil ich nichts mit seinem Tod zu tun habe.

Bevor Nick etwas erwidern konnte, stieß die grimmige Frau die Tür auf und trat ein. Ein Mädchen folgte ihr. Während die junge Frau Yvonne den Kaffee auf einem kleinen Silbertablett reichte und Mark Schreiber eine große Henkeltasse hinstellte, fixierte die Alte ihren Chef.

»Was ist, Roswitha?«, fragte Mark Schreiber.

»Es gibt ein Telefon«, blaffte sie ihn an.

»Gewöhn dich endlich an die EDV. Wir befinden uns im einundzwanzigsten Jahrhundert.« Er blieb ungerührt und wartete, bis die beiden Frauen den Raum verlassen hatten. Mit einem Schulterzucken erklärte er: »Roswitha ist seit Eröffnung des ersten Hotels meine Sekretärin. Sie hätten sie früher erleben sollen. Das Alter stimmt sie milde.« Er zwinkerte Nick zu und trank einen Schluck von seinem Kaffee. »Zurück zu Lockwood ...«

Nick ließ wenige Sekunden verstreichen, bevor er antwortete. »Ich weiß, Sie haben mit Herrn Mayr bereits ein ausführliches Gespräch geführt, durch meine verzögerte Involvierung in den Fall muss die Runde noch einmal gedreht werden.« Er beugte sich einen Tick nach vorn. »Sie haben als Alibi für die Mordnacht angegeben, zu Hause bei ihren Kindern gewesen zu sein.« Obwohl sämtliche Informationen vorlagen, wollte Nick sich ein eigenes Bild verschaffen. Wie bei Sylvia Schreiber würde es auch hier zu Wiederholungen kommen.

»Sie verschwenden keine Zeit mit Small Talk. Ja, genau. Bevor jedoch auch Sie auf die dumme Idee kommen, meine Kinder einzubeziehen, sage ich Ihnen Folgendes: Beide haben um zweiundzwanzig Uhr längst geschlafen – wie jeden Abend während der Schulzeit. Sie werden Ihnen also nicht bestätigen können, dass ich im Wohnzimmer ferngesehen habe.«

Nick hatte die versteckte Drohung verstanden. Dieser Mann war bereit, weitere Fragen über sich ergehen zu lassen, seine Kinder durften allerdings nicht in die Sache hineingezogen werden. Unweigerlich gefiel Nick dieser Ansatz, zudem wollte er Mark Schreiber nicht verärgern, also schwenkte er bereitwillig um. »Tom Lockwood und Ihre Frau haben sich anlässlich einer Neugestaltung Ihres Hauses kennengelernt.«

»Exfrau! So ist es. Lockwood war für den Anbau eines Wintergartens zuständig. Ein Geschäftspartner hatte ihn mir empfohlen.« Kurz presste er die Lippen aufeinander. »Sylvia und Lockwood sind übereinander hergefallen wie notgeile Karnickel. Sie hat komplett neben sich gestanden und er war schlau genug, die Situation auszunutzen. Möchten Sie meine Meinung hören? Lockwood war ein berechnendes Arschloch. Meine Exfrau sieht sehr gut aus und ist von einer nicht unbedeutenden Schwere.« Mark Schreiber hob die Hand und rieb den Daumen an Zeigefinger und Mittelfinger. »An die Schwierigkeiten, die er sich mit ihr eingehandelt hat, dachte er hingegen nicht, der Vollidiot.«

Unmerklich hob Nick die Brauen. Mark Schreiber sparte wahrlich nicht an direkten Worten. »Welche Schwierigkeiten?«, erkundigte er sich.

»Das ist leicht zu erklären. Grundsätzlich ist meine Exfrau ein lieber Mensch, aber …« Mark Schreiber tippte sich an die Schläfe. »Sie ist einfach nicht ganz dicht. Glauben Sie, dass sie sich umsonst in Behandlung befindet? Angststörungen, Essstörungen, Phobien, Depressionen, manische Phasen und zwischendurch gar nichts davon, suchen Sie es sich aus. Um halbwegs in der Spur zu bleiben, braucht sie eine strenge Führung. Diese behagt ihr freilich nicht, weil sie keinem Druck standhält. Auf der Stelle kommen bei ihr Unsicherheit und Selbstzweifel hoch, dann springt sie unvermutet auf den nächsten Zug auf: Ich kann alles, ich bin so toll, ich trage Kraft in mir.«

»Tom Lockwood hat das rasch begriffen und ausgenutzt, war aber nicht fähig, damit umzugehen. Meinen Sie das?«, schaltete Yvonne sich ein.

»Und ob er das flott bemerkt und für sich verwendet hat! Den Rest vergessen Sie, das war nur so dahingesagt.« Mark Schreiber lehnte sich zurück und grinste schief. »Er hat ihr alles erzählt, was sie hören wollte – wie in einem Märchen. Ich kann mir allerdings nicht vorstellen, dass er das bis zu seinem Ende durchgehalten hat. Erste Hinweise eines Sinneswandels zeigen sich auf den Videos deutlich.« Er blickte Nick an. »Finden Sie nicht? Sie haben sich die Aufnahmen doch angesehen, Herr Doktor Stein.«

»Ja, alles, bis auf die intimen Szenen, die habe ich übersprungen.« Nick fixierte Mark Schreiber und achtete auf die kleinste Regung. Er spürte, wie Yvonne und Axel ihrerseits wiederum ihn anstarrten.

Mark Schreiber fuhr sich mit der flachen Hand über den Mund. »Volltreffer. Beantworten Sie meine Frage trotzdem?«

»Ja, es ist mir aufgefallen, vor allem die Reaktion Ihrer Exfrau darauf.« Kurz pausierte Nick. »Können Sie sich vorstellen, dass sie in einer prekären Situation womöglich die Beherrschung verliert?«

Einen Moment lang herrschte völlige Stille. Schließlich erwiderte Mark Schreiber: »Sylvia ist weder geistig noch seelisch zu so einer Handlung fähig, das ist meine feste Meinung. Ich würde Ihnen gern etwas anderes sagen, weil ich meine Ex durch die Geschichte mit Lockwood abgrundtief verabscheue, aber das kann ich nicht.« Demonstrativ warf er einen Blick auf seine Armbanduhr. »Ich habe in Kürze meinen nächsten Termin.«

Augenblicklich stand Nick auf. »Natürlich. Danke für Ihre offenen Worte. Auf Wiedersehen, Herr Schreiber.«

Yvonne und Axel, die sich ebenfalls erhoben hatten, nickten Mark Schreiber zu und verabschiedeten sich.

Sie waren schon fast bei der Tür angelangt, als Mark Schreiber ihnen nachrief: »Das *Auf Wiedersehen* war wörtlich gemeint, nehme ich an?«

Yvonne reagierte blitzschnell. Mit samtweicher Stimme entgegnete sie: »Das ist gut möglich.«

Mark Schreiber verbeugte sich im Sitzen. »In Ihrem Fall nichts lieber als das, aber bitte unter anderen Umständen.«

Sie schenkte ihm ein Lächeln und stolzierte aus dem Zimmer.

Während sie mit dem Lift hinunterfuhren und die Lobby durchquerten, sprachen sie kein Wort. Es war wie eine stille Übereinkunft. Ein Mann, der seiner Frau wochenlang rund um die Uhr Detektive nachgeschickt hatte und darüber hinaus sein Haus überwachen ließ, konnte genauso gut seinen Firmenaufzug abhören.

Kaum, dass sie allerdings im Auto saßen, sagte Yvonne: »Ich habe ihn mir ganz anders vorgestellt.«

»Und wie?«, fragte Axel.

»Trotz der direkten, derben Art finde ich ihn sympathisch, vielleicht sogar genau deswegen. Er hat nichts verschleiert oder beschönigt und seine Gefühle klar geäußert.«

»O ja, besonders seine Hassgefühle«, bemerkte Axel. »Diesen Mann möchte ich definitiv nicht zum Feind haben. Er ist zu allem fähig, sowohl auf sachlicher als auch auf emotionaler Ebene. Und deine Meinung, Nick?«

»Ihr habt es gerade perfekt zusammengefasst, *fair* würde ich hinzufügen.« Nick war noch zu sehr in dem

Gespräch mit Mark Schreiber verhaftet, um ausführlich zu reagieren. »Entschuldigt, ich bin in Gedanken versunken.«

»Was beschäftigt dich so?«, erkundigte sich Yvonne.

Nick warf einen forschenden Blick auf Axel. »Es wäre möglicherweise besser, dieses Thema unter vier Augen zu besprechen.«

Axel schien sofort zu wissen, was Nick meinte. »Eine Gretchenfrage? Sprich sie ruhig offen aus. Ich habe keine Geheimnisse vor Yvonne und Benjamin.«

»Okay. Mark Schreiber hat im Zusammenhang mit Sylvia einige schwerwiegende psychische Erkrankungen aufgezählt. In den Unterlagen gab es bloß Hinweise auf eine laufende Behandlung.«

»Ich habe das so zum ersten Mal gehört und werte Schreibers Aussage bestimmt nicht wie eine ärztliche Diagnose. Es war die hingeworfene Meinung eines verbitterten Mannes«, erwiderte Axel.

»Auf die Unterlagen des Therapeuten haben wir keinen Zugriff, das fällt unter die Schweigepflicht«, warf Yvonne ein.

»Dennoch muss man mit dieser Person reden. Darum geht es aber nicht nur.« Nick überlegte, wie er dieses heikle Thema am besten darbringen konnte, vor allem, weil sie zu dritt waren. Axel Mayr hatte ihn zu diesem Fall geholt, und nun sollte er ihn kritisieren?

Axel half ihm aus der Verlegenheit. »Du bist der Ansicht, ich hätte Sylvia Schreiber härter herannehmen und die Information längst aus ihr herausholen müssen.«

Nick brauchte nicht darauf zu antworten. Yvonne reagierte schneller. »Das stimmt. Du gehst viel zu rücksichtsvoll mit ihr um, das haben Benji und ich dir bereits einige Male gesagt. Sie ist süß und hübsch, keiner glaubt daran, dass sie die Mörderin ist, aber sie ist trotzdem eine Beteiligte und Verdächtige. Es mag ja –«

Axel hob die Hand und stoppte Yvonnes Redefluss. »Ich denke, Nick sollte erfahren, dass wir innerhalb des Teams wirklich alles darlegen. Wir sprechen nicht nur über die Abläufe und Erfahrungen unseres jeweiligen Projekts, sondern thematisieren ebenfalls unsere Gefühle und persönlichen Gedanken. Yvonne und Benjamin wissen, dass ich eine gewisse Hingezogenheit zu Sylvia Schreiber verspüre, genauso wie Benji ein gravierendes Problem mit einem Typus wie Tassilo Welk hat ... und Yvonne – eigentlich – mit Mark Schreiber.«

Nick lächelte. »Das stimmt. Ich hatte mir ein Treffen von dir, Yvonne, mit Mark Schreiber anders ausgemalt – du warst, nebenbei bemerkt, bravourös. Im Übrigen handhaben Samantha, Peter und ich das ähnlich wie ihr. Auf diese Weise kommt man besser bei den Ermittlungen voran und schützt sich gegenseitig vor äußeren Einflüssen.«

Axel nickte. »Wir sind Menschen, keine Roboter.«

»Eure Gefühlswallungen in allen Ehren, meine Herren«, mischte Yvonne sich ein. »Aber in einer Stunde kommt Tassilo Welk zum Interview. Wenn wir nicht endlich losfahren, muss Benji beginnen, das Gespräch zu führen, und dies wäre wohl nicht im Sinne des herzerwärmenden Teamgeists.« Sie verdrehte die Augen und grinste.

Axel lachte auf und startete den Wagen. »Du hast vollkommen recht. Und sobald wir Tassilo Welk abgewickelt haben, rufe ich Sylvia Schreiber an. Die Frage, wer alles von ihrer Versöhnungszeit wusste, ist noch offen und in diesem Zuge bitte ich sie auch um die Daten ihres Therapeuten.«

Kapitel 14

Automatisch musste Nick an Axels Worte vorhin im Auto denken: »Wir sind Menschen, keine Roboter.« Er war nicht sicher, ob diese Aussage auch auf Tassilo Welk zutraf. Seit geschlagenen fünfzehn Minuten drehten sie sich im Kreis, das Gespräch brachte nicht die kleinste Information zu Tage. Dieser Mann war eiskalt und aalglatt. Zwar hatte Nick zweimal eine minimale Öffnung bemerkt, doch schon im nächsten Augenblick war die Maske wieder dicht gewesen. Er hatte keine Chance, durchzudringen.

Anfänglich war Nick noch interessiert gewesen, vor allem, als er die Person Tassilo Welk studiert hatte: schwarzer Anzug, weißes Hemd, elegante Schuhe. Seine Hände waren gepflegt, das Gesicht sorgfältig rasiert, jedes Haar saß perfekt. Mittlerweile empfand er das Verhör jedoch als abgeschlossen und leitete langsam das Ende des Gespräches ein, indem er abermals auf den Grund dieses zweiten Termins einging.

Tassilo Welk antwortete ohne eine mimische Regung. »Kennen Sie das Wort freiwilliger Zwang, Herr Stein?«

»Genau genommen handelt es sich um zwei Worte«, entgegnete Nick. Diesen Mann zu korrigieren, verschaffte ihm zumindest eine kleine Genugtuung.

Tassilo Welk nahm den Konter gelassen, immerhin mit einem dezenten Anflug von Heiterkeit hin. »Zum

Denken sind wenige Menschen geneigt, obwohl alle zum Rechthaben.«

»Schopenhauer.«

Tassilo Welk fixierte Nick. »Richtig, von dem ist das. Ebenso richtig erscheint es mir, wenn ich Sie jetzt verlasse.« Er schob seinen Stuhl zurück und stand auf. »Halten Sie mich zurück?«

Nick und Axel entgegneten wie aus einem Mund: »Nein.«

Tassilo Welk nickte ihnen zu und verließ ohne ein weiteres Wort zu sagen den Raum.

Nachdem seine Schritte auf dem Flur verhallt waren, erkundigte sich Axel: »Und, wie findest du ihn? Mir ist aufgefallen, dass deine Fragen nicht besonders enthusiastisch geklungen haben.«

»Es war gut, ihn gesehen zu haben. Zu versuchen, ihm etwas zu entlocken, wäre allerdings vergebene Liebesmüh gewesen.« Nick hob die Schultern. »Er weiß genau, dass wir wegen der Geldtransaktionen im Bilde sind und seinen Boss als Auftraggeber des Mordes verdächtigen.«

Während sie aufstanden und den Raum verließen, erwiderte Axel: »Wenngleich Sanger den besten Verdächtigen darstellt, sagt mir mein Gefühl etwas anderes. In meinem Fokus befindet sich ganz klar Mark Schreiber. Ich bin gespannt, ob Benji zwischenzeitlich etwas über ihn ausgegraben hat. Die Idee deiner Samantha war hervorragend. Ich hätte sie gern hier.« Er blieb stehen und zeigte auf die Tür zu seinem Büro. »Ich rufe jetzt Sylvia Schreiber an.«

»Okay. Ich gehe einstweilen zu Yvonne und Benjamin.« Nick drehte sich um, öffnete deren Tür und steckte seinen Kopf hindurch. »Störe ich euch?«

Benjamin winkte ihn hinein. »Genau das Gegenteil! Ich warte auf dich und Axel. Wo ist er? Du wirst es nicht glauben, ich habe tatsächlich etwas über Mark Schreiber ausfindig gemacht. Es war zwar einige Rennerei dafür notwendig, aber Yvonne hat mir mit ihrem Charme geholfen.« Er grinste Yvonne zu, die als Reaktion demonstrativ ihr Haar schüttelte und die Lippen verführerisch schürzte.

»Deine Samantha Smith ist grandios. Hoffentlich lerne ich sie bald kennen. Ich möchte unbedingt mehr über ihre Arbeitsweise erfahren«, sprach Benjamin weiter.

Yvonne nickte. »Wenn sie so gut ist wie du bei Befragungen, Nick, kann man einiges von ihr aufnehmen. Ich bin nach wie vor begeistert, wie du bei Mark Schreiber vorgegangen bist. Diese Mischung aus Höflichkeit und Ruhe, und plötzlich mitten hinein in die Vollen. Herrlich.«

»Es geht nur darum, seinem eigenen Wesen zu folgen und sich auf sein Gegenüber einzustellen. Jeder hat andere Methoden.« Nick setzte sich. »Axel telefoniert mit Sylvia Schreiber. Das dauert sicherlich länger und ich bin gespannt. Also, was hast du, Benji?«

Benjamin reichte ihm ein Blatt Papier. »Es gibt drei Anzeigen wegen massiver Geschwindigkeitsübertretungen beim Autofahren, die nie geahndet wurden. Dann habe ich diese Sache mit dem grünen Regionalpolitiker an der Nordsee gefunden. Der hatte für richtigen Medienrummel gesorgt und sechs Anzeigen abgeliefert, weil er einen Hotelbau verhindern wollte, doch von einem Tag auf den anderen waren seine Anschuldigungen verstummt. Vergleichbares ist dreimal geschehen, in deutlich abgeschwächter Form. Und schließlich –«

Nick war auf Benjamins schriftlicher Zusammenfassung indessen am Ende angelangt. Er zeigte auf die beiden untersten Einträge. »Das ist es!«

»Diese beiden uralten Anzeigen wegen versuchter Vergewaltigung, schwerer Körperverletzung und Nötigung? Zu denen wollte ich gerade kommen.«

Nick richtete sich in seinem Stuhl auf. »Entschuldige, dass ich dich unterbrochen habe, aber diese Info ist Gold wert. Verkehrsübertretungen sind eine Sache, auch das Schmieren und die Bestechung von Politikern und Beamten, es betrifft Schreibers Unternehmen. Das da allerdings fällt in den privaten Bereich. Hast du die Unterlagen dazu?«

Benjamin schob eine dünne Mappe über den Tisch. »Sieh dir unbedingt die Krankenhausberichte dazu an.«

Nick öffnete den Aktendeckel und konzentrierte sich auf die Aufzeichnungen. Mit jedem Satz, den er las, wuchs sein Erstaunen. Er blätterte zurück zur ersten Anzeige und nahm sich darauf abermals die zweite vor. Schließlich klappte er den Deckel zu und lehnte sich zurück. Bevor er einen Kommentar abgab, musste er das Gelesene verarbeiten und mit seinem Eindruck von Mark Schreiber in Einklang bringen. Diese Anzeigen waren keine Bagatellvergehen. Er reagierte nicht einmal, als Axel eintrat.

»Entschuldigt, ich habe mit Sylvia Schreiber telefoniert. Weder Tom Lockwood noch sie haben jemand von ihrer besonderen Versöhnungsvereinbarung erzählt. Und ich habe die Kontaktdaten der Therapeutin, sie heißt Elisabeth Brecht. Ihre Praxis befindet sich in der Innenstadt. Sylvia ruft sie sogar vorher an, um uns anzukündigen. Ich möchte den Termin so rasch –« Erst jetzt fiel sein Blick auf Nick. »Was ist denn mit dir los?«

Nick sah zu Axel hoch. »Wir müssen erneut mit Mark Schreiber reden, dringend. Benji hat etwas gefunden.«

Kapitel 15

»Das ist eine verfluchte Scheiße«, murmelte Juri Sanger und fuhr sich mit den Händen über das Gesicht. Er saß auf einem Barhocker an der Theke seiner Küche, während Tassilo unablässig vor ihm auf und ab lief. »Halt endlich still. Dein Gerenne macht mich wahnsinnig.«

Unverzüglich blieb Tassilo Welk stehen. »Hätte ich besser anders reagiert? Dieser Stein ist verdammt gut. Zehn Minuten länger und ich hätte nicht mehr gewusst, wie ich mich verhalten soll.«

»Du hast richtig gehandelt, das Gespräch abzubrechen. Sie haben nichts gegen dich in der Hand. Es gibt nur ein sinnvoll begründbares Telefonat zwischen dir und Lockwood, das war's.«

Tassilo schnaubte auf. »Mayr und dieser hinzugezogene Starermittler können eins und eins zusammenzählen. Die Verbindung zwischen Lockwood und uns haben die längst verstanden. Wir werden keine Ruhe vor ihnen haben, bis sie wissen, wer Lockwood getötet hat.«

»Das ist meine größte Sorge. Es wirft unsere Pläne komplett durcheinander. Solange wir auf dem Radar der Polizei sind, müssen wir stillhalten.«

Tassilo schlug sich auf die Stirn. »Warum hat dieser Idiot Lockwood vor seiner Freundin mit mir telefoniert? Die ist doch nicht dumm, aber darum kann man sich notfalls kümmern.«

»Beruhige dich, Tassilo, im Augenblick *kümmern* wir uns um niemanden. Wie heißt die Kleine schnell?«

»Sylvia Schreiber. Ihr Exmann ist der Inhaber der Schreiber Hotels – Geld wie Heu.«

Juri Sanger stieß einen grimmigen Laut aus. »Ich fasse es noch immer nicht, dass jemand Lockwood eins übergezogen hat. Die paar umgedrehten Kröten sind mir egal, aber er wäre der perfekte Kurier für das neue Geschäft gewesen. Der Kerl war durch und durch sauber. Wenn Irina nichts findet, gibt es nichts. Keine *putzt* wie sie. Es dauert Monate, einen Neuen dafür aufzubauen, finden muss man ihn auch erst.« Er ballte die Hände zu Fäusten und murmelte mehr zu sich selbst als zu Tassilo: »So lange werden die Auftraggeber nicht warten. Scheiße, ich will bei dieser brandheißen Sache dabei sein. Koste es, was es wolle.«

»Mal ehrlich, wenn Lockwood so sauber gewesen ist, warum wurde er dann umgebracht?«

Juri musterte Tassilo und überlegte, ob der junge Mann seine letzten Worte tatsächlich nicht gehört hatte. Bestimmt, sonst wäre er darauf eingegangen. Tassilo war neugierig und konnte nicht verstehen, warum er in diesen Handel nicht eingeweiht wurde. Auch Juri war es gewohnt, mit Tassilo frei zu sprechen, in diesem Fall war das jedoch nicht möglich. Die Anweisungen des Kartells waren deutlich: Niemand durfte ohne ausdrückliche Zustimmung involviert werden. Der Aufbau war in Sicherheitsstufen geregelt und Tassilo stand nicht einmal auf der untersten. Es gab nur wenige auserwählte Personen.

Juri hüstelte und ging auf Tassilos Überlegung ein. »Dein Gedanke ist berechtigt und wir sollten beginnen zu graben. Ich will die Polizeiakte über Lockwoods Mord haben.«

Tassilo nickte. »Die Infos habe ich rasch beisammen. Ich hole mir Rolf und Elvis.«

Juri sah ihn fragend an. »Mit Namen hab ich's nicht so, wie du weißt.«

»Rolf, der Typ aus der EDV-Abteilung bei der Polizei, und Elvis, unser kleiner, dankbarer Streifenpolizist. Er soll sich umhören, was über den Fall gesprochen wird.«

»Sei großzügig.«

»Sowieso. Rolf kennt seinen Wert und will Geld. Elvis bekommt einen Gratisfick bei Christine.«

»So einer ist das? Widerlicher Wichser. Christine soll ihn als Dankeschön richtig ordentlich salzen. Er wird bekommen, worauf er steht. Aber bring ihn in die Franziskaner Lounge. Dort kannst du ihn mitfilmen lassen«, befahl Juri.

»Okay.«

Juri Sanger verzog die Mundwinkel. »Welcher Idiot nennt sein Kind Elvis? Bei dem Namen ist der Schaden doch vorprogrammiert.«

»Achtung. Ich heiße Tassilo, schon vergessen?«

Kapitel 16

Das Sonnenlicht drang durch einen Spalt des Vorhangs und traf genau auf Sylvias geschlossene Augen. Automatisch presste sie die Lider fest zusammen und drehte sich zur Seite, dann setzte sie sich abrupt auf und schlug die Bettdecke zur Seite. Der lange traumlose Schlaf hatte ihr gut getan. Förmlich spürte sie die Energie durch ihren Körper strömen.

Sie ging ins Bad, brachte das allmorgendliche Ritual hinter sich und legte ein dezentes Make-up auf. Im Ankleideraum zog sie ein hellblaues Kleid mit Spaghettiträgern über, dazu wählte sie eine leichte Weste in Weiß. Geradewegs eilte sie zurück ins Schlafzimmer, nahm ihr Handy, das auf einem Tischchen neben dem Bett lag, und lief die Treppe hinab in die Küche.

Während sie die Kaffeemaschine einschaltete und eine Tasse unter den Auslauf stellte, suchte sie in der Kontaktliste ihres Handys nach dem Namen Caroline Parink. Als sie fündig geworden war, tippte sie ohne weiter nachzudenken auf die verzeichnete Nummer. Es klingelte mehrmals, bis abgehoben wurde.

»Caroline Parink.«

»Hallo, Caroline, hier spricht Sylvia Schreiber. Ich weiß nicht, ob du dich an mich erinnern kannst. Wir haben uns auf der Schweigenhart-Hochzeit vor drei

Jahren länger unterhalten und Telefonnummern ausgetauscht.« Gern erinnerte sich Sylvia an das Gespräch mit der sympathischen Frau. Eigentlich hatten sie vorgehabt, sich auf einen Kaffee zu verabreden, doch ohne bestimmten Grund war das Treffen nie zustande gekommen.

Caroline Parink reagierte prompt. »Aber ja, natürlich.« Sie hüstelte. »Es tut mir leid, ich wollte mich wirklich melden.«

»Ach, ich genauso.«

Caroline lachte. »Vergessen wir unser schlechtes Gewissen.« Kurz pausierte sie und fragte schließlich: »Ich habe gehört, du hast dich von Mark getrennt. Das tut mir sehr leid.«

Einen Moment lang überlegte Sylvia, was sie erwidern sollte. Die Scheidung von Mark schien eine Ewigkeit her zu sein und sie wollte Caroline nicht von Tom und seinem Tod erzählen. Mittlerweile sah sie ihn als Auslöser für ihr neues Leben, dennoch hatte er nichts mit dieser Zukunft zu tun. »Es war eine schwierige Zeit, aber die liegt hinter mir und jetzt geht es mir wunderbar«, entgegnete sie.

»Das freut mich für dich.«

Sylvia registrierte den traurigen Unterton in Carolines Stimme und zog ihre Schlüsse. Sicherlich durchlebte sie gerade eine ähnliche Phase. Dieses offensichtliche Leid rührte sie und sie verspürte das Bedürfnis, etwas Tröstendes zu sagen. »Es liegt an den Männern, Caroline, nicht an uns. Sie betrügen, erniedrigen, ignorieren. Egal was sie davon tun, unter dem Strich steht immer dasselbe.«

Caroline seufzte und schwenkte um. »Du hast mich angerufen. Kann ich etwas für dich tun?«

»Ich brauche einen Rat von dir.«

»Ja klar, gerne. Schieß los!«

Caroline klang nun wieder so lebendig, wie Sylvia sie in Erinnerung hatte. Sie kannte diese Schwankungen gut. Das Verzagen holte einen unvermutet ein. Ein einziges Wort reichte bisweilen aus, um es hervorzubringen. Für einen Moment blätterte die Fassade des glücklichen Daseins ab und der Seelenschmerz trat zutage. Ebenso rasch packte man ihn weg, dankbar, den Augenblick überstanden zu haben. »Mir ist eingefallen, dass du in einer Werbeagentur arbeitest. Ich möchte lernen, Fotos auf künstlerische Weise am Computer zu bearbeiten, weiß allerdings nicht, welche Software die Beste ist. Hast du einen Tipp für mich?«

»Verstehe. Nun, für den privaten Gebrauch stehen einige gute Programme zur Verfügung, aber wenn du *das Beste* benutzen willst, gibt es nur eins: Adobe Photoshop. Hast du irgendwelche Vorkenntnisse?«

»In meinem ganzen Leben habe ich noch nie von Adobe Photoshop gehört. Beantwortet das deine Frage?«

»Dann wirst du ohne Hilfe nicht zurechtkommen. Ernsthaft, die Möglichkeiten dieser Software sind schier unendlich und gerade für Anfänger ist es schwierig, den Aufbau zu begreifen. Das meine ich nicht abwertend, bitte versteh mich nicht falsch.«

»Und mit einem Privatlehrer?«

»Du bist bei der Scheidung gut ausgestiegen?«, erkundigte sich Caroline.

»Ich lebe unbeschwert«, entgegnete Sylvia knapp. In der Tat hatte sie mehr Geld erhalten, als sie selbst bei einem aufwändigen Lebensstil je ausgeben würde können. Dafür lebten ihre Kinder bei Mark. Jäh spürte sie den brennenden Schmerz in ihrem Inneren. *Ich habe meine lieben Kleinen nicht für ein Vermögen eingetauscht. Ich war schwach und hatte Angst vor Mark. Er wäre zu allem fähig gewesen,* durchfuhr es sie und eilig schob sie den Gedanken beiseite.

»Immerhin etwas.« Kurz schwieg Caroline. »Mit einem guten Grafiker an deiner Seite kannst du rasch viel lernen und der große Vorteil dabei ist, dass du nicht – wie in einem normalen Kurs – mit der Herde ziehen musst, sondern gezielt deine Bedürfnisse definierst. Ich kenne sogar jemanden, der sich über einen Zusatzverdienst freut. Es ist ein junger Kollege von mir, ein hervorragender Photoshopper und sehr lieber Mensch. Darf ich ihm deine Telefonnummer geben? So könnt ihr euch direkt einen Termin ausmachen.«

»Natürlich, das wäre super. Vielen Dank. Und, Caroline, wenn du einmal reden möchtest, können wir unseren Kaffee jederzeit gerne nachholen.«

»Das fände ich echt schön«, erwiderte Caroline und fügte nach einer neuerlichen Pause hinzu: »Gregor hat mich wegen einer anderen verlassen. Ich bin einsam und fülle diese Leere mit sinnlosen Bettgeschichten.« Sie räusperte sich. »Entschuldige, das ist mir herausgerutscht. Ich will dich nicht mit meinem Zustand belasten. Du hast genug Probleme hinter dich gebracht.«

»Wir Frauen müssen zusammenhalten, und umso dringender sollten wir uns treffen. Ich rufe dich in den nächsten Tagen an, versprochen.« Sylvia lachte aufmunternd und verabschiedete sich von Caroline.

Obwohl das Gespräch beendet war, behielt Sylvia das Handy in der Hand und blickte versonnen auf das Display. Ihr Antlitz spiegelte sich in dem schwarzen Glas. *Bettgeschichten also,* überlegte sie. Sie selbst war noch nie auf den Gedanken gekommen, eine Affäre zu beginnen oder gar einen One-Night-Stand mit einem Mann zu haben. Was sprach dagegen, sich ein wenig frischen Wind um die Nase wehen zu lassen, bis Toms Fall der Geschichte angehörte und sie endlich in Axel Mayrs Arme sinken durfte? *Gar nichts spricht dagegen,* gab sie sich prompt die Antwort. Aber wie stellte man es an, jemanden für ein solches Unterfangen kennenzulernen?

Ohne Begleitung eine Bar zu besuchen, konnte sie sich nicht vorstellen, ebenso nicht, sich auf einer einschlägigen Plattform zu registrieren. Noch immer sah sie auf ihr Handy. Im Laufe ihrer Ehe war sie vielen Freunden und Geschäftspartnern von Mark begegnet, die sie eindeutig attraktiv gefunden hatten – in ihrem Telefon befanden sich von einigen dieser Männer die Telefonnummern. Die meisten hatte sie von Mark bekommen, um etwa ein Abendessen zu arrangieren, manche waren ihr heimlich zugesteckt worden. Bei Letzteren hatte sie zwar nie angerufen, aber die Nummern sehr wohl gespeichert.

Was derjenige dachte, wenn sie sich aus heiterem Himmel nach Jahren meldete? Sylvia stöhnte genervt auf. Der Laut galt ihr selbst. Sie würde schon einen Grund finden, warum sie anrief, außerdem war es pure Zeitverschwendung, sich darüber den Kopf zu zerbrechen. In diesem Fall ging es allein um ihr Vergnügen.

Um deren Befindlichkeiten musste sie sich keine Sorgen machen, sogar genau das Gegenteil war der Fall. Sie brauchte nur Caroline als Beispiel herzunehmen. Bei der Hochzeit hatte sie einen sprühenden Geist bewiesen, jetzt am Telefon war diese Dynamik kaum zu bemerken gewesen. Ein Mann fand wahrlich mannigfaltige Wege, seine Partnerin zu entwürdigen und ihr die Freude am Leben zu nehmen. Jedem Einzelnen gebührte es, genauso zu leiden.

Deutlich spürte Sylvia Zorn in sich hochsteigen. Entschlossen aktivierte sie ihr Handy und öffnete die Kontaktliste.

Kapitel 17

Nick erschien die Miene von Mark Schreibers Sekretärin noch verdrießlicher als bei seinem ersten Besuch. Als er und Axel endlich vor Mark Schreibers Schreibtisch standen, erwartete sie auch hier kein höflicher Empfang.

»Haben Sie es nun ernsthaft auf mich abgesehen, oder was?«, fuhr er sie an. »Nehmen Sie Platz und bringen wir es hinter uns. Ich habe nicht ewig Zeit.«

Nick und Axel hatten im Vorfeld vereinbart, die grundsätzliche Gesprächsführung Axel zu überlassen. Nick würde im Bedarf einspringen und entsprechend einwirken. Er hatte sich vorgenommen, Mark Schreiber im äußersten Fall anzudrohen, die beiden Frauen von damals aufzusuchen und zu befragen. Er legte es nicht darauf an – vor allem der Betroffenen zuliebe –, aber es war ein hervorragendes Druckmittel.

»Wir haben etwas gefunden, das keinen Aufschub duldet.«

»Das sagten Sie bereits am Telefon, Herr Mayr. Also, worum geht es?« Mark Schreiber unterstrich seine Worte mit einer Handbewegung, die Eile forderte.

»Es liegen zwei ältere Anzeigen wegen versuchter Vergewaltigung und schwerer Körperverletzung gegen Sie vor«, antwortete Axel ohne Hast.

Unmerklich zog Nick die Brauen hoch und konzentrierte sich auf Mark Schreibers Reaktion. Axel hatte den aktiven Terminus – zwei Anzeigen liegen vor – gewählt. Es war die beste Methode, um sein Gegenüber zu verunsichern. Zudem konnte man damit herausfinden, ob Mark Schreiber damals lenkend eingegriffen hatte, um die Bedrohung aus der Welt zu schaffen. Sofort würde er nämlich Axels Aussage korrigieren.

Tatsächlich konterte Mark Schreiber prompt. »Schwachsinn. Die Anschuldigungen sind zurückgezogen worden. Es hätte überhaupt nicht so weit kommen dürfen, aber das Krankenhaus hatte automatisch Anzeige erstattet. Was soll das? Diese Vorfälle liegen viele Jahre zurück.«

»Was ist damals passiert, Herr Schreiber?« Axel verlieh seiner Stimme eine gewisse Schärfe.

»Nichts, gar nichts. Es war ein Irrtum und alles hat sich in Wohlgefallen aufgelöst. Punkt, aus, Ende. Es reicht. Ich rufe meinen Anwalt an und Sie gehen jetzt.« Mark Schreiber griff nach seinem Handy.

Nick hob die Hand. »Warten Sie bitte einen Moment. Wir alle hier sind uns bewusst, dass es sich um keinen *Irrtum* gehandelt hat. Wenn Sie Ihren Anwalt anrufen und unsere Fragen nicht wahrheitsgemäß beantworten, gehen wir zu den beiden Frauen und holen uns von ihnen sämtliche Informationen. Sie leben beide nach wie vor in München. Ich stelle mir vor, dass deren Aussagen unangenehmer für Sie ausfallen würden als Ihre eigene.«

Mark Schreiber biss sich auf die Unterlippe und legte sein Handy wieder weg. »Was wollen Sie wissen?«

»Die Anzeigen kamen relativ knapp hintereinander, davor und danach keine«, entgegnete Axel höflich. Zweifellos machte er absichtlich einen Schritt zurück, um Mark Schreiber auf den eigentlichen Punkt hinzuführen.

»Ich habe mich damals in einer Art Ausnahmezustand befunden. Es gab jede Menge Ärger in der Arbeit, die Kinder waren klein, Sylvia hatte keine Lust auf Sex.« Mark Schreiber hob die Arme. »Ich war frustriert und geladen wie ein randvolles Schrotgewehr.«

»Es ist aus der Situation heraus, quasi durch Zufall, geschehen? Haben diese beiden Frauen Sie in irgendeiner Form gereizt?«

Mark Schreiber schüttelte den Kopf. Augenscheinlich konnte er dieses Bild so nicht stehen lassen. »Aber nein. Ich neige in manchen Situationen zu einer gewissen Härte und stehe auf Dominanzspiele. Mehr ist da nicht.«

»Eine der Frauen hatte einen Nasenbeinbruch, die andere Würgemale am Hals. Hämatome am ganzen Körper und Einrisse im vaginalen wie analen Bereich sind ebenfalls vermerkt«, zählte Axel auf.

»Was wollen Sie hören? Ja! Ich habe übertrieben und Fehler begangen. Jeden einzelnen durfte ich im Übrigen teuer bezahlen.«

»Sie haben die beiden Frauen bestochen, damit sie die Anzeige zurückziehen«, stellte Axel fest.

»Nicht zu knapp, das können Sie mir glauben. Ich habe daraus gelernt und mich anderweitig orientiert.«

Nick richtete sich auf. »Gehe ich recht in der Annahme, dass Sie diese *anderweitige Orientierung* nicht zu einem Psychologen geführt hat?«

Mark Schreiber stieß einen abfälligen Laut aus. »Warum hätte ich das tun sollen? Allesamt Idioten! Ich weiß, was ich brauche und will auf dieses Ventil nicht verzichten.« Er besann sich seiner Worte und setzte nach: »Besondere Etablissements bieten mir die Möglichkeit, meine Lust auszuleben. Besser ich bezahle vorher und weiß, wofür, als danach mit der Angst im Nacken, eine Strafe zu kassieren.«

Axel reagierte auf der Stelle. »Wohin gehen Sie?«

Mark Schreiber seufzte auf. »Eine Ehefrau, die mir deshalb davonläuft, habe ich nicht mehr und meine Kinder werden Sie tunlichst außen vor lassen. Genauso wie Sie auf meine Integrität als Geschäftsmann achten. Kann ich mich darauf verlassen?«

»Selbstverständlich, sofern das möglich ist. Es ist nicht unser Ziel, die Öffentlichkeit zu informieren.«

»In den Moodclub.« Er fuhr sich mit der flachen Hand über die Stirn. »Vielleicht bin ich in bestimmten Momenten überbordend und sicher habe ich es einige Male übertrieben, aber ich bin es nicht gewesen.«

»Sie meinen den Mord an Lockwood?«

Mark Schreiber nickte und sagte eindringlich: »Ich habe ihn nicht umgebracht.«

Unvermittelt stand Axel auf. »Danke für Ihre Offenheit, Herr Schreiber. Wir wissen sie zu schätzen und wollen Sie nun nicht weiter von Ihrer Arbeit abhalten.«

Nick sah, wie sich Axels Unterkiefer bewegte.

Kapitel 18

»Warum bist du so abrupt aufgesprungen? Es hätte noch einige Kleinigkeiten zu klären gegeben«, fragte Nick, als sie wieder im Wagen saßen.

»Ich habe alles erfahren, was ich wissen musste«, entgegnete Axel knapp.

Nick bemerkte, dass Axel das Lenkrad krampfhaft umklammert hielt. »Sag mir, was los ist.«

Axel schnaubte auf. »Zu deiner Beruhigung: Ich kenne sowohl den Moodclub als auch seine Besitzerin, die ehrenwerte ehemalige Domina Anna Wein. Vor einigen Jahren habe ich ihr einmal bei einer etwas heiklen Angelegenheit geholfen. Von ihr werden wir erfahren, was Mark Schreiber tatsächlich treibt. Es ist nichts verloren gegangen, weil ich das Gespräch abgebrochen habe. Wäre es dir lieber gewesen, er hätte uns hinausgeschmissen wegen seines nächsten Termins?«

»Gut zu wissen, dass wir eine Ansprechperson haben, aber lassen wir Schreibers Aussage und diesen Moodclub für einige Minuten beiseite. Du hast das Gespräch nicht abgebrochen, um ihm zuvorzukommen. Liege ich falsch?«

Für kurze Zeit schwieg Axel, dann platzte er heraus: »Kannst du dir vorstellen, dass eine wundervolle und sanfte Frau wie Sylvia Schreiber mit solch einem brutalen Mann verheiratet gewesen ist? Du hast die Berichte des Krankenhauses doch gelesen! Er ist nicht einfach nur härter vorgegangen, diese Frauen sind von ihm erbarmungslos misshandelt worden – und von wegen *versuchte Vergewaltigung*.«

»Du bist aufgebracht, richtig zornig. Ich möchte dezidiert erfahren, warum?« Im Grunde benötigte Nick keine Antwort, aber es war der Zeitpunkt gekommen, die Karten dieses speziellen Spiels auf den Tisch zu legen. Bis jetzt war er – wohl wie auch Yvonne und Benjamin – davon ausgegangen, dass Axel sich weitgehend im Griff hatte. Nun stellte sich Nick allerdings die Frage, ob das noch der Wahrheit entsprach. Er hatte Axel genauso beobachtet wie Mark Schreiber. Sein Kollege hatte gebebt vor Wut.

»Du musst wissen, dass mir Sylvia Schreiber in unseren Gesprächen unter anderem ihr Herz ausgeschüttet hat. Mark Schreiber hat sie nicht nur dominiert, sondern auch – so nannte sie es – *kleingemacht*. Nichts, was sie getan hat, war ihm recht gewesen, und es dürfte immer schlimmer geworden sein. Dieser Mann hat seine Ehefrau und die Mutter seiner Kinder regelrecht gebrochen. Und dann thront er da oben in seinem Stuhl und erzählt uns von seinen abartigen Trieben, als wären sie völlig normal. Er hat nicht einmal versucht, sich zu rechtfertigen.«

Nick presste die Lippen aufeinander. All das wollte er jetzt nicht hören. Axel musste die Tatsache auf den Punkt bringen, um sich dessen wirklich bewusst werden. »Wir sitzen allein im Auto. Ich fungiere als Berater und habe weder die Ambition noch die Möglichkeit, dir diesen Fall wegzunehmen. Also sprich es endlich aus«, forderte er.

Axel seufzte. »Ja, ich bin in Sylvia Schreiber verliebt – mehr als das: Ich bete sie an – und mein einziger Wunsch ist, Lockwoods Mörder zu fassen, damit sie Ruhe findet. Neben den anderen Gründen habe ich dich auch deshalb um Hilfe gebeten. Du siehst selbst, dass wir auf keinen grünen Zweig kommen.«

»Yvonne und Benjamin haben keine Ahnung von dem Ausmaß, oder?«

»Ich tue es als spielerische Schwärmerei ab. Vor allem Yvonne ist Kriminalistin genug, um sofort einzugreifen, wenn sie eine Gefahr für die Ermittlungen sehen würde. Ich bin aber mittendrin am besten aufgehoben, weil ich den Fall unbedingt lösen will. Kannst du das nachvollziehen?«

»Bis zu einem gewissen Grad. Du musst allerdings deine Gefühle im Zaum halten, so etwas wie mit Mark Schreiber darf kein zweites Mal geschehen. Und damit meine ich nicht die Handlung, sondern warum du sie gesetzt hast und was währenddessen in deinem Inneren vorgegangen ist. Mach deine Karriere nicht kaputt. Damit hilfst du Sylvia Schreiber am wenigsten.«

Axel fuhr sich mit einer hastigen Bewegung durchs Haar. »Ich werde mich beherrschen, versprochen.«

»Bevor du das nächste Mal aus der Haut fährst, tritt einen Schritt zurück und lass mich einspringen. Du bist ein hervorragender Ermittler und verstehst es einzuschätzen, wann du wieder Gefahr läufst, in ein Dilemma zu geraten. Und noch etwas: Ich weiß, du wirst dir in dieser Phase nicht die Zeit nehmen, mit einem Therapeuten zu reden, also sprich mit mir.«

»Das werde ich. Danke, dass du mich verstehst und unterstützt.«

Nick grinste schief. »Fasse es nicht falsch auf, aber verstehen kann ich dich nicht. Ich erkenne bloß die Situation und will wie du den Täter aufspüren. Dafür bin ich schließlich hier.«

»Das genügt mir vollauf. Was ist, begleitest du mich heute Abend in den Moodclub? Yvonne und Benji möchte ich nicht dabeihaben. Es wäre zu heikel, sollte Anna Wein diese kleine Unterstützung in der Vergangenheit ansprechen.«

»In diesem Punkt wiederrum verstehe ich dich bestens und selbstverständlich bin ich dabei.«

Kapitel 19

Juri Sanger und Tassilo Welk saßen an einem großen Tisch. Vor ihnen lagen unzählige Blatt Papiere und Farbfotokopien von Bildern verteilt. Einige Schriftstücke hatten sie zur Seite gelegt, andere zu kleinen Stapeln sortiert.

»Schade, dass mein kleiner EDV-Mann bei der Polizei auf einiges keinen Zugriff hat. Zum Beispiel Gesprächsprotokolle, vor allem die internen, fehlen komplett.« Sichtlich unzufrieden fügte Tassilo hinzu: »Ich muss einen Besseren finden.«

»Wir benötigen kein Gesprächsprotokoll, um zu erkennen, wen sie neben diesem Mark Schreiber als Hauptverdächtigen führen. Die haben uns längst vorverurteilt«, antwortete Juri.

Tassilo vollführte eine halbkreisförmige Bewegung mit dem Arm. »Wenn ich mir das alles ansehe, glaube selbst ich, dass wir unsere Finger im Spiel hatten.«

»Scheiße«, zischte Juri. Sein Unbehagen war mit jeder Minute gestiegen, in der sie das vorhandene Material gesichtet hatten.

»Letzten Endes können sie uns nichts anhaben, weil wir es einfach nicht gewesen sind.«

Juri presste die Lippen aufeinander. Tassilo schien die Tragweite der Angelegenheit nicht zu begreifen. »Kapierst du es nicht? Das Letzte, das ich brauche, ist eine

Horde von Bullen, die hinter uns her schnüffelt und jeden verdammten Stein umdreht. Generell nicht, und jetzt schon gar nicht! Verfluchte Scheiße.«

Tassilo reagierte mit einem Unmutslaut. »Auch wenn sie uns zerlegen wie einen Walfisch, wissen alle aus unseren Kreisen, dass wir nichts damit zu tun haben.«

»Das zählt nicht. Es geht um Unauffälligkeit. Hast du ein Brett vor dem Schädel?«

Tassilo fuhr auf. »Nein, habe ich nicht. Aber woher soll ich ahnen, worum es genau geht? Du lässt mich im Dunklen tappen.«

»Ich habe dir bereits gesagt, dass es dieses Mal so läuft. Das kommt nicht von mir, sondern ist eine Weisung und an die halte ich mich. Glaubst du, ich lasse mich wegen dir kleinen Scheißer auf etwas ein? Das sind andere Kaliber.« Mit einer gebieterischen Geste schloss Juri das Thema ab und fragte: »Hat sich der devote Widerling mittlerweile umgehört?«

»Du meinst Elvis? Ja, der war Feuer und Flamme, uns helfen zu dürfen. Viel konnte er allerdings nicht beisteuern. Er hat mit einer Kollegin geredet, die bei Lockwoods Auffindung dabei war. Sie hat sich um diese Sylvia Schreiber gekümmert, bis Axel Mayr gekommen ist.«

»Und?«

»Die Schreiber war zuerst in einer Art Schockzustand, dann hat sie sich gefasst. Mayr ist mit ihr in die Küche gegangen, dort haben sie sich unterhalten. Schließlich ist sie von einem anderen Beamten heimgebracht worden.«

»Und die Wohnung?«

»Ganz genau wie es in dem Bericht steht: sauber wie in Mutters Küche. Nichts war umgeworfen und es gab keine Hinweise darauf, dass etwas gesucht worden ist. Lockwood hat mit seinem Mörder auf keinen Fall gekämpft.«

Juri ballte die Hände zu Fäusten. »Wäre Lockwood von uns aus dem Weg geräumt worden, hätte ich genau dieselbe Vorgangsweise gewählt ... Als ob uns jemand etwas anhängen will.« Konnte es sein, dass ein Mitbewerber von seiner Beteiligung an dem neuen Geschäft Wind bekommen hatte und ihn auf indirekte Weise ausschalten wollte? Nichts war unmöglich, zumal eine offene Konfrontation in diesem Fall nicht zum Ziel führte.

»Wir hätten jedoch eine ordentliche Waffe benutzt«, widersprach Tassilo.

Juri schüttelte den Zeigefinger. »Rede keinen Scheiß! Denk an das Küchenmesser oder die Sache mit der Vase. Und hast du das Staubsaugerkabel vergessen? Ein Kerzenleuchter ist nicht so weit entfernt. Wir verschleiern genug Aktionen auf diese Art.«

»Der Edelstein entspricht aber nun wirklich nicht unserem Vorgehen«, entgegnete Tassilo beinahe trotzig.

»Ja, der Aquamarin ...«, Juri kratzte sich am Kinn. »Ich würde gern wissen, warum er zur Leiche gelegt worden ist.«

»Als Symbol?«

»Vielleicht.« Kurz schwieg Juri. »Oder zur Ablenkung. Die Idee wäre grenzgenial. Sie beschäftigt die Polizei nicht nur, sondern führt sie auch noch in die Irre. Die können sich auf nichts verlassen, weil ihnen der Ansatz fehlt.«

Tassilo ignorierte das Lob auf den Täter. »Unternehmen wir etwas?«

»O ja. Wir müssen handeln, rasch handeln.« Juri lehnte sich zurück und legte die Hände in den Nacken. »Es gibt einige Fakten, die wir für uns nutzen können: Erstens, im Gegensatz zur Polizei dürfen wir einen Verdächtigen – nämlich mich – streichen. Zweitens, Lockwood hat ausschließlich auf unserer Gehaltsliste gestanden, das steht außer Frage. Er hat folglich niemanden aus unserem Dunstkreis verärgert. Drittens, ein normaler Einbruch ist ebenfalls auszuschließen. Lockwood war kein Zufallstreffer.« Juri ließ seinen Gedanken freien Lauf. »Der Mörder will also entweder uns etwas in die Schuhe schieben oder er stammt aus dem privaten Bereich Lockwoods. Sind wir das Ziel, können wir momentan nur verstärkt die Augen offen halten – das tun wir ohnehin. Im anderen Fall lässt sich aber einiges machen.«

»Du meinst ...?«

Juri wühlte in den Papieren und zog ein Bild von Sylvia Schreiber heraus. »Unser feiner Architekt hat eine verheiratete Frau gefickt und ist aufgeflogen. Damit hat er sich Mark Schreiber, einen mächtigen Mann, zum Feind gemacht. Darüber hinaus wissen wir dank Irina, dass es mit dem Schreiber-Püppchen nicht so rosig gelaufen ist. Lockwood hat ihr ordentlich Stoff gegeben. Kaum einer bedenkt, dass Putzfrauen Augen und Ohren haben.« Er hob die Arme und grinste. »Entweder hat der Exmann der Kleinen zugeschlagen oder sie selbst.«

»Das klingt mir zu simpel, Juri, echt.«

»Überhaupt nicht. Eliminiere alles Unnötige, dann bleibt das Naheliegende übrig. Außerdem müssen wir irgendwo ansetzen. Die beiden sind zum jetzigen Zeitpunkt unser bester und einziger Anhaltspunkt.«

»Was sollen wir also tun?«, fragte Tassilo.

»Ganz einfach: Wir helfen der Polizei bei der Suche nach dem Täter.«

Tassilo sah Juri ungläubig an. »Das ist nicht dein Ernst?«

»O doch. Ich will aus dieser Scheiße raus und dafür ist mir jedes Mittel recht. Also Folgendes: Finde alles Interessante über Sylvia Schreiber und Mark Schreiber heraus und setze unverzüglich ein paar von unseren geschickten Leuten auf die beiden an. Ich möchte wissen, was sie von früh bis spät tun, mit wem sie reden, warum sie lachen und wann sie scheißen gehen. Verstehst du?«

Tassilo nickte und stand auf. »Wird gemacht, Boss. Ich mache mich gleich an die Arbeit.«

Kapitel 20

Sylvia öffnete die Eingangstür und strahlte den jungen Mann an. »Hallo, Philipp. Ich bin so aufgeregt.« Sie spielte nicht. Seit dem Erwachen durchflutete sie immer wieder die Vorfreude auf ihre erste Lehrstunde am Computer. Aber auch Philipps Anwesenheit brachte ein leises Kribbeln mit sich.

Ihr erstes Aufeinandertreffen – er hatte ihr geholfen, einen geeigneten Computer zu besorgen, und die notwendigen Programme installiert – war für Sylvia überaus aufschlussreich verlaufen. Seine verstohlenen Blicke waren förmlich bis in ihr Inneres vorgedrungen und die Aufmerksamkeit, die er ihr geschenkt hatte, war weit mehr gewesen als pure Höflichkeit. So einfach war es also, Männer auf seine Seite zu ziehen: hier ein Augenaufschlag, dort eine wie zufällige Berührung. Innerhalb kürzester Zeit hatte sie nun einen jungen Mann, der sie anhimmelte, und ein bevorstehendes Date mit einem erfolgreichen Geschäftsmann, dessen Frau gerade in Italien Urlaub machte.

»Dann wollen wir keine Zeit verlieren.« Philipp lächelte und trat ein. »Hatten Sie Gelegenheit, das Buch zu besorgen, das ich Ihnen empfohlen habe?«

»Selbstverständlich, vielen Dank für den Tipp. Ich habe die betreffenden Stellen markiert. Anhand der abgebildeten Grafiken kann ich Ihnen, glaube ich, ziemlich gut vermitteln, in welche Richtung ich gehen will. Es war eine tolle Idee.«

»Das freut mich. Manches Mal ist es besser zu zeigen als zu beschreiben. Trotzdem müssen wir mit den Basics beginnen.«

Sie stiegen die Treppe hoch und Sylvia öffnete die Tür zu ihrem Arbeitszimmer. Vorsorglich hatte sie bereits zwei Stühle vor den Schreibtisch gestellt. »Setzen wir uns.«

»Haben Sie sich inzwischen an den neuen Computer gewöhnt?«, erkundigte sich Philipp, während er Platz nahm und das Gerät einschaltete.

»Der Bildschirm ist riesig. Und die Programme öffnen sich so schnell. Ich bin begeistert.«

Philipp lachte. »Ein cooles Arbeitsfeeling, was?« Er schien sich seiner lockeren Ausdrucksweise zu besinnen und senkte die Lider.

Sylvia entging nicht, wie sein Blick dabei an ihren Schenkeln hängen blieb. Sie trug ein knielanges Kleid, das beim Hinsetzen hochgerutscht war. Es gefiel ihr, wie er sie verstohlen betrachtete. »Ich bin unhöflich, verzeihen Sie. Wollen Sie etwas trinken?«, fragte sie.

»Im Augenblick nicht, danke. Vielleicht nach unserer Stunde?«

Sylvia blinzelte. Sie wusste um den Effekt und fand, dass er gut zu seiner dezenten Andeutung passte. »Sie meinen, zuerst die Arbeit, dann das Vergnügen?«

»Ich weiß schon jetzt, dass selbst die Arbeit mit Ihnen ein Vergnügen für mich sein wird. Weiter darf ich gar nicht denken.« Er räusperte sich. »Das Buch ...?«

»Natürlich!« Sylvia öffnete eine Lade und zog es heraus. *So ist es richtig. Ich reagiere positiv auf seine diskreten Hinweise, springe aber sofort zurück, wenn es um die Arbeit geht. Den ersten Schritt muss er machen. Andererseits wäre es spannend zu erkunden, was er tun würde, wenn ich ihm genau jetzt in den Schritt greife und seine Hose öffne. Schade eigentlich, dass ich so etwas nie wagen werde,* dachte sie und spürte das Ziehen in der Magengegend. Sie schlug die Beine übereinander und ließ den Rockteil noch höher gleiten.

Philipp öffnete die erste markierte Stelle des Buches. »Zeigen Sie mir, was Sie vorhaben, Frau Schreiber.«

»Wir werden viel Zeit miteinander verbringen, bis ich alles Notwendige gelernt habe. Wollen Sie mich nicht Sylvia nennen?« Sie senkte die Lider, als wäre ihr die Frage etwas peinlich.

»Liebend gern ... Sylvia.« Er sah sie eindringlich an. »Verzeih, aber ich wünsche mir, dir das jetzt einfach zu sagen: Du hast die schönsten Augen, die ich jemals gesehen habe. Kein Edelstein auf dieser Welt kann so funkeln und wunderbar sein.«

Unwillkürlich musste Sylvia schmunzeln. Offensichtlich war er in besonderer Weise bemüht, ihr nicht nur ein Kompliment zu machen, sondern sich auch gewählt auszudrücken. »Vielen Dank, Philipp. Und weil du gerade meine Augenfarbe angesprochen hast, sind wir sogleich mitten im Thema. Diese Farbnuance möchte ich nämlich unbedingt in die Fotos einbringen.«

Philipp legte die Hand auf ihren Unterarm. »Dann wollen wir den Beginn wagen?«

Sylvia nahm die Doppelbedeutung seiner Worte wahr. Wie reizend Philipp sie doch umwarb. Anders als Mark und Tom, selbst als Axel, wirkte er so unverbraucht und hingebungsvoll. Gegen ihn musste sie keinen Groll hegen. Die Jahre würden auch ihn verändern, aber aktuell stellte er keine Gefahr für sie dar. Sie durfte sich zurücklehnen und fallen lassen. Es würde ihr guttun, einmal nicht wachsam sein zu müssen und keine Angst zu haben, in das nächste Desaster hineinzugleiten. *Du wirst mein geheimer Liebhaber, Philipp. Und ich werde dir zeigen, wie man eine Frau richtig behandelt,* dachte sie und lächelte unmerklich.

Kapitel 21

Axel fand einen Parkplatz in einer Seitenstraße des Moodclub und parkte. Während der Fahrt hatten sie wenig miteinander geredet, aber der Tenor war herzlich und vertraut. Nick war froh über diesen Umstand. Das persönliche Gespräch und Axels Outing hätten auch zu einem Bruch zwischen ihnen führen können. Scham und das Gefühl von Schuld bewirkten nicht selten einen Rückzug, bisweilen am deutlichsten genau bei der Person, die Bescheid wusste.

Sie stiegen aus dem Wagen und gingen auf den Eingang des Etablissements zu. Ein Mann im schwarzen Anzug versperrte ihnen den Weg.

Mit ausdrucksloser Miene fragte er: »Haben Sie einen Termin?« Sein Verhalten zeugte davon, dass er es gewohnt war, Menschen abzuweisen.

»Nein. Wir wollen mit Anna Wein sprechen«, entgegnete Axel.

»Das ist nicht möglich.«

»Mein Name ist Axel Mayr. Informieren Sie Madame Wein über meine Anwesenheit.«

Der Mann blieb stoisch und murmelte Axels Namen in sein Headset. Einen Augenblick darauf streckte er den Arm aus und öffnete die Tür. »Sie kennen sich aus?«

Axel nickte und sie traten ein. Sofort wurde hinter ihnen die Tür wieder zugezogen. Ohne zu zögern durchschritt Axel den Vorraum und betrat den mäßig erleuchteten Barbereich.

Nick folgte ihm und betrachtete mit einem Anflug von Erstaunen sein Umfeld. Das Interieur vermittelte nicht, in ein Bordell für spezielle Vorlieben zu gelangen, sondern sich in einem erlesenen Club zu befinden. Auf einschlägige Elemente wurde gänzlich verzichtet, dafür dominierten dunkles, massives Holz und die Farbe Grün in einer satten Ausprägung. Die Atmosphäre war überaus angenehm und gediegen. Nick fiel die Redensart *very british* ein. *Samantha wäre begeistert, sofern sie hereinkommen dürfte,* dachte er.

»Wie gefällt es dir?«, flüsterte Axel.

»Ich bin positiv überrascht. Der Club macht seinem Namen alle Ehre.«

Sie taten einige Schritte auf die weitläufige Bar zu und wurden von einer jungen Frau abgefangen. Im ersten Moment erschien sie Nick unscheinbar, obwohl sie ein eng anliegendes Lackkleid trug und Schuhe mit hohen, dünnen Absätzen. Als er allerdings einen zweiten Blick riskierte, bemerkte er ihre großen dunklen Augen, die markante Nase, ihre vollen Lippen und hohen Backenknochen. Sie war eine ausgefallene Schönheit.

Ehrerbietig senkte sie den Kopf und sagte: »Darf ich Sie bitten mich zu begleiten?« Mit einer eleganten Bewegung zeigte sie auf eine Nische, die im hinteren Bereich des Raums lag und eine freie Aussicht auf das gesamte Areal bot.

Eine Frau saß darin, es konnte sich nur um Anna Wein handeln. Sie trug eine rote Kostümjacke, ihr schwarzes Haar war streng zurückgekämmt. In der Hand hielt sie eine lange dünne Zigarette. Selbst aus der Entfernung spürte Nick ihre Präsenz.

Sie folgten dem Mädchen zu dem Platz und hielten in gebührendem Abstand vor dem Tisch an.

»Lieber Herr Mayr, Sie haben mich lange nicht besucht.« Wenngleich Anna Wein leise sprach, schien die Luft zu vibrieren. Ihre klangvolle Stimme ging durch Mark und Bein.

Axel trat vor, ergriff ihre Hand, die sie ihm entgegenstreckte, und küsste sie. »Es ist zu viel Zeit vergangen, Sie haben recht. Darf ich Ihnen meinen Kollegen aus Österreich vorstellen? Nick Stein.«

Einen Augenblick lang musterte sie Nick ohne Zurückhaltung. »Es freut mich, Sie kennenzulernen, Herr Stein. Attraktive Männer sind an meiner Seite stets willkommen. Nehmen Sie beide bitte Platz.«

Sobald sich Axel und Nick gesetzt hatten, trat ein Kellner wie auf stummen Befehl heran.

Anna übernahm. »Ein Espresso mit einem Schuss Cognac und Rosé Champagner, im Weißweinglas.« Sie blickte Axel an. »Ich hoffe, Sie haben Ihren Geschmack nicht verändert.« Daraufhin wandte sie sich an Nick. »Und, entspricht meine Wahl Ihren Vorstellungen, Herr Stein? Ein erlesener Whisky würde Ihnen im Übrigen ebenfalls munden. Für eine Besprechung erscheint er mir aber zu hochprozentig.«

Nick zog die Brauen hoch. »Ich stimme Ihnen voll und ganz zu.« Woher wusste diese Frau, dass er tatsächlich Rosé Champagner bevorzugte und nicht gern aus Sektflöten trank?

Anna lächelte und fragte: »Nun, was kann ich für Sie tun, meine Herren?«

»Wir benötigen Informationen über einen Ihrer Kunden«, erwiderte Axel.

Annas Lächeln erstarb auf der Stelle. »Nennen Sie mir seinen Namen.«

»Mark Schreiber.«

»Warum glauben Sie, dass er zu meinen Kunden zählt?«

»Keine Sorge, Madame, er selbst hat es uns gesagt.«

Der Kellner kehrte zurück und Anna wartete, bis er die Getränke abgestellt hatte und wieder gegangen war, bevor sie antwortete. »Es tut mir sehr leid, Herr Mayr. Ich würde Ihnen gerne helfen, doch ist es mir nicht möglich, Ihnen eine Auskunft zu geben.«

Axel räusperte sich. »Wir ermitteln in einem Mordfall, bei dem wir auf einen Stolperstein nach dem anderen stoßen. Wir brauchen Ihre Hilfe. *Ich* brauche Ihre Hilfe. Es ist mir ein persönliches Anliegen, die Angelegenheit zu einem Ende zu bringen. Meine Bitte hat nichts mit dem Moodclub zu tun.«

»Ihre Unruhe, lieber Herr Mayr, ist spürbar. Sie hätten nicht explizit erwähnen müssen, welchen Wert die Lösung für Sie darstellt. Haben Sie bereits Verdächtige?«

Axel nickte. »Einen hervorragenden, einen sehr guten und einen theoretischen.«

»Und bevor Sie sich blindlings auf den hervorragenden Verdächtigen stürzen, wollen Sie die beiden anderen so weit wie möglich ausschließen?«, folgerte sie.

»So ist es.«

»Sie haben mir damals geholfen, Herr Mayr. Ich vergesse nichts, jedoch führe ich ein Unternehmen, dessen Erfolg darauf beruht, zu schweigen und Geheimnisse zu bewahren. Ich bin sozusagen Priester, Arzt und Anwalt in einer Person.« Sie gewährte ein weiteres Lächeln. »Menschen kommen zu mir, um tief verwurzelte Bedürfnisse abzudecken.«

»Ich achte Ihre Prinzipien, Madame«, entgegnete Axel mit ernster Miene.

»Natürlich. Sie sind ein Ehrenmann, Axel.« Ihr Blick schwenkte zu Nick. »Sie müssen wissen, lieber Herr Stein, dass mein Geschäft auf Vertrauen basiert. Manche besuchen den Moodclub, um sich erniedrigen zu lassen, manche wünschen, Dominanz auszuüben. Und *manche* kommen, um Frauen Gewalt anzutun, ich spreche von echter, roher Gewalt jenseits eines Spiels. Hierfür gibt es eine Vereinbarung, was geschehen darf und wo die Grenze verläuft, die noch nie überschritten wurde – dies nebenbei bemerkt.«

»Ich gehe davon aus, die Honorierung ist adäquat?«, erkundigte sich Nick.

»Meine Damen, die all dem zustimmen, fallen danach mitunter für Wochen aus und müssen sich in Behandlung begeben. Die Pauschale ist dementsprechend bemessen.«

Axel leerte die Kaffeetasse mit einem einzigen Schluck. »Wir möchten Ihre Zeit nun nicht länger in Anspruch nehmen. Vielen Dank, dass Sie sich mit uns unterhalten haben.« Er stand auf und küsste abermals ihre Hand.

»Es tut mir sehr leid, dass ich Ihnen nicht weiterhelfen konnte. Ich hoffe, Sie verzeihen mir.« Anna reichte auch Nick ihre Hand zum Kuss und drehte im Anschluss das Gesicht von ihnen weg. Ihre Geste ließ keinen Zweifel zu: Sie waren entlassen.

Schweigend verließen Nick und Axel den Moodclub.

Erst als sie um die Ecke gebogen waren, fragte Nick: »Wobei hast du ihr eigentlich geholfen?«

»So ein junger, reicher Schnösel war ganz verrückt nach einer ihrer Damen und hat begonnen, sie zu stalken. Als sie ihm daraufhin ihre Gunst verwehrte, ist er ausgerastet und wollte sie sogar wegen Körperverletzung anzeigen. Ich habe ihm unter vier Augen seine Optionen aufgezeigt.« Axel zuckte mit den Schultern. »Anna zählt zu den achtbaren Personen in diesem Milieu. Sie agiert hochprofessionell und behandelt ihre Mädchen gut – wie Menschen und wertvolle Angestellte, nicht wie Objekte. Sie werden zu nichts gezwungen.«

»Ich verstehe, dank dir haben wir die gewünschte Information auf elegante Weise erhalten. Es war ein Gefallen für einen Gefallen. Jetzt seid ihr quitt«, antwortete Nick.

Axel winkte ab. »Ach, es wird wieder etwas geben, wobei ich ihr helfen kann, dann beginnt der Austausch von Neuem. Und schon jetzt garantiere ich dir, es wird nichts sein, das meine Integrität infrage stellt. Das weiß auch Anna, ihr Gespür für Menschen ist außerordentlich.«

»Das habe ich bemerkt.« Unweigerlich dachte Nick an den Rosé Champagner im Weinglas. Diese Frau hatte ihn wahrlich beeindruckt.

Kapitel 22

»Frau Schreiber hat mich telefonisch bevollmächtigt, mit Ihnen über ihre Person sprechen zu dürfen, soweit ich es für den Fortschritt der Behandlung als sinnvoll erachte und keine Nachteile für meine Patientin sehe.« Elisabeth Brecht musterte Axel und fügte hinzu: »In diesem Sinne hoffe ich, Sie stören unsere Unterhaltung nicht durch unangebrachte Fragen.« Ihr Blick glitt zu Nick. »Ich habe Ihre Funktion nicht ganz verstanden.«

»Als offizieller Berater der Münchner Polizei im Mordfall Lockwood begleite ich Herrn Mayr und höre zu.« Nick musste sich beherrschen, seine Stimme freundlich klingen zu lassen. Gleich zur Begrüßung hatte sie Axel in die Schranken gewiesen, weil er sie mit der falschen Berufsbezeichnung bedacht hatte, und mit jedem weiteren Wort demonstrierte sie ihre Ablehnung offenkundiger.

»Sie sind also so etwas wie ein Profiler?«, entgegnete sie.

Nick hob das Kinn und verengte die Augen. »Ich ziehe Fallanalytiker vor. Das Wort Profiler wird weitgehend vermieden. Sie können das verstehen, nicht wahr?«

Einen Augenblick starrte sie ihn an, dann wandte sie sich wieder Axel zu. »Selbstverständlich weiß ich von der schrecklichen Tat an Tom Lockwood. Sie wollen mit mir ausschließlich in diesem Zusammenhang über Sylvia Schreiber sprechen?«

»So ist es. Ich muss nur offen gestehen, dass ich verunsichert bin, welche Fragen ich stellen darf. Es liegt mir fern, in Sphären vorzudringen, die Ihrer beruflichen Ethik widersprechen«, antwortete Axel.

Sehr gut, er übernimmt die Rolle des Verständnisvollen, dachte Nick und richtete sich auf. »Unser Ziel ist es, Frau Schreiber als Verdächtige auszuschließen ... oder zu bestätigen.«

Elisabeth Brecht zog die Augenbrauen zusammen. Auf ihrer Stirn erschienen Falten. »Was maßen –«

Schnell hob Axel die Hand. »Bitte verstehen Sie unsere Situation. Wir sind auf der Suche nach einem kaltblütigen Mörder. Frau Schreiber hat Herrn Lockwood aufgefunden und für die Tatzeit kein Alibi. Ich durfte sie im Zuge der Ermittlungen kennenlernen und zweifle persönlich keine Sekunde an ihr, aber wir müssen leider alles in Betracht ziehen.«

Nick warf einen Blick auf Elisabeth Brechts Miene und lehnte sich zurück. Er hatte seine Schuldigkeit getan. Offensichtlich stand diese Frau der Polizei grundsätzlich skeptisch gegenüber, womit er nicht gerechnet hatte. Sie hatten es versäumt, Brecht im Vorfeld zu durchleuchten. Das war ein Fehler gewesen. Womöglich hatte sie in der Vergangenheit schlechte Erfahrungen gemacht. Vor allem die ärztliche Schweigepflicht war ein heikles Thema und barg einige Grauzonen. Doch zum Glück hatten Axel und er rasch und gut reagiert. Indem Nick ihr negatives Gefühl auf sich gezogen hatte und Axel gegenteilig agierte, richteten sich sämtliche Sympathien auf ihn.

Elisabeth Brecht hüstelte. »Herr Mayr, mit der bereits erwähnten Genehmigung meiner Patientin darf ich Ihnen mitteilen, dass Frau Schreiber sehr schwierige Jahre hinter sich gebracht hat und von großen Selbstzweifeln geplagt wird.«

»Seit wann betreuen Sie Frau Schreiber?«

»Um Ihnen den genauen Zeitpunkt zu sagen, müsste ich in der Akte nachsehen. Aus dem Stegreif weiß ich, dass sie knapp nach der Geburt ihres zweiten Kindes zum ersten Mal zu mir kam.«

»Das reicht mir völlig aus. Auf mich wirkt Frau Schreiber sehr ... zerbrechlich und schutzbedürftig.«

Elisabeth Brecht beugte sich vor und stützte die Arme auf dem Schreibtisch ab. »Sie ist heftigen und spontanen Gefühlsschwankungen unterworfen, die durch ihr Umfeld, sprich Herrn Schreiber, hervorgerufen oder verstärkt wurden. Ihre Realität entspricht nicht der unsrigen. Das bedeutet allerdings nicht, dass sie planlos und ohne bewusstes Verständnis agiert. Sie weiß, was sie tut. Vergessen Sie nicht, dass sie früh Hilfe gesucht hat und zu meinen treuesten Patienten zählt. Sie hat jüngst einen großen Schritt in Richtung Selbstbestimmung getan, ein sehr positives Zeichen. Ich bin durchaus zuversichtlich, und das war ich in Frau Schreibers Fall nicht immer.«

Axel nickte bedächtig. »Das heißt, sie verkraftet Tom Lockwoods Tod also gut?«

»Zum Glück viel besser, als ich befürchtet hatte. Natürlich leistet sie Trauerarbeit und ist von Zweifeln und einem schlechten Gewissen geplagt, weil sie ihn an dem verhängnisvollen Abend verlassen hat, doch blickt sie mit Hoffnung und Vertrauen in die Zukunft.« Elisabeth

Brecht lächelte. »Bitte verstehen Sie mich nicht falsch, aber durch Herrn Lockwoods Tod muss Frau Schreiber nun lernen, ihre innere Kraft zu motivieren und auf eigenen Füßen zu stehen. Sie war stets Opfer und nun beginnt sie, eine wirkliche Persönlichkeit zu entwickeln.«

Axel faltete die Hände und präsentierte eine berührte Miene. »Ich weiß, wie unangebracht es ist, die Frage zu wiederholen, jedoch bin ich durch meinen Beruf gezwungen, sie zu stellen: Ist Frau Schreiber fähig, in einer außerordentlichen Stimmungslage jemandem etwas anzutun?«

»Herr Mayr, als Mensch und als Psychotherapeutin in einer Person gebe ich Ihnen eine klare und ehrliche Antwort: Jeder ist fähig, in bestimmten Ausnahmesituationen zu töten – ohne Ausnahme. Sie, ich, Frauen, Männer, wir alle.« Demonstrativ sah sie auf ihre Armbanduhr. »Wenn Sie nichts Wesentliches mehr von mir wissen wollen, würde ich mich gerne auf meinen nächsten Patienten vorbereiten.«

»Selbstverständlich. Vielen Dank für Ihre Unterstützung.« Axel stand auf und ging zur Tür.

Nick erhob sich ebenfalls und streckte Elisabeth Breuer über den Tisch hinweg die Hand entgegen.

Sie ergriff sie und sagte leise: »Sie haben mich manipuliert.«

Nick setzte eine versöhnliche Miene auf. »Ich hoffe, Sie verzeihen mir und lassen den nächsten *Profiler* meinetwegen nicht leiden.« Er zwinkerte ihr zu.

»Ich werde mich bemühen, obwohl meine Erfahrungen mit Ihresgleichen nicht die Besten sind.« Mit dem Kinn deutete sie in Axels Richtung. »Und Sie achten bitte auf Ihren Kollegen.«

»Das tue ich bereits. Auf Wiedersehen.« Nick gesellte sich zu Axel und sie verließen die Praxis.

»Was habt ihr da gerade gesprochen? Ihr wart so leise, dass ich nichts verstanden habe«, fragte Axel, als sie auf den Lift zusteuerten.

»Ich habe mich bei ihr entschuldigt«, erklärte Nick.

Axel schmunzelte. »Du hast sensationell reagiert. Ohne dich hätte sie wahrscheinlich gar nichts über Sylvia preisgegeben. So sind wir nun zumindest ein bisschen klüger, oder wie schätzt du das Gespräch ein?«

»Ich bin der Meinung, dass sich Sylvia Schreiber in den bestmöglichen Händen befindet«, entgegnete Nick aufrichtig. Was er nicht aussprach, waren seine Gedanken über Elisabeth Brechts Aussage bezüglich der Fähigkeit eines jeden Menschen, zu töten. Er vermochte nicht einzuschätzen, ob ihre Antwort aus persönlich motivierter Vorsicht derart neutral gewesen war, immerhin hatte sie bei der Verabschiedung tatsächlich *schlechte Erfahrungen* erwähnt, oder ob es einen direkten Bezug zu Sylvia Schreiber gab. Im Augenblick tendierte er zur näherliegenden, ersten Möglichkeit. »Axel? Könnte Benji bitte nachsehen, ob es in Elisabeth Brechts Leben irgendeine Konfrontation oder Unstimmigkeit mit Behörden gab? Ich weiß noch nicht recht, worauf ich hinauswill. Einstweilen ist es nur ein Gefühl und eine Begründung bleibt aus Mangel an Greifbarem aus.«

Sofort zog Axel sein Handy aus der Sakkotasche. »Ja klar, ich sage es ihm gleich. Ich kenne das, es lässt sich nicht definieren, aber etwas ist da.«

Kapitel 23

Juri lehnte sich in dem Stuhl zurück. »Gute Arbeit, Tassilo. Mit deiner Recherche haben wir jetzt einen ordentlichen Einblick in das Leben von Mark und Sylvia Schreiber.« Er vollführte eine auffordernde Handbewegung. »Und jetzt will ich wissen, was die beiden in den vergangenen Tagen so getrieben haben. Fang mit der Kleinen an.«

»Grundsätzlich ist es bei Sylvia Schreiber recht unspektakulär abgelaufen. Sie geht einkaufen, dann sitzt sie wieder zu Hause. Sie hat eine Putzfrau, ein Gärtner schnippelt ständig in ihrem Garten herum. Vorgestern hat sie sich am späten Nachmittag mit einer Frau in einem Café getroffen. Es hat nach klassischem Weibergeschwätz ausgesehen.«

»Das ist alles? Sie ist attraktiv, da muss sich doch mehr abspielen. Herausschwitzen kann sie es auch nicht, außer sie trauert wirklich um Lockwood.«

Tassilo grinste. »Warte, nicht umsonst habe ich *grundsätzlich* gesagt. So ein junger Kerl war fast jeden Abend bei ihr. Er ist immer gegen achtzehn Uhr aufgetaucht und bis nach Mitternacht geblieben. Ich habe ihn anhand seines Autokennzeichens gecheckt: Er heißt Philipp Windeberg und arbeitet als Grafiker in einer Werbeagentur, die heißt Hendriggs und Bauer.«

»Der Ex und Lockwood werden es ihr nicht ordentlich besorgt haben. Jetzt holt sie sich einen Jungen mit Stehvermögen, oder sie lässt sich überhaupt schon länger von ihm knallen.« Juri winkte ab. »Sonst noch etwas?«

»Samstagnachmittag hatte sie Besuch von – du wirst es nicht glauben – Axel Mayr.« Tassilo zog die Brauen hoch. »Na, was sagst du?«

Juris Miene zeigte keine Regung. »Das wirft mich jetzt nicht vom Stuhl. Er wird wegen Lockwood bei ihr gewesen sein. Wahrscheinlich hat er etwas klären müssen.«

»An einem Samstag und mit einem Strauß weißer Rosen, ohne diesen Typ aus Österreich oder einen anderen Kollegen?« Tassilo klatschte in die Hände.

Juri strich sich über das Kinn. Das war in der Tat eine interessante Information. Axel Mayr war ein durch und durch integrer Kommissar, der seine Arbeit überaus ernst nahm. Wenn er dieser Kleinen zum jetzigen Zeitpunkt Avancen machte, bedeutete das ohne Zweifel, dass sie nicht verdächtigt wurde, Lockwood getötet zu haben. Er musste sich also auf Mark Schreiber konzentrieren. »War es das?«

»Noch nicht ganz. Zwei Stunden nachdem Mayr gegangen war, hat sie das Haus verlassen und ist zu einem Kerl an den Starnberger See gefahren, Siegmund Pfeiffer. Benno meint, sie hat verdammt heiß ausgesehen: schwarzes Minikleid, High Heels, Hut und Handschuhe. Fast wie eine Verkleidung, dabei war keine Party zugange. Benno hat knapp zwei Stunden gewartet und ist dann gefahren. Als er am nächsten Tag um sieben Uhr in der Früh zu Sylvias Haus gekommen ist, war sie bereits da. Bei dem Typ geschlafen hat sie also nicht.«

Juri stieß einen Lacher aus. »*Grundsätzlich unspektakulär* würde ich das für so eine nicht nennen. Das Püppchen ist ja ein richtiges Luder. Hat einen jungen Lover, geht ficken und verschwindet in der Nacht. Hast du gesagt ... Siegmund Pfeiffer?«

»Ja, er ist einer von diesen neureichen Baulöwen. Warum fragst du?«

»Nur so. Weiter zu Mark Schreiber«, antwortete Juri.

»Der verbringt seine Tage von früh bis spät im Büro, Mittagessen oder ein Termin mal außerhalb, alles jobbedingt. Abends ist er zu Hause, bis auf den Freitagabend.« Tassilo verzog die Lippen zu einem anzüglichen Grinsen. »Während seine Ex mit Frischfleisch gespielt hat, ist er in den Moodclub gefahren und über drei Stunden dortgeblieben.«

Juri stieß einen Pfiff aus. »Zu Anna? Also hat er spezielle Gelüste. Hervorragend, Anna weiß über jeden ihrer Kunden bis ins letzte Detail Bescheid. Ich werde ihr einen Besuch abstatten.«

»Hinter der Fassade eines moralisch einwandfreien Lebens toben sie sich aus, was? Wahrscheinlich lässt er sich im Moodclub als Ausgleich zur Arbeit anketten und schlagen. Er ist nicht der erste Businesstyp, der sich gern erniedrigen lässt. Soll ich dir den Termin bei Anna Wein abnehmen?«

»Hast du einen Rhetorikkurs besucht? *Hinter der Fassade eines moralisch einwandfreien Lebens* ...« Juri verdrehte die Augen. »Und zu Anna kommst du mir nicht, das erledige ich persönlich. Sie ist eine alte Freundin, außerdem darf sie gleich wissen, wie wichtig die Angelegenheit ist. Tauchst du auf, ist der Effekt deutlich geringer.«

Tassilo zog die Brauen zusammen, ging jedoch nicht näher auf Juris Aussage ein. Stattdessen fragte er: »Was fangen wir jetzt mit den Infos über Mark und Sylvia Schreiber an?«

»Einstweilen nichts. Vorerst beobachten wir sie einfach weiter. Und für die Zukunft: Wenn Benno noch einmal von seinem Posten verschwindet, erteilst du ihm eine Lektion. Ich hätte gern gewusst, wann Sylvia den Kerl am Starnberger See verlassen hat.« Dass ausgerechnet Siegmund Pfeiffer nun ins Spiel gekommen war, behagte Juri ganz und gar nicht. Es konnte sich nur um einen Zufall handeln, Mark Schreiber und er kannten sich zweifellos durch ihre Arbeit. Es war anzunehmen, dass auch Sylvia während ihrer Ehe mit Pfeiffer Kontakt gehabt hatte und jetzt vögelte er sie – das war nichts Besonderes. Er durfte nichts hineininterpretieren, zumal die Verbindung auf ihn bezogen keinen Sinn ergab. Oder doch?

Kapitel 24

Nick warf einen Blick auf das Display des Wagens und betätigte den Blinker. Die Anweisungen des Navigationssystems brauchte er zwar nicht mehr, um zu der Münchner Wohnung zu gelangen, doch beim letzten Abschnitt – ein Netz aus vielen sich ähnelnden Gassen – war er für die Kartenanzeige dankbar.

Das Wochenende mit Luisa war wunderbar gewesen und er hatte zu seinem eigenen Erstaunen ohne Probleme abschalten können. Vielleicht lag es daran, dass er sich in einer völlig neuen Position befand. Immerhin fungierte er nur als Berater, die umfassende Verantwortung lastete auf anderen Schultern. Dessen ungeachtet war er nicht untätig gewesen. Am Sonntag hatten sich Samantha und Robert sowie Peter und sein Freund bei ihnen zu einem gemütlichen Beisammensein eingefunden. Naturgemäß war der Fall Lockwood vorrangiges Thema gewesen und Robert hatte eine außergewöhnliche Vermutung mitgebracht, die trotz seiner Unzufriedenheit, weil er seine Theorie nicht beweisen konnte, interessante Überlegungen zur Folge hatte. Nick brannte darauf, Axel und seinem Team davon zu berichten.

Nick bog in die Gasse ein, in der sich die Wohnung befand, und sah sich nach einem Parkplatz um. Er hatte gerade einen gesichtet, als sein Handy klingelte: Axel

Mayr. Er tippte auf den Annahme-Button. »Hallo, Axel. Perfektes Timing, ich bin eben angekommen. Lass mich schnell das Gepäck hochbringen, dann mache ich mich gleich auf den Weg ins Büro. In knapp zwanzig Minuten bin ich da.«

»Gut, dass du in München bist. Bleib gleich im Wagen und komm her. Ich schicke dir die Adresse.« Axels Stimme klang unüberhörbar angespannt.

Nick befand sich sofort in Alarmbereitschaft. »Was ist geschehen?«

»Wir sind in Starnberg an einem Tatort. Die Kollegen von hier haben mich verständigt. Ein gewisser Siegmund Pfeiffer ist erschlagen aufgefunden worden. Neben seinem Kopf liegt ein Aquamarin, außerdem ...« Er geriet ins Stocken. »Es sieht aus, als wäre die Leiche bewegt worden.«

»Meinst du, wie in Szene gesetzt oder besser gesagt: *schöner positioniert*?« Das Kribbeln in Nicks Magengegend nahm zu. In Gedanken verfluchte er Robert Hofer, der mit seiner Information so lang gewartet hatte, bis sie sich persönlich begegnet waren. Das war so typisch für diesen Mann. Bei einem Telefonat wäre er nicht in der Form gehuldigt worden wie vor Publikum. Und dieses Mal hatte Nick seine Kritik nicht einmal anbringen dürfen – nur lächeln und sich bedanken. Immerhin war Roberts Beschäftigung mit dem Obduktionsbericht eine reine Gefälligkeit gewesen.

»Ja, so könnte man es nennen. Warum stellst du genau diese Frage?«, erkundigte sich Axel.

»Ich habe dir doch von unserem Rechtsmediziner, Robert Hofer, in Wien erzählt. Er hat sich den Fall Lockwood angesehen und schließt die Möglichkeit nicht aus, dass Lockwoods Arme und Beine nach seinem Tod verdreht worden sind. Das Ziel, ein harmonischeres Bild zu erhalten, habe ich mir anhand der Fotos zusammengereimt, die Robert von den Dummys gemacht hat. Er hat Untersuchungen mit Versuchspuppen angestellt«, ergänzte Nick erklärend.

»Wie ist er darauf gekommen? Bei uns ist das niemandem aufgefallen.«

»Offensichtlich fand er die Position von Lockwoods Extremitäten unnatürlich. Ich erspare dir aufgrund der Situation die Details, aber Robert Hofer meint zusammengefasst, dass die erschlafften Körperteile eigentlich anders hätten liegen müssen. Bei dem Ganzen handelt es sich allerdings um eine reine Vermutung.«

Axel stieß einen Seufzer aus. »Ich schicke dir jetzt die Adresse, dann kannst du dir vor Ort ein Bild machen.«

Kapitel 25

Schon von Weitem sah Nick die Polizeiautos und in einigem Abstand eine kleine Gruppe Neugieriger stehen. Er bog in die nächste Seitenstraße ein und stellte den Wagen fast direkt an der Kreuzung ab. An Parkplätzen mangelte es in dieser Gegend nicht. Die Häuser übertrafen sich sowohl an Größe als auch an Prunk und noch war ihm kein Anwesen aufgefallen, das nicht mindestens mit einer Doppelgarage ausgestattet war.

Nick stieg aus und schritt gemächlich auf den Tatort zu. Auf diese Weise verschaffte er sich die notwendige Zeit, um die Umgebung besser wahrzunehmen. Als er den Sperrbereich erreichte, wurde er von einem Uniformierten aufgehalten.

»Sie dürfen nicht weiter, außer Sie wohnen hier. Da geh ich aber mit Ihnen und bring Sie vorher zu dem Kommissar«, sagte der Mann mit breitem bayrischem Akzent.

»Mein Name ist Nick Stein und ich muss tatsächlich zu *dem Kommissar*, Axel Mayr. Ich bin nicht von der Presse, sondern externer Berater der Münchner Kriminalpolizei«, fügte Nick sicherheitshalber hinzu.

»Dann kommen Sie.« Er setzte sich in Bewegung und Nick folgte ihm in das Haus.

Bereits in der Diele – mehr ein Foyer – war Nick klar, dass das Opfer nicht nur gut situiert, sondern reich gewesen sein musste: ein edler Marmorboden, eindeutig nach Maß gefertigte Vollholzmöbel, ein geschmackvolles Gemälde zierte den Eingangsbereich. Obwohl sich Nick für die Bildende Kunst interessierte und ein durchaus umfangreiches Wissen auf dem Gebiet hatte, erkannte er den Künstler nicht – auf jeden Fall wirkte es teuer.

Über einen Korridor gelangten sie zum Wohnzimmer, wo sich Siegmund Pfeiffers Wohlstand erst recht präsentierte. Der Raum war riesig und gespickt mit teuren Möbeln und Kunstwerken, die Devise *weniger ist mehr* galt nicht. Die entgegengesetzte Seite zum Garten hin bestand zur Gänze aus Glas. Links nahm ein überdimensionaler Fernseher nahezu die gesamte Wandfläche ein. Davor standen eine u-förmige Couch und drei Polstersessel mit Armlehnen.

Nick war beim Durchgang stehen geblieben. Er wollte die Arbeit der Polizei nicht stören, zumal er auch nicht wusste, wie weit vorangeschritten sie war und ob er eintreten konnte. Axel und Yvonne standen im Fernsehbereich, ihre Blicke waren auf die Couch gerichtet. Benjamin weilte etwas abseits und redete mit Olaf.

Yvonne sah Nick als Erste. Sie winkte ihm und sagte etwas zu Axel, der ihn daraufhin ebenfalls mit einer Geste zu sich holte.

Nick war noch nicht bei ihnen angelangt, als Axel bereits loslegte: »Gott sei Dank bist du schon da. Ich hatte fest angenommen, dass du erst abends anreisen wirst, nachdem, was du erzählt hast.«

»Luisa ist für einen kranken Kollegen eingesprungen, also bin ich früher losgefahren«, erklärte Nick und fragte: »Wer hat ihn gefunden?«

»Ein Golffreund, der Siegmund Pfeiffer zum Spiel abholen wollte. Die Eingangstür war nicht verschlossen, also ist er ins Haus gegangen. Pfeiffers Frau macht gerade Urlaub in Italien. Sie ist verständigt worden und auf dem Rückweg«, antwortete Axel.

»Die hiesigen Kollegen, die natürlich auch unsere Verdächtigen kennen, haben sich bei dem Golffreund nach Juri Sanger und Mark Schreiber erkundigt. Über Sanger wusste er nichts, aber Mark Schreiber war ein Bekannter des Opfers«, fügte Yvonne hinzu.

Nick registrierte die Informationen, schwieg jedoch. Jetzt musste er sich auf den Tatort konzentrieren. Er umrundete das Sofa und schaute bewusst erst auf die Leiche, als er direkt neben Axel und Yvonne stand. Siegfried Pfeiffer saß aufrecht mit übereinandergeschlagenen Beinen. Um seinen Kopf in einer aufrechten Haltung zu bewahren, war ein großes Zierkissen unter sein Genick geschoben und wie eine Stütze um seinen Hals drapiert worden. Der Aquamarin lag in einem Abstand von etwa zehn Zentimetern auf der Lehne. Die Arme des Opfers hatte der Mörder mit leicht abgewinkelten Ellbogen so positioniert, als würde Pfeiffer sich auf der Sitzfläche abstützen – sie waren vollkommen symmetrisch.

Auf dem Sitzbezug und dem Boden waren Blutspritzer. Nick ging zur Rückseite der Couch, wo sich die größte Menge Blut befand. Ein Pokal lag in der Lache; die Figur auf dem Ständer zeigte einen Golfspieler.

»Er ist auf den Hinterkopf geschlagen worden. Der Arzt meint, mindestens drei- bis viermal«, sagte Axel. »Und bei dem Pokal, auf den du gerade blickst, handelt es sich augenscheinlich um die Tatwaffe.«

»Der Mörder hat sie nicht gereinigt, anders als bei Lockwood. Dennoch ...« Nick verzog den Mund.

»Ja? Was, *dennoch* ...« Yvonne starrte ihn gespannt an.

Nick hob die Hand. »Entschuldigt bitte, einen Moment, dann bin ich so weit.« Eilig rief er aus dem Gedächtnis die Fotos und Berichte vom Lockwood-Tatort auf. Die grundlegende Vorgangsweise bei den beiden Morden war identisch. Es handelte sich unzweifelhaft um denselben Täter – der Aquamarin war der beste Beweis –, aber etwas hatte sich verändert. Nick sah Yvonne und Axel an. »Er hat sich weiterentwickelt.«

»Du bestätigst meinen Eindruck.« Axel stieß einen Seufzer aus. »Der Mord an Lockwood war möglicherweise eine ungeplante Tat. Das hier aber ist bewusst geschehen und war vorbereitet.«

»Wie kannst du das so bestimmt sagen?«, fragte Yvonne.

Axel blickte Nick an, der antwortete: »Offenbar ist alles in Ruhe vonstattengegangen. Die Position des Aquamarins lässt keine zufällige Platzierung zu und dieses Mal hat der Täter Handschuhe mitgebracht, damit er die Tatwaffe danach nicht mehr extra zu reinigen brauchte. Aus Vergnügen oder sicherheitshalber hat er oft genug zugeschlagen und das gleich an jener Stelle, wo er Siegmund Pfeiffer danach haben wollte: gemütlich sitzend auf der Couch. Für das Herrichten des Körpers hat er sich Zeit gelassen und ist mit Bedacht vorgegangen. Jetzt mussten die Details stimmen. Es würde mich nicht wundern, wenn in Pfeiffers Blut ein Schlafmittel oder irgendeine Droge gefunden wird, die ihn ruhiggestellt hat.«

»Und dass es sich um einen Trittbrettfahrer handelt, ist nicht möglich?«, fragte Yvonne weiter.

»Das können wir wegen des Aquamarins ausschließen. Du weißt, dass wir dieses Detail nicht an die Öffentlichkeit durchgegeben haben, nur der innerpolizeiliche Kreis ist darüber informiert«, entgegnete Axel.

Yvonne nickte. »Stimmt, daran hatte ich kurz nicht gedacht. Dann ist der Mörder also auf den Geschmack gekommen. Habt ihr eine Ahnung, was das bedeutet?«

Obwohl ihre Frage eindeutig rhetorischer Natur war, antwortete Axel: »Wir müssen mit weiteren Opfern rechnen.«

Nick atmete tief durch. Axel hatte das ausgesprochen, was er ebenfalls befürchtete und sich gerade wie ein unheilvolles Omen in seinen Gedanken manifestierte.

Kapitel 26

Versonnen nippte Anna Wein an ihrem Ginger Ale. An der Bar saßen nur noch vier Gäste und in den Räumen würde es ebenfalls bald zu Ende gehen. Sie unterdrückte ein Gähnen und griff nach der Packung Zigaretten, als sie am Eingang eine Bewegung wahrnahm. Es reichte ein kurzer Blick, um den Mann zu erkennen: Juri Sanger. Kaum merklich hob sie die Hand, worauf niemand ihrer Angestellten auf ihn zutrat. Ein Mann wie Juri Sanger durfte nicht in Empfang genommen und gefragt werden, was er wollte. Obwohl sie die Lider gesenkt hielt, beobachtete sie ihn aus dem Augenwinkel.

Er sah sich um und als er sie erspähte, setzte er sich sofort in Bewegung und kam direkt auf sie zu. »Du wirst immer schöner, Anna«, sagte er, als er sie erreicht hatte, und nahm Platz.

Sie stieß ein leises Lachen aus. »Ich bin einundfünfzig Jahre alt und sehe jede einzelne meiner Falten im Spiegel. Erspare mir die Schmeicheleien, mein Lieber.«

»Die Falten machen dich interessanter.«

Sie gab Juri einen verhaltenen Schubs. »Du Charmeur.« Der Kellner trat an den Tisch und Anna erteilte die Weisung: »Wodka, der aus meinem Privatbestand. Viel Eis und eine Scheibe Zitrone, keine Limette.«

»Du merkst dir wirklich alles, wie?«

»Es gehört zu meinem Geschäft.« Anna legte ihre Hand auf Juris Unterarm. »Ich freue mich, dich zu sehen. Was kann ich für dich tun? Ich nehme nicht an, dass du eines meiner Mädchen beanspruchst. Oder langweilt dich das Altbewährte und du möchtest endlich einmal Neues ausprobieren?«

»Nach wie vor gefällt mir ein geradliniger Fick ohne Schnörkel am besten.« Er wartete, bis der Kellner sein Glas abgestellt hatte und gegangen war, dann sprach er weiter. »Ich will Informationen über einen Kunden von dir: Mark Schreiber. Prinzipiell gibst du nichts preis, das respektiere ich, aber in diesem speziellen Fall benötige ich deine Hilfe.«

Anna zog die Brauen hoch. »Mit wenigen Menschen spreche ich im Notfall ohne Einschränkung über meine Kunden. Du gehörst dazu. Sag mir, was du über ihn wissen willst.«

»Erzähl mir alles.«

Anna nickte. Juri Sanger verwehrte man weder eine Auskunft noch sonst etwas, doch sie würde nur so weit gehen, wie sie musste. »Mark Schreiber zählt zu meinen Stammkunden. Er kommt etwa alle drei bis vier Wochen und seine Wünsche sind so spezifisch wie teuer.«

»Was bekommt er bei dir?«

Anna verschränke die Arme und schwieg.

»Scheiße, Anna. Rede! Ich brauche die Infos über ihn.«

»Ich war schon verwundert, dein Lieblingswort nicht vernommen zu haben. Ohne *Scheiße* wärst du nicht Juri.« Sie hauchte ihm einen Kuss auf die Wange und brachte sich wieder in Position. »Er ist gewalttätig. Nicht in der Form, dass er eine Peitsche benutzt oder das Mädchen mit Klammern, Penetration und sonstigen Spielereien quält. Er verprügelt sie. Ich meine, er verprügelt sie richtig. Und wenn sie fix und fertig am Boden liegt, blutend und voller blauer Flecken, vergewaltigt er sie auf übelste Weise.« Mit einem dezenten Kopfschütteln zog sie eine Zigarette aus der Packung und ließ sich von Juri Feuer geben. »Meine Mädchen sind einiges gewohnt und hervorragend geschult, wie du weißt. Für Mark Schreiber muss ich allerdings immer eigens auf die Suche nach einer gehen, die bereit ist für die Tortur. Zwar verdient die jeweilige ein kleines Vermögen an solch einer Session, aber danach ist sie eine Weile lang außer Gefecht.« Nach einem Zug von ihrer Zigarette sprach sie weiter. »Unlängst hat eine zwei Fliegen mit einer Klappe geschlagen, weil sie ihre Nase korrigieren lassen wollte.«

»Du kennst die Männer wie keine andere Frau, Anna. Wie schätzt du ihn ein?«, erkundigte sich Juri.

»Stell die Frage anders«, entgegnete sie, kaum dass er ausgesprochen hatte.

»Ist dieser Kerl fähig, einen Mord zu begehen?«

»Er hat sich erstaunlich gut im Griff. Die vereinbarte Grenze überschreitet er nie, wobei er – das muss man hinzufügen – für eine sehr ausgedehnte bezahlt. Ich möchte aber nicht wissen, wie er reagiert, wenn Hass oder Wut im Spiel sind. In solch einem Fall traue ich ihm alles zu, ohne Einschränkung.« Sie sah Juri prüfend an. »Hat er jemanden getötet?«

»Wenn ich mir sicher wäre, würde ich dich nicht fragen. Scheiße, verdammt nochmal. Gib auf deine Mädchen acht.« Juri hob sein Glas, trank es leer und stand auf. »Du hast etwas gut bei mir, Anna.«

Nachdenklich blickte sie ihm nach und von selbst begann ihr Gehirn Verbindungsfäden zu spinnen. Die Besuche von Axel Mayr und Juri Sanger waren ohne Zweifel miteinander verbunden. Zählte sie eins und eins zusammen, kam sie zu einem interessanten Ergebnis: Für die Polizei zählte Mark Schreiber felsenfest zu einem Verdächtigen. Warum wollte Juri ebenfalls etwas über ihn herausfinden? Sie vergegenwärtigte sich Axel Mayrs Worte: einen hervorragenden Verdächtigen, einen sehr guten und einen theoretischen. War Juri der *hervorragende* und Mark Schreiber der *sehr gute*? Wenn dem so war, lag es auf der Hand, dass Juri nichts mit der Angelegenheit zu tun hatte, aber dennoch in irgendeiner Weise involviert war.

Anna zündete sich eine weitere Zigarette an. Mit ihrer Erfahrung wusste sie genau, wann sie den Mund zu halten hatte und wann sie sprechen sollte. Darüber hinaus blieb nichts ihrem wachen Auge verborgen. Ihr Erfolg beruhte unter anderem auf dem Vermögen, Situationen und Menschen einzuschätzen und dementsprechend zu handeln. Wie sie es eben für richtig erachtet hatte, Juri nicht über Axel Mayrs Besuch zu informieren. Sie hatte seine Fragen ausführlich beantwortet, von sich aus gab sie selten etwas preis. Nämlich nur dann, wenn es für sie von Vorteil war.

Anna hob die Hand und winkte den jungen Mann zu sich, der auf dem äußersten Hocker am Ende der Bar saß.

Sogleich löste er sich von seinem Platz und kam zu ihr.

Als er sich gesetzt hatte, sagte Anna: »Mark Schreiber ist in irgendetwas Schwerwiegendes verwickelt. Kannst du dich bitte umhören?«

Der junge Mann sah sie mit einem verwunderten Ausdruck an. »Erinnerst du dich nicht an diesen Architekten, der ermordet worden ist? Seine Freundin war die Frau von Mark Schreiber. Die Zeitungen waren tagelang voll damit. Bestimmt hängt es damit zusammen.«

Anna tätschelte seine Wange. »Mein schlauer Junge, daran hatte ich gar nicht gedacht. Jetzt, wo du es erwähnst, entsinne ich mich. Langsam werde ich alt.«

Er schmunzelte. »Dafür hast du mich. Was wollte eigentlich Juri Sanger hier?«

»Mich über Mark Schreiber ausfragen.«

»Erst Axel Mayr und jetzt Juri höchstpersönlich? Das klingt nach einer ernsten Sache. Wir müssen vorsichtig sein, Mutter.«

Anna lächelte ihn liebevoll an und widerstand dem Drang, ihn nochmals zu berühren. »Ach, Tobias, du machst dir immer zu viele Sorgen. Es hat nichts mit uns zu tun. Aber wir sollten ausreichend informiert sein, falls wir wider Erwarten in irgendeiner Form involviert werden. Das ist alles. Also sei ein Schatz und höre dich um, ja?«

»Natürlich, gleich morgen lege ich los. Wie tief ...?«

»Alles, was du findest, ist wichtig. Gehe jedoch nur so weit, wie du nicht auffällst. Niemand soll erfahren, dass wir uns dafür interessieren.«

Tobias nickte und ergriff die Hand seiner Mutter. »Ich werde achtsam vorgehen.«

Kapitel 27

Juris Faust landete mit voller Wucht auf der Tischplatte neben der Zeitung. »Verdammte Scheiße! Da auf dem Bild sind im Hintergrund deutlich Mayr und dieser Stein zu erkennen. Es gibt nur einen Grund, warum die beiden dort sind: Der neue Mordfall hängt mit Lockwoods Tod zusammen. Ich reiße Benno eigenhändig seinen hässlichen Schädel ab, weil er nicht warten konnte, bis Sylvia Schreiber Pfeiffer wieder verlassen hat.« Seit den Schlagzeilen von heute Morgen befand er sich in Aufruhr. Erst war Lockwood erschlagen worden und nun hatte es Siegmund Pfeiffer getroffen. Waren diese beiden Attacken tatsächlich ein Zufall? Er glaubte nicht mehr recht daran. Unbewusst zog Juri die Brauen zusammen. Was hielt er sich unnötig mit dem Grund auf? Zum aktuellen Zeitpunkt fand sich keine Möglichkeit, ihn zu eruieren. Aber das Ganze zog einen Schweif an Schwierigkeiten mit sich und musste ehestmöglich gestoppt werden. Das allein zählte.

»Lass Benno in Ruhe. Was hätte es gebracht, wenn er sie gehen gesehen hätte? Du denkst doch nicht wirklich, dass die Kleine erst Lockwood und jetzt diesen Siegmund Pfeiffer ums Eck gebracht hat«, versuchte Tassilo seinen Boss zu beschwichtigen. »Entweder killt Mark Schreiber die Lover seiner Exfrau – bis auf den Jüngling, aber wer weiß, warum der faktisch zu ihr kommt –, oder wir haben es mit einem ganz anderen Gegner zu tun. Müsste ich mutmaßen, würde ich die zweite Version nehmen. Ernsthaft, das ist alles nicht koscher. Ich sage dir, da will uns einer gewaltig in die Suppe spucken. Wobei ich den Pfeiffer-Mord in keiner Weise mit uns in Verbindung bringen kann«, entgegnete Tassilo.

»Ganz fremd ist mir Siegmund Pfeiffer nicht. Ich habe unlängst nichts erwähnt, weil es mir zu weit hergeholt erschien, doch jetzt ...« Abermals ließ Juri seine Faust niedersausen. »Dieser Scheiß-Fall. Merkst du, dass es keinen einzigen festen Anhaltspunkt gibt? Zwar kommt laufend etwas dazu, aber das macht die ganze Angelegenheit nur noch verworrener. Ich wage es nicht einmal, die beiden kleinen Polizeischnüffler wiederholt einzusetzen, um Pfeiffers Akte einzusehen. Wahrscheinlich haben die intern die Sicherheit erhöht.«

»Moment! Woher kennst du Siegmund Pfeiffer?«, fragte Tassilo.

»Das ist ewig her, es war in meinen Anfängen. Er hat damals ein paar Dinge für mich erledigt – ähnlich wie Lockwood. Pfeiffer war in der Szene allerdings kein unbeschriebenes Blatt. Schließlich ist er zum großen Geld gekommen und wir haben uns mit einem Gentleman's Agreement voneinander getrennt.« Abrupt sprang Juri auf und der Stuhl, auf dem er gesessen hatte, kippte mit einem lauten Poltern um. Er ließ ihn einfach liegen. »Lass mich jetzt allein. Ich muss mein Gehirn anstrengen und eine rasche Lösung finden.«

Sofort stand Tassilo auf und verließ ohne ein weiteres Wort den Raum.

Juri wartete, bis der junge Mann die Tür hinter sich geschlossen hatte, dann begann er vor seinem Schreibtisch auf und ab zu gehen. Diese Reihenfolge hatte ihm von jeher beim Nachdenken geholfen: erst mit jemandem über die jeweilige Angelegenheit reden, daraufhin in Ruhe alles Revue passieren lassen und dabei herumlaufen. Das brachte sein Gehirn in Schwung.

Tassilo vermutete also, dass ein Mitbewerber hinter dem Aufruhr steckte. Er selbst war davon nicht überzeugt. Was er von Anna über Mark Schreiber gehört hatte, wies augenfällig in dessen Richtung. Juri kannte solche Typen zur Genüge, sie besaßen Gewaltlust und verfügten über ein enormes Aggressionspotenzial. Letzten Endes waren sie zu allem fähig, wenn man ihnen ins Handwerk pfuschte. Das Gefährliche daran war, dass sie ihre Emotionen in bestimmten Situationen nicht mehr im Griff hatten und somit intuitiv handelten. Seine eigene, oftmals präsentierte Angriffsbereitschaft und Härte war im Gegenzug nichts weiter als eine erforderliche Show.

Kurz hielt Juri inne. Das Wort *Show* brachte ihn auf den Aquamarin, der bei Lockwood gefunden worden war. Ob der Täter auch bei Pfeiffer einen Stein platziert hatte und Mayr deshalb so rasch vor Ort gewesen war? Dieser Edelstein gab ihm zusätzlich zu denken. Handelte es sich um ein richtiges Symbol oder um den perfiden Scherz eines erfinderischen Kerls?

Bevor Juri sich tiefer in seiner Gedankenspirale verfing, ermahnte er sich zum Abbruch. Auf diese Weise würde er sich nur verzetteln. Es ging allein darum, umgehend einen Schlussstrich unter das Thema zu ziehen, und dafür musste er folgende Fragen beantworten:

Wen benötigte er und welche Schritte galt es einzuleiten? Das schwächste Glied in der Kette war eindeutig Sylvia Schreiber. Mit dem, was er über sie wusste, war sie sowohl erpressbar als auch anzulocken – prinzipiell eine perfekte Kombination. Er war schon immer ein Verfechter von Deals gewesen und in diesem Fall konnte sogar ein hervorragender entstehen.

Ein Lächeln erschien auf Juris Lippen, als sich in seinem Kopf langsam ein greifbarer Plan formte. Er stellte seinen Stuhl wieder auf, setzte sich und begann, den Ablauf dieses möglichen Vorhabens gedanklich durchzuspielen.

Kapitel 28

Zu viert – Axel, Yvonne, Benjamin und Nick – hatten sie sich in einen Besprechungsraum zurückgezogen und waren mittlerweile seit beinahe drei Stunden dabei, nochmals sämtliche Details des Lockwood-Falls sowie die neu hinzugekommenen Elemente des Mordes an Siegmund Pfeiffer zu durchforsten.

Die Informationen über Siegmund Pfeiffer aus der Rechtsmedizin bestätigten einiges, das Axel und Nick vorweg fest angenommen hatten. In seinem Blut war nicht nur ein Promillewert von eins Komma vier festgestellt worden, die Analyse hatte zudem Rückstände eines starken Schlafmittels hervorgebracht. Pfeiffer hatte tatsächlich auf seiner Wohnzimmercouch gesessen, als er mit insgesamt vier Schlägen zu Tode gekommen war. Der Pokal war die Tatwaffe gewesen. Der Meinung des Rechtsmediziners zufolge war Pfeiffer von dem Medikament in Verbindung mit der hohen Alkoholmenge längst weggetreten gewesen, als man ihn ermordet hatte.

»Ich fasse es noch immer nicht, dass er richtiggehend platziert worden ist«, sagte Yvonne. »Man erschlägt jemanden und richtet danach Arme, Beine und den eingedrückten Schädel so zurecht, dass er hübsch aussieht? Das ist doch irre.«

Benjamin nickte eifrig. »Da muss es einen Sinn dahinter geben, oder nicht?«

»Mich irritiert am meisten, dass Siegmund Pfeiffer ein früherer Geschäftspartner und Freund von Mark Schreiber gewesen ist. Das kann kein Zufall sein«, warf Axel ein. Er drehte sich Nick zu. »Du bist die meiste Zeit über still, was sagst du zu dem Ganzen?«

Nick hatte auf die Frage gewartet. Aufmerksam war er der schrittweisen Wiederholung sowie den Überlegungen seiner Kollegen gefolgt, experimentierte allerdings damit, einen neuen Weg zu gehen, indem er in verschiedene Perspektiven wechselte. Damit probierte er, die Tatsache auszuhebeln, dass sie nichts Greifbares fanden. Die Komplexität des Falls war das Ergebnis, jedoch nicht der Auslöser. Es musste einen einfachen Nenner geben, der das ganze Netz entwirrte. Aber welche Sichtweise brachte ihn hervor? »Ich versuche etwas zu finden, das es womöglich gar nicht gibt. Die Ansätze sind zu variantenreich«, antwortete er schließlich.

»Also ich verstehe nur Bahnhof«, erwiderte Yvonne und grinste schief.

»Das ist kein Wunder, weil meine Gedanken im Augenblick in Zickzacklinien verlaufen. Ich erkläre es.« Nick verzog den Mund. » Es gibt drei Gleichheiten bei den Morden: Die Opfer wurden mit einem Gegenstand aus dem Umfeld erschlagen, man hat sie positioniert – ich vertraue auf Robert Hofers Meinung, was Lockwood betrifft –, und ein Aquamarin ist hinterlegt worden.« Er holte tief Luft. »Weder zu Mark Schreiber noch zu Juri Sanger passen der Edelstein und das Bewegen der Opfer. Die Tötungsmethode erscheint mir für Sanger zudem nicht adäquat. Vom Gewaltvermögen sind beide fähig dazu, ob sie nun selbst gehandelt oder es in Auftrag gegeben haben. Juri Sanger ist ein Unterweltboss, Mark Schreiber hatte oft genug mit dem Gesetz zu tun und wir kennen seine spezielle Präferenz in puncto Frauen.« Nick hob den Zeigefinger und sprach nach einer kurzen Pause weiter, wobei er Axel einen bedeutungsvollen Blick zuwarf. »Ferner haben wir Alternativen zur Verfügung, die wir zweitrangig behandeln. Das eine ist der uns unbekannte Täter, auf ihn möchte ich später eingehen, und Sylvia Schreiber.«

Axel räusperte sich. »Der Edelstein als Symbol lässt sich am besten einer Frau zuordnen. Genauso das Verändern der Leichen, um sie *schöner* zu machen, würde ich eher einer weiblichen Person zuschreiben als einem Mann.«

Nick sah, welch Überwindung es seinen Kollegen kostete, das auszusprechen. Er lächelte ihm zu. »Völlig richtig. Dem steht entgegen, dass keiner von euch glaubt, dass Sylvia Schreiber dazu fähig wäre. Selbst wenn ich hier deutlich vorsichtiger bin und es nicht ausschließe, kann ich es mir ehrlich gestanden auch nicht vorstellen.«

Benjamin klopfte sich auf die Stirn. »Du liebe Güte! Über Pfeiffers Tod habe ich ganz vergessen, dass ich bei Elisabeth Brecht auf etwas gestoßen bin. Vor vier Jahren hatte sie Probleme mit der Polizei und bei Gericht. Es ging um die ärztliche Schweigepflicht und dem Aufheben dieser wegen *rechtfertigendem Notstand*. Sie ist zwar mit einem blauen Auge davongekommen, aber es gab einige Diskussion im Nachhinein.«

»Wie du es vermutet hast, Nick. Das erklärt einiges. Danke, Benji, und mach dir keine Gedanken, weil du nicht daran gedacht hast.« Axel vollführte eine auffordernde Handbewegung. »Machen wir weiter.«

Nick nahm den Faden erneut auf und zeigte auf Benjamin. »Du hast zuerst etwas Wichtiges ausgesprochen, auf das wir nicht eingegangen sind. Welchen Sinn hat es, die Leichen zu bewegen? Was fängt der Täter damit an? Versteht ihr, worauf ich hinauswill? Man bürdet sich nicht umsonst solch eine Arbeit auf.«

Yvonne schlug mit der flachen Hand auf die Tischplatte. »Du liebe Güte. Fotografieren!«

»Er möchte einen gewissen Anblick erschaffen und diesen später immer wieder betrachten. Zu töten reicht ihm nicht aus«, sinnierte Axel.

»An dieser Stelle will ich die vierte Person ins Spiel bringen«, sagte Nick und schaute in die Runde. Um die anderen nicht zu beeinflussen, war es ihm wichtig, seine Gedanken nicht preiszugeben. Der Prozess musste gemeinsam durchlaufen werden.

Kurz legte Yvonne die Fingerspitzen auf die Lippen. »Es könnte sich um einen Stalker handeln, der entweder Sylvia oder Mark Schreiber verfolgt und die Opfer aus deren Kreis erwählt – immerhin hatten sowohl Lockwood als auch Pfeiffer mehr oder weniger intensiven Kontakt zumindest zu einem der beiden.«

»Ebenso besteht die Möglichkeit, dass dieser Unbekannte einem der Verdächtigen die Morde unterzuschieben gedenkt, um ihn damit indirekt aus dem Weg zu räumen. In diesen Reigen würde Juri Sanger hineinpassen, Sylvia Schreiber dafür vermindert«, überlegte Benjamin.

Axel nickte bedächtig. »Ich denke, langsam begreife ich, worauf du hinauswillst, Nick. Der kleinste Nenner sind nicht die mutmaßlichen Täter, sondern das Motiv. Heruntergebrochen gibt es nur zwei Möglichkeiten: Entweder handelt es sich um eine logische Handlung – ob diese nun auf Hass oder Berechnung basiert, ist vorläufig unbedeutend. Dann sind die Zeichen, egal ob der Aquamarin oder die Positionierung, fingiert und somit irrelevant. Oder wir haben es mit einem psychisch kranken Verbrecher zu tun. In diesem Fall ist alles echt. Der Edelstein hat einen großen symbolischen Wert, genauso wie das Verändern der Leichen.«

»Das ist ein komplett anderer Gesichtspunkt, obwohl die Tatsachen bestehen bleiben«, murmelte Yvonne, während sie ihre Schläfen massierte. »Nick, was meinst du, welche Version die Richtige ist?«

»Ehrlich, ich weiß es nicht. Dass wir auf keinen grünen Zweig kommen, deutet vordergründig darauf hin, dass bewusst Fallen ausgelegt wurden. Andererseits darf man einen Menschen mit einer psychischen Störung nicht unterschätzen. Eine gespaltene Persönlichkeit etwa begegnet dir jeden Tag und du festigst ein Bild von ihr. Dieses ist aber bloß ein Teil des Ganzen. Sie kann dir in einer anderen Situation komplett gegensätzlich entgegentreten und du würdest sie nicht wiedererkennen. Das Schlimme daran ist, dass diese Personen es mitunter selbst nicht erfassen und somit auch nicht wissen.«

»Könntest du die Art der Störung eingrenzen?«, erkundigte sich Yvonne weiter.

Nick schüttelte den Kopf. »Nicht auf einer seriösen Basis. Alles, was ich von mir geben würde, wäre reine

Küchenpsychologie und deshalb aus meiner Sicht unverantwortlich.«

»Ich weiß nicht, wie es euch gerade geht, aber ich würde jetzt gerne diesen neuen Ansatz durchdenken – für mich allein«, bemerkte Benjamin.

»Das ist eine gute Idee. Können wir zurück ins Büro?« Yvonne setzte ein verhaltenes Lächeln auf. »Auf meinem Platz fühle ich mich wohler.«

»Ja, geht«, antwortete Axel und deutete Nick mit einem Blick an, sitzen zu bleiben. Kaum, dass sich die Tür hinter Yvonne und Benjamin geschlossen hatte, sagte er: »Als du übers Wochenende nach Hause gefahren bist, habe ich Sylvia besucht und ihr meine Gefühle offenbart. Sonst wäre ich geplatzt. Ich war restlos ehrlich, auch was die Tatsache betrifft, dass ich keinen Schritt weitergehen kann, solange der Fall – zu diesem Zeitpunkt war es noch einer – nicht abgeschlossen ist. Daran werde ich mich felsenfest halten, aber ich will sie endlich aus der Schusslinie bringen. Sie ist es nicht gewesen«, fügte er mit Nachdruck hinzu.

Nick benötigte einen Moment, um Axels Aussage zu verarbeiten. Als erste Reaktion dachte er daran, auf der Stelle Meldung zu erstatten. Es wäre der korrekte Weg. Doch was würde diese Entscheidung bewirken – nicht nur für Axel, genauso für sein Team und letztlich für den Fall? Nick ermahnte sich, die Angelegenheit in der Form zu betrachten, die ihm zustand. Er war als Berater engagiert worden, dies schloss auch die zuständigen Ermittler, sprich Axel, Yvonne und Benjamin, mit ein.

Was Axel getan hatte, konnte nicht mehr ungeschehen gemacht werden. Jetzt ging es allein um Schadensbegrenzung und darum, die richtige Vorgangsweise zu wählen. Dazu musste er erfahren, was genau abgelaufen war. »Wie hat sie darauf reagiert?«, fragte Nick.

Ein Strahlen huschte über Axels Gesicht. »Sie ist in meine Arme gesunken und hat mir versichert, auf mich zu warten. Dann haben wir uns geküsst und sofort wieder voneinander gelassen. Um eine Sache hat sie mich allerdings gebeten: Ich soll sie beschützen und ihr Halt geben.« Axels Augen verengten sich. »In aller Freundschaft muss ich dir an dieser Stelle sagen, dass ich mich nicht aufhalten lassen werde. Wenn du also überlegst, etwas gegen mich zu unternehmen, hat das Gespräch von meiner Seite nie stattgefunden. Ich sitze auf dem längeren Ast. Verstehst du, was ich damit ausdrücken will?«

Für einen Augenblick hielt Nick den Atem an. Die Entscheidung war ihm hiermit abgenommen worden. »Klar und deutlich. Weißt du, worauf du dich da einlässt?« In Windeseile spielte er in Gedanken seine Optionen durch. Axel war zu allem entschlossen und Nick hatte in der Tat keine Handhabe. Bei der vorgesetzten Stelle würde sein Wort gegen das des hauptermittelnden Beamten stehen und Nick wusste, dass Axel sich binnen Minuten herausgeredet hätte. Wer glaubte einem Fremden, wenn die Person in den eigenen Reihen die Anschuldigung etwa als verbalen Irrtum abtat? Das war die bittere Realität.

»Ich bin mir meiner Vorgangsweise bewusst, Nick, und du ahnst nicht, wie schwer es mir fällt. Es tut mir leid und am liebsten möchte ich mich hundertmal bei dir entschuldigen, aber es ist der richtige Weg.«

»Warum hast du es mir überhaupt erzählt, wenn du bereits wusstest, dass du mir keine Wahl lässt?«, fragte Nick.

»Jemand muss die Wahrheit kennen. Wir wissen alle nicht, was noch passieren wird.«

Nick registrierte Axels eigentümlichen Blick – er wusste ihn nicht zu deuten – und reagierte instinktiv: »Auf die Gefahr hin, mich zu wiederholen, sage ich es dir trotzdem: Bitte gib acht auf dich.«

Axel straffte die Schultern. »Ich werde beides tun, Sylvia beschützen und auf mich aufpassen, keine Sorge. Außerdem werde ich den Fall mit aller notwendigen Genauigkeit und Ruhe vorantreiben. Nun habe ich das ehrenwerteste und beste Ziel der Welt vor Augen. Und sind die beiden Morde enträtselt, kann ich endlich für sie da sein.« Er sah Nick eindringlich an. »Du musst mir helfen, die Lösung zu finden.«

Ein Schauer lief über Nicks Rücken. Dessen ungeachtet entsprach seine Antwort der vollen Wahrheit: »Ich bin da und tu, was ich kann. Das verspreche ich dir.«

Kapitel 29

Sylvia saß vor ihrem Computer und starrte gebannt auf den Bildschirm. Niemals hätte sie gedacht, so rasch zu solchen Ergebnissen zu gelangen. Das Foto, das sie bearbeitete, entsprach schon beinahe ihren Vorstellungen. Noch fehlte ihr einiges Wissen, um die letzten Feinheiten nach ihren Vorstellungen einzubringen, aber in Kürze würde sie auch das beherrschen.

Sie warf einen Blick auf die Zeitanzeige des Bildschirms und speicherte das Bild ab. Dann entfernte sie den USB-Stick, auf dem sich die Datei befand, und verstaute ihn in dem runden Stiftehalter unter den Kugelschreibern. Baldigst musste sie ein besseres Versteck für das Speichermedium finden. Keinesfalls wollte sie, dass Philipp ihr unvollendetes Werk durch Zufall entdeckte.

Plötzlich nahm sie ein Geräusch aus dem Erdgeschoss wahr. Sylvia richtete sich auf und lauschte. Die Balkontüre im Wohnzimmer stand offen. Hatte sich wieder einmal die Katze der Nachbarn hineingeschlichen? Da hörte sie es erneut. Beinahe klang es, als würde jemand durch den Raum gehen – nicht schleichend, sondern mit festen Tritten. Der Termin mit Philipp war erst in zwei Stunden, außerdem würde er nie von selbst das Haus betreten. Er klingelte und wartete, bis sie ihn einließ.

Ein angstvolles Ziehen breitete sich in ihr aus und einen Moment lang erstarrte sie. Gänsehaut kroch ihre Schenkel hoch. *Du musst nachsehen*, sagte sie sich vor und stand auf. Ihre Knie zitterten. *Es ist sechzehn Uhr, da bricht doch niemand in ein Haus ein. Ja, es kann nur die Katze sein. Womöglich hat sie eine Maus mitgebracht und springt herum.*

Mit steifen Beinen stieg Sylvia die Treppe hinab und schlich ins Wohnzimmer. Es war leer. *Natürlich ist es das, was hast du geglaubt?*, schalt sie sich. Sie stieß einen Seufzer aus und machte einen Schritt auf die Terrassentür zu. Das Bedürfnis nach frischer Luft und einer Zigarette übermannte sie.

Möglicherweise war es besser, wenn sie Philipp für heute absagte und sich einen geruhsamen Abend gönnte. Es war kein gutes Zeichen, Geräusche zu hören, die gar nicht vorhanden waren. Die vergangenen Tage hatten ihr zwar ungeahnte Höhenflüge beschert, aber sie waren auch anstrengend gewesen und hatten sie Energie gekostet. Sie musste besser auf sich achten und ihre Kräfte einteilen.

Sylvia machte einen weiteren Schritt, als aus der Küche ein Poltern ertönte, unmittelbar darauf fiel die Kühlschranktür zu. Das war keine Sinnestäuschung, jemand befand sich in ihrem Haus. Sollte sie über den Garten fliehen und die Polizei verständigen? Wo war ihr Handy? *Renn weg, schnell!*, schrie es in ihr auf, doch schaffte sie es nicht, sich zu bewegen. Es fühlte sich an, als wären ihre Beine eingefroren.

Da erschien ein Mann im Türrahmen. Er näherte sich ihr bis auf etwa drei Meter, dann blieb er stehen und trank einen Schluck aus dem Glas, das er in der Hand hielt. Anschließend hob er es hoch, als wollte er ihr zuprosten. »Ich war so frei, mir ein Glas von Ihrem Eistee einzuschenken. Das ist okay, oder?«

Sylvia versuchte zu antworten, aber auch die Stimme gehorchte ihr nicht. Aus ihrer Kehle drang nur ein röchelndes Geräusch.

Er nickte. »Hilft es, wenn ich Ihnen versichere, dass ich nicht gekommen bin, um etwas zu stehlen, sie zu vergewaltigen oder zu ermorden? Ich möchte mit Ihnen reden. Also entspannen Sie sich, sonst wird das nichts mit uns.«

Was soll das, um Himmels willen?, dachte Sylvia und starrte den Mann weiterhin wie gebannt an. Erstaunlich klar nahm sie sein Äußeres auf. Er war etwa gleich groß wie Mark, einen Meter und fünfundachtzig Zentimeter, und von jener kräftigen Statur, wie sie es mochte – nicht dick, nicht dünn, schlicht gut anzufassen. Sein markantes Gesicht zeigte keine Regung. Automatisch überlegte Sylvia, ob sie ihn unter anderen Umständen als attraktiv ansehen würde. Die Narbe auf der Stirn störte sie nicht, dennoch war etwas disharmonisch. War seine Nase zu klein und zart?

»Haben Sie sich an mir sattgesehen, Frau Schreiber? Ich will nämlich zum Grund meines Besuches übergehen. Sie müssen wissen, ich bin ungeduldig.«

»Wer ... sind Sie?«, brachte Sylvia endlich hervor.

»Juri Sanger ist mein Name. Ich helfe Ihnen auf die Sprünge: Vielleicht ist Ihnen der Name Tassilo Welk bekannt? Er ist meine rechte Hand.«

Sylvia spürte, wie ein Zittern ihren Körper durchlief. »Was wollen Sie von mir?«

Er streckte die Hand aus und zeigte auf die Couch. »Im Sitzen lässt es sich angenehmer plaudern.« Ohne ein weiteres Wort zu sagen, ging er zu dem Sofa und nahm Platz. »Nun kommen Sie her.«

Mit noch immer steifen Beinen stakste Sylvia zu ihm und setzte sich. Wenigstens konnte sie sich mittlerweile überhaupt bewegen.

»Ich möchte Ihnen ein durchaus reizvolles Angebot unterbreiten und hoffe, es gefällt Ihnen. Anderenfalls ...« Er vollendete den Satz nicht, dafür legte er die Finger um seinen Hals und lächelte vielsagend.

»Welches ... Angebot?«

»Ah, endlich. Sie sind so weit.«

Sylvia sah, wie sich seine Lippen zu einem Grinsen verzogen und schon wieder kroch die Gänsehaut von ihren Schenkeln aufwärts. Der Name Tassilo Welk hatte ausgereicht, um zu wissen, aus welchem Milieu der Mann stammte. Tom hatte ihr zwar niemals etwas über die Geschäfte erzählt, die er mit diesem Tassilo durchgeführt hatte, aber sie waren sicherlich nicht korrekt gewesen. »Bitte ...«, flüsterte sie. »Sie machen mir Angst.«

»Die sollten Sie auch haben. Ich weiß nämlich viel. Wenn ich nur an Ihren Besuch bei dem armen Siegmund Pfeiffer denke. Und versuchen Sie erst gar nicht, es abzustreiten. Möchten Sie die Fotos sehen? Ach ja, was ist mit diesem jungen Mann, Philipp, der Sie so oft besuchen kommt? Und selbst ein gewisser Kriminalkommissar geht bei Ihnen ein und aus – er bringt sogar Blumen mit. Höchst interessant und prekär.« Er hob die Hand und gebot ihr damit, zu schweigen. Sofort sprach er weiter. »Beantworten Sie mir zwei einfache Fragen:

Hassen Sie Ihren Exmann und wollen Sie ihre Kinder zurück?«

Sylvia neigte den Kopf zur Seite und musterte Juri Sanger. Zweifellos war dieser Mann nicht gekommen, um ihr etwas anzutun. »Ich hasse Mark aus tiefstem Herzen und wäre eine glückliche Frau, könnten meine Kinder bei mir leben. Mark hat mich bei der Scheidung eingeschüchtert und erpresst, sonst hätte ich ihm niemals das Sorgerecht überlassen.« Die Worte kamen wie von selbst über ihre Lippen, und sie staunte über die Festigkeit ihrer Stimme.

Er nickte. »Wissen Sie, was Tom Lockwood für mich getan hat und ich für ihn?«

»Nein, aber es ist wohl etwas Illegales gewesen.« Mit Befremden gewahrte Sylvia, wie ihre Furcht langsam verflog und dem Gefühl von Neugierde Platz machte.

»Tom Lockwood und ich standen knapp davor, ein bedeutendes Geschäft durchzuführen. Er hätte ordentlich dafür abkassiert. Sein Tod –«

»Ich bin nicht an Geld interessiert, Herr Sanger«, unterbrach Sylvia ihn. Sie registrierte seine Miene und murmelte ein »Entschuldigung«. So schnell, wie der Mut in ihr hochgeschossen war, verschwand er auch wieder.

Juri Sanger lachte auf. »Schrecken Sie nicht gleich zurück, mir gefällt Ihr Schneid. Lange Rede, kurzer Sinn: Ich biete Ihnen an, Ihren Exmann verschwinden zu lassen. Im Gegenzug werden Sie etwas für mich erledigen.«

Sylvias Fingerspitzen begannen vor Aufregung zu kribbeln, dennoch widersprach sie ihm. »Er ist der Vater meiner Kinder und sie lieben ihn. Ich kann darauf leider nicht eingehen.«

»O nein, Sie verstehen mich falsch. Ich denke nicht im Traum daran, Mark Schreiber etwas anzutun. Aber ich werde dafür sorgen, dass er seiner gerechten Strafe zugeführt wird. Als guter Bürger möchte ich, dass die Polizei Lockwoods und Pfeiffers Täter zu fassen kriegt.«

Jetzt, da Juri Sanger sein Vorhaben preisgegeben hatte, fühlte sich Sylvia bestärkt und die zuerst aufgeflammte Tapferkeit kehrte jäh zurück. »Wie wollen Sie das anstellen? Und erzählen Sie mir von der Gegenleistung. Was hätte ich zu tun?«, fragte sie.

»Langsam, Kleines. Ersteres lass meine Sorge sein, und was die *Gegenleistung* betrifft, musst du nicht mehr erfahren, als zwingend notwendig ist. Du sollst etwas für mich überbringen, was dich keine große Mühe kostet. Wirst du mir jetzt also aufmerksam zuhören, ohne mich zu unterbrechen?«

Sylvia streckte die Wirbelsäule durch und blickte Juri Sanger aufmerksam an. »Das werde ich.«

Kapitel 30

Mark hatte alles in die Wege geleitet. Sein letzter Termin war um sechzehn Uhr gewesen, danach hatte er genug Zeit gehabt, um sich gemächlich auf den besonderen Abend einzustellen. Elly, seine Haushälterin, würde im Haus übernachten und auf die Kinder achtgeben – das tat sie auch, wenn er geschäftlich auf Reisen ging. Das Wichtigste für ihn war, die Kinder sicher und versorgt zu wissen. Für sein Vorhaben brauchte er nämlich einen komplett freien Kopf und durfte keinen Druck verspüren.

Während er den Wagen durch die Stadt lenkte, kam ihm das letzte Gespräch mit Axel Mayr und Nick Stein in den Sinn. Automatisch stieg Ärger in ihm hoch. Warum dachte er ausgerechnet jetzt an die beiden? *Ganz einfach, weil diese verfluchte Angelegenheit wie ein Damoklesschwert über mir hängt. Und dieses Mal geht es nicht um irgendein Wirtschaftsdelikt, sondern um Mord.*

Tatsächlich waren die Fragen der Kommissare immer eindringlicher geworden und bei Mayr hatte er zudem eine steigende Feindseligkeit ihm gegenüber bemerkt. Obwohl Nick Stein versucht hatte, die Wogen zu glätten, war Mark eines klar geworden: Er befand sich auf der Abschussliste der Polizei. Und mit Siegfrieds Tod würde es noch schlimmer werden. Die Zeitungen überschlugen sich und auf dem Foto eines Tagesblatts hatte Mark sogar Mayr und Stein im Hintergrund entdeckt. Was hatten die beiden in Starnberg zu suchen, wenn Siegfrieds Tod nichts mit dem Ableben von Lockwood zu tun hatte? Fraglos gab es einen Zusammenhang.

Als Mark an seinem Ziel eingelangt war, schob er den Gedanken an Mayr und Stein entschieden zur Seite. Er parkte den Wagen in einer Seitenstraße und stieg aus. Nachdem er sich umgesehen und vergewissert hatte, dass er allein war, machte er sich gemessenen Schritts auf den Weg. Es handelte sich um eine Art Ritual, die seine Vorfreude steigerte – nicht einfach loslaufen, sondern mit bewusst gedrosselter Geschwindigkeit dahinschlendern.

Als er den Eingang des Moodclub erreichte, öffnete der Mann im schwarzen Anzug mit einem Nicken die Tür und ließ ihn ein. Noch nie hatte Mark ein Wort mit diesem Riesen oder seinem Partner gewechselt. Es gab zwei von der Sorte und sie sahen sich zum Verwechseln ähnlich, aber im Laufe der Zeit hatte er gelernt, sie zu unterscheiden.

Wie üblich wurde er im Barbereich von einer jungen Frau in Empfang genommen und zu Anna Weins Tisch geleitet.

Sie lächelte und reichte ihm ihre Hand zum Kuss. »Mein lieber Herr Schreiber, ich wünsche Ihnen einen angenehmen guten Abend.«

»Danke, wie geht es Ihnen, Madame?«, entgegnete er. Auch dieses kleine Vorspiel gehörte zum Rhythmus eines solchen Abends und er genoss Anna Weins kühle, elegante Art im Gegenzug zu dem, was er in Kürze erleben würde.

»Ich habe schönere Tage erlebt als diesen, aber man kann nicht immer aus dem Vollen schöpfen, nicht wahr?«, antwortete sie.

Mark nickte. »Das können Sie laut sagen. Meiner ist ebenfalls nicht hervorragend verlaufen. Im Augenblick wimmelt es von Schwierigkeiten. Umso mehr freue ich mich auf ... jetzt.« Er ließ seine Hand in der Sakkotasche verschwinden und reichte Anna Wein unauffällig ein zusammengerolltes Bündel Geldscheine. »Wie immer.«

»Danke.« Ohne zu zählen ließ Anna das Geld unter dem Tisch verschwinden.

Mark hatte schon einige Male überlegt, wo sie das Geld wohl hinsteckte. Bestimmt befand sich unter der Platte ein eigens dafür angebrachtes Fach. Er räusperte sich. »Soll ich Ihnen ein wenig Gesellschaft leisten, Madame? Vielleicht kann ich Sie aufheitern. Ich bin kein übler Unterhalter.«

Anna zündete sich eine Zigarette an. »Ach, Herr Schreiber, das weiß ich doch. Wir haben oft genug beisammengesessen und uns durchaus vergnüglich unterhalten. Aber ich will Sie nicht länger mit meiner trüben Stimmung behelligen, zumal Sie bereits ein wenig ungeduldig erscheinen.«

»Ich stehe zu Ihren Diensten, so lange Sie wollen, Madame.«

»Gehen Sie, auch wenn ich Ihre Gesellschaft stets zu schätzen weiß.«

»Welches Zimmer?«, fragte er.

»Das hinterste. Sie kennen den Weg.«

»Vielen Dank.« Er wandte sich ab, wobei er Annas Blick in seinem Rücken spürte, und ging auf die schlichte Tür zu, die zu den besonderen Räumen des

Etablissements führte. Kurz verharrte er, bevor er die Tür aufzog und den ihm mittlerweile vertrauten Vorraum betrat.

Die beiden Sicherheitsmänner ignorierten ihn, dafür begrüßte ihn Elvira, die Empfangsdame, umso herzlicher. »Herr Schreiber, wie schön, Sie wiederzusehen.«

»Hallo, Elvira. Madame Wein sagte mir, ich habe das hinterste Zimmer.«

»So ist es.« Sie vollführte eine einladende Handbewegung in Richtung des Korridors. »Ich wünsche Ihnen viel Vergnügen.«

Mark nickte Elvira zu und setzte sich in Bewegung. Als er die Tür des Raums erreichte, stieß er sie sofort mit einem Ruck auf und trat ein. Während er sein Sakko auszog und auf einem Stuhl ablegte, musterte er die junge Frau vor ihm. Nur bekleidet mit einem schwarzen Korsett, Strümpfen und High Heels lag sie auf dem Bett und las ein Buch. Sie hatte langes schwarzes Haar und eine zierliche Gestalt – perfekt für ihn. Üppige oder sehr große Frauen schmälerten den Reiz. Er spürte, wie sein Körper vor Lust zu vibrieren begann.

Endlich löste sie den Blick von dem Buch und drehte ihm ihr Gesicht zu. Ihr ebenmäßiges, schmales Antlitz und die großen rehartigen Augen turnten ihn an. Er musterte sie noch einige Sekunden und wartete auf den Moment, bis er förmlich überkochte.

Als die Hitze schließlich mit einer immensen Macht durch seinen Körper peitschte, sprang Mark mit einem Satz auf das Bett zu. Unvermittelt packte er die junge Frau an den Haaren, riss ihren Kopf zurück und schlug sie mit der flachen Hand ins Gesicht. Ihr erstickter Schmerzenslaut trieb ihn voran. Abermals langte er zu, dann zerrte er sie vom Bett und trat mit dem Fuß nach ihr, als sie sich auf dem Boden zusammenkauerte. Sie wimmerte und versuchte instinktiv, ihren Körper mit den Armen zu schützen, doch das ließ Mark nicht zu. Er umfasste ihr Handgelenk und bog den Arm zurück, während er auf ihr Haar stieg und sie damit fixierte. Mit einer schnellen Bewegung beugte er sich vor und öffnete das Korsett. Als ihre Brüste freilagen, griff er nach einer und drückte so fest er konnte zusammen.

Sie kreischte auf, und noch bevor er ihr den Mund zuhalten oder sie knebeln konnte, begann sie in gellender Lautstärke um Hilfe zu schreien.

Abrupt ließ Mark von ihr ab und starrte sie entgeistert an. »Was soll –« Weiter kam er nicht.

Die Tür wurde aufgerissen und die beiden Securitymänner stürmten herein.

Kapitel 31

Nick stand gemeinsam mit Anna Wein und Axel am Ende der Bar und verfolgte aufmerksam das Gespräch der beiden. Da Axel die Fragen stellte, konnte er sich voll und ganz auf das Beobachten und Zuhören konzentrieren. Vor allem interessierte ihn Anna Weins Verhalten. Für das, was kürzlich in ihrem Etablissement geschehen war, wirkte sie erstaunlich gelassen. Entweder es ging ihr tatsächlich nicht nahe – womöglich war sie ähnliche Vorfälle gewohnt – oder sie verfügte über ein außerordentliches Maß an Selbstbeherrschung. Nick tippte auf Zweiteres.

Eben legte sie ihre Hand auf Axels Unterarm. »Ich danke Ihnen für Ihre Diskretion und dass Sie die Uniformierten zurückgepfiffen haben. Wären Sie nicht eingeschritten, hätte das gewaltig ins Auge gehen können für mich.«

»Es liegt nicht im Sinne der Polizei, Personen zu schädigen, die uns unterstützen. Ihrer Geistesgegenwart verdanke ich es, dass wir so rasch zur Stelle waren.«

Anna Wein lächelte. »Als ich informiert worden bin, was sich in dem Zimmer abgespielt hat, habe ich nicht gezögert, Sie sofort anzurufen.«

»Zum Glück wussten Sie, dass ich mich mit Mark Schreiber beschäftige.«

Ihr Blick schwenkte von Axel zu Nick. »Darf ich Ihnen beiden vielleicht einen Kaffee oder einen Snack anbieten? Ich gehe davon aus, dass Sie eine lange Nacht vor sich haben.«

»Für mich sehr gern einen Kaffee«, entgegnete Nick. »Dabei können wir uns auch gleich in Ruhe unterhalten. Axel?«

»Nein, danke, aber fangt schon mal an. Ich gehe zurück in das Zimmer, sehe nach dem Rechten und spreche noch ein paar Takte mit dem Mädchen. Es wird nicht lange dauern.«

Anna Wein erteilte dem Barkeeper über die Schulter hinweg einen knappen Befehl und hakte sich bei Nick unter. »Habe ich mit einem Espresso die richtige Wahl für Sie getroffen?«

»Wie Sie bereits beim Rosé Champagner ins Schwarze getroffen haben.«

Sie gingen zu Annas Platz und setzten sich.

Nick wartete, bis der Kaffee serviert worden war, und fragte: »Wären Sie so nett und würden mir die genaue Abfolge der Ereignisse näherbringen? Wie Sie wissen, bin ich zeitverzögert verständigt worden und habe nicht alles mitbekommen.«

Anna zündete sich eine Zigarette an und antwortete erst, nachdem sie den ersten Zug gemacht und den Rauch ausgeblasen hatte. »Mark Schreiber hatte eine Verabredung mit einem meiner Mädchen. Er kam pünktlich, wir sprachen ein paar Worte und er bezahlte wie üblich an mich im Voraus. Dann begab er sich zu Marietta. Er wirkte ungeduldig und geladen, aber das ist nicht ungewöhnlich, sonst ist mir nichts an ihm aufgefallen.«

»Was ist in Folge passiert?« Den genauen Fortgang zu erfahren, war selbstverständlich wichtig, doch vor allem befand sich Nick weiterhin im Beobachtungsmodus. Trotz ihrer nahezu demonstrativen Ruhe stimmte etwas nicht. Müsste er ein Wort finden, das seinen momentanen Eindruck von Anna Wein beschrieb, würde er *Unzufriedenheit* wählen.

»Etwa fünfzehn Minuten lang war alles normal, dann wurde ich in die hinteren Räumlichkeiten gerufen. Als ich das Zimmer betreten habe, kauerte Marietta völlig panisch und weinend in einer Ecke, Mark Schreiber hatten meine Jungs am Boden fixiert. Ich habe den Polizeinotruf verständigt und danach Herrn Mayr angerufen.« Sie runzelte die Stirn. »Die Beamten sind kurz vor ihm eingetroffen und haben sich wie wildgewordene Cowboys gebärdet. Furchtbar.«

»Was hat Herr Schreiber getan, dass Ihr Mädchen dermaßen aus der Fassung geraten ist? Ich meine auf Basis Ihrer Information zu wissen, dass er extra dafür bezahlt hat, Gewalt anwenden zu dürfen.«

Eine Spur zu lange ließ Anna Weins Antwort auf sich warten. »Ich weiß es nicht. Bestimmt wird Herr Mayr mehr von ihr erfahren. Wie ich ihn kenne, agiert er sehr einfühlsam und kann Marietta überzeugen, zu reden.«

»Haben Sie sich nicht um das Mädchen gekümmert?«

»Natürlich habe ich das, aber sie war förmlich paralysiert.« Kaum merklich streckte Anna Wein das Kinn vor.

Wäre die Geste stärker ausgefallen, hätte Nick sie als Trotz gewertet. Er wollte gerade antworten, als Axel an den Tisch trat.

»Wir sprechen gerade darüber, was Mark Schreiber meinem Mädchen wohl angetan hat«, Anna Wein bedachte ihn mit einem offenkundig auffordernden Blick.

Axel setzte sich. »Ich kann Ihnen leider keine aufschlussreiche Antwort geben, Madame. Sie ist verstört und möchte keinesfalls darüber sprechen, weil es nach ihren Angaben so schlimm gewesen sei. Ich habe es auf alle Arten probiert. Eventuell können Sie etwas bewirken, Madame? Ich wäre Ihnen überaus dankbar.«

»Selbstverständlich werde ich versuchen, etwas herauszufinden. Ich strebe wie Sie ein Ende des Ganzen an«, erwiderte Anna Wein.

Gar nichts wirst du tun, weil du bereits weißt, was geschehen ist. Aber du bist nicht freiwillig involviert und willst die Angelegenheit wirklich so rasch wie möglich hinter dich bringen, dachte Nick. Verstohlen musterte er Axel. Warum lag in seinem Ausdruck nicht auch zumindest ein Hauch von Zweifel?

Kapitel 32

Nick lehnte an der Wand und beobachtete Mark Schreiber, der mit hängenden Schultern auf dem Stuhl saß. Seine Miene zeigte offenkundiges Unverständnis und Widerwillen. Las er auch Verzweiflung darin?

Im Gegensatz zu Mark Schreiber hielt Axel sich betont aufrecht. Seine Handflächen ruhten auf der Tischplatte und die Füße standen fest am Boden. Er erweckte den Eindruck, aufspringen zu wollen. Nick hätte eine andere Taktik angewandt, aber dies resultierte wohl aus seiner divergenten Meinung, was den Vorfall im Moodclub betraf.

Nick musste zugeben, dass Mark Schreiber tatsächlich einen hervorragenden Schuldigen abgab. Er hatte weder für Lockwood noch für Pfeiffer ein echtes Alibi – einmal war er zu Hause mit seinen schlafenden Kindern gewesen, dann hatte er den Abend ganz allein in seinem Heim verbracht, weil seine Kinder bei den Großeltern gewesen waren. Lockwood hatte er wegen seiner Frau gehasst und mit Pfeiffer waren geschäftliche Probleme der Auslöser für Zwistigkeiten gewesen. Schreibers Gewaltlust war gegenständlich und nun hing an seinem Schlüsselanhänger ausgerechnet *dieser* Talisman. Was wollte man mehr? *Ja, was wohl?*, fragte sich Nick im Stillen und konnte die Antwort prompt auf den Punkt bringen: Das Gefühl eliminieren, dass Mark Schreiber in eine Falle gelockt worden war.

Aber worauf sollte Nick sich berufen? Auf sein Empfinden und die Intuition, die ihm beide genau das sagten, oder auf die Logik, die in diesem Fall nur aus Verdachtspunkten bestand? Einzig konnte er versuchen, an Axels Verstand zu appellieren.

In diesem Moment veränderte Axel seine Position, indem er sich bedrohlich nach vorn beugte. »Herr Schreiber, halten Sie mich bitte nicht für dumm. Reden Sie endlich!«

Mark Schreiber wich nicht zurück. »Was, um Himmels willen, soll ich Ihnen noch sagen? Ich glaube eher, Sie halten mich für dumm. Wir haben doch längstens alles durchgekaut. Erstens, ich habe mit Annas Mädchen nichts Schlimmes angestellt. Zweitens kenne ich diesen Anhänger auf meinem Schlüsselbund nicht. Drittens, ich bin kein Mörder.«

»Zu Ihrer Information: Dieses *Mädchen* heißt Marietta und ich habe die Hämatome im Gesicht selbst gesehen, sie waren rot und somit ganz frisch«, konterte Axel. »Und Sie behaupten ernsthaft, Ihren eigenen Schlüsselanhänger nicht zu kennen?«

Mark Schreiber zog die Brauen zusammen. »Genau so ist es. Ich habe keine Ahnung, wie das Ding da drauf gekommen ist. Was hat das Getue um den hässlichen Stein überhaupt zu bedeuten?«

»Tun Sie nicht so, als wüssten sie nicht, was der Edelstein bedeutet, Herr Schreiber.« Axel betonte jedes einzelne Wort des Satzes.

»Was soll Besonderes daran sein?« Mark Schreibers Miene verhärtete sich augenscheinlich. »Jetzt ist es genug. Ich stoppe diese Unterhaltung und warte auf meine Anwälte. Sie müssen jeden Augenblick eintreffen.«

Axel stand auf. »Das ist ihr gutes Recht. Die Untersuchungshaft wird Ihnen jedoch nicht erspart bleiben. Der Antrag liegt beim Richter und er sieht, was ich sehe. Dem können Sie sich mit einer Armee von Anwälten nicht entziehen.« Er wandte sich an Nick und fragte: »Kommst du?« Dann ging er zur Tür und öffnete sie.

Nick folgte Axel auf den Gang hinaus.

Als sie die Tür hinter sich geschlossen und einige Schritte gemacht hatten, sagte Axel: »Er sitzt in der Falle und versucht verzweifelt, sich freizubeißen, das wird ihm allerdings nicht gelingen.«

Nick strich sich über das Kinn. Wenn er seine Bedenken jetzt nicht anbrachte, würde es zu spät sein. »Irgendetwas passt hier nicht. Das musst du doch auch sehen.«

Axel klopfte Nick auf den Oberarm. »Ich kann dein Empfinden bestens nachvollziehen. Meines Erachtens beruht es auf dem Fakt, dass wir so lange nichts Greifbares gefunden haben und schlagartig löst sich alles unvermutet in Wohlgefallen auf – man kann es kaum glauben, nicht wahr? Aber mal ehrlich: Wir hatten ihn sowieso von Anfang an groß auf dem Schirm. Nun dürfen wir endlich mit der systematischen Aufarbeitung in seine Richtung beginnen und ich möchte wetten, Schritt für Schritt wird es am Ende diesen einen logischen Schluss geben.«

Nick wiegte den Kopf. »Axel, ich weiß nicht ... Überlege, wie häufig Mark Schreiber Anna Weins Etablissement ohne Komplikationen besucht hat und plötzlich soll er etwas Unerlaubtes getan haben? Das Mädchen redet nicht. Dann der Aquamarin-Schlüsselanhänger und nicht zuletzt Mark Schreibers Erstaunen. Das da drinnen gerade war nicht gespielt von ihm.«

»Woher willst du das wissen? Mark Schreiber verstellt sich. Er ist mit allen Wassern gewaschen und ist es gewohnt, auf der Anklagebank zu sitzen. Natürlich leugnet er alles, es gehört zu seinem Alltag. Ach komm, freu dich mit mir. Jetzt kannst du auch wieder nach Hause zurückkehren und bist mich los.«

»Du betrachtest den Fall also tatsächlich als abgeschlossen?«, fragte Nick.

Kurz schwieg Axel, bevor er antwortete. »Mark Schreiber ist der Mörder von Tom Lockwood und Siegfried Pfeiffer. Wir haben genug Indizien in der Hand und diese lassen sich nicht verdrehen oder aus der Welt schaffen. Du weißt, wie sehr ich deine Meinung achte, doch in diesem Punkt liegst du falsch.« Er lächelte. »Ich möchte dir danken, Nick. Du hast uns maßgeblich unterstützt und bist für meine persönlichen Belange da gewesen, ohne mich zu verurteilen. Das werde ich dir nie vergessen.«

»Wie geht es nun weiter?«

»Der klassische Ablauf: Schreiber kommt in Untersuchungshaft und wir rollen alles – wie schon gesagt – von Anfang an nochmals auf. Yvonne und Benjamin haben sich bereits hineingestürzt.«

»Ich soll also meine Sachen packen und mich auf den Weg machen?«

Axel stieß einen Seufzer aus. »Ich werde die Zusammenarbeit mit dir vermissen. Es würde mich freuen, wenn du erst morgen abreist. Yvonne, Benjamin und ich würden abends gern mit dir Essen gehen. Olaf will sich ebenfalls anschließen.«

Nick ließ sich seine Gefühle – ein buntes Potpourri von Fassungslosigkeit bis Enttäuschung – nicht anmerken. »Selbstverständlich werde ich dabei sein.«

Kapitel 33

Samantha und Peter saßen gemeinsam mit Nick auf der Terrasse seines Hauses. Peter hatte für das Frühstück gesorgt, Samantha für eine Flasche Champagner, und Nick war nichts weiter geblieben, als ausreichend Kaffee beizusteuern. Robert Hofer befand sich bei der Arbeit, Luisa hatte ebenfalls Dienst, sie konnten sich also in aller Ruhe ihrem Hauptgesprächsthema widmen: dem Münchner Fall und was geschehen war.

Gerade hatte Nick seinen ausführlichen Bericht über die Abläufe und sämtliche Vorkommnisse abgeschlossen und sah gespannt in die kleine Runde. »Also, was meint ihr dazu?«

»Sweetheart, wenn du uns so fragst, weiß ich, dass du es in Wahrheit bist, der einiges *dazu meint*. Schade, dass wir nicht dabei sein durften, dann hätten wir uns ein besseres Bild verschaffen können.« Samantha fixierte Nick mit ihrem berühmt-berüchtigten bösen Blick.

»Ja! Ich hatte mich ehrlich auf die Abwechslung gefreut«, fügte Peter bekräftigend hinzu.

»Es tut mir ehrlich leid, aber mir waren die Hände gebunden – als Berater fehlte mir jegliche Entscheidungsgewalt. Hätte ich die leiseste Chance gesehen, zumindest einen von euch beiden zu involvieren, wäre ich sofort aufgesprungen«, entgegnete Nick.

Samantha beugte sich vor und küsste Nick auf die Wange. »Das wissen wir doch. Don't let it get you down, ich wollte dich bloß ein wenig ärgern.« Sie griff nach ihrem Glas und trank einen kräftigen Schluck Champagner. »Zu deiner Frage: Axel Mayr ist mit Mark Schreiber als Täter hochzufrieden und wollte dich auf der Stelle loswerden. Mit deinem Zweifel hast du ihm im Weg gestanden.«

»Axel Mayr hat mich regelrecht hinauskomplimentiert. Dabei war ich äußerst vorsichtig und habe nicht herausgeschrien, was ich tatsächlich denke. Einzig habe ich versucht, die Vorkommnisse zu hinterfragen.« Nick zuckte mit den Schultern. »Axel hat sich im Laufe der Ermittlungen verändert. Stand am Anfang der Fall im Zentrum seiner Gedanken, ist er immer weiter in den Sog der Starrheit geraten. Als wäre er Sylvia Schreiber richtiggehend verfallen. Ich glaube, dass er sich von Beginn an auch ihretwegen in besonderer Weise bemüht hat, die Suche nach dem Mörder voranzutreiben, aber mit der Zeit ist etwas Verbissenes hinzugekommen.«

»Es wäre nicht das erste Mal, dass ein Mensch aus Liebe zum Sklaven seiner eigenen Handlungen wird. Jegliches Denken wird von diesem einem Ziel beherrscht, für alles andere ist man blind«, bemerkte Peter.

Nick rieb sich die Augen. »Ich überlege die ganze Zeit, was ich hätte anders machen können. Mich plagt ein richtig schlechtes Gewissen. Im Grunde habe ich einfach dagestanden und zugesehen.«

»Das stimmt doch nicht! Aus meiner Sicht hast du alles dir Mögliche versucht und bist dabei auch noch ruhig geblieben«, antwortete Peter.

Samantha hob ihren Daumen. »Korrekt, Peter. Entschuldige, Nick, aber Axel Mayr hat dir sogar gedroht. Ich an deiner Stelle hätte meine self-control verloren.«

»Bei der ganzen Sache ging es nicht nur um Axel, sondern allem voran darum, dass der richtige Mörder gefasst wird«, entgegnete Nick und stieß einen Seufzer aus. »Sollte ich diese Beratertätigkeit weiterverfolgen, muss der Rahmen exakt abgesteckt sein und ich forciere den Plan ausschließlich mit euch gemeinsam. Das schwöre ich.«

Samantha grinste. »Wir sind dabei.« Auf einmal schien sie sich auf ihrem Stuhl nicht mehr wohlzufühlen. Unruhig rutschte sie hin und her. »Haben wir wirklich keine Möglichkeit, etwas zu unternehmen? Wir können doch nicht zulassen, dass ein Unschuldiger verurteilt wird.«

»Ich bin offiziell von dem Fall abgezogen und habe bereits das Honorar erhalten, das kam prompt. Und wir dürfen nicht außer Acht lassen, dass Mark Schreiber es sehr wohl gewesen sein könnte. Meine Annahme basiert auf reinen Vermutungen.«

»Axel ist unzweifelhaft grundsätzlich ein guter Ermittler, er muss ebenfalls spüren, dass da etwas nicht stimmt«, überlegte Peter.

Samantha streckte den Arm aus und gab Peter einen Klaps auf die Finger. »Du hast selbst vor wenigen Minuten seinen geistigen Zustand beschrieben: Er ist deeply in love und hat sich in eine volle Abhängigkeit begeben. Da kann ihn nichts und niemand herausretten.«

»Ich hoffe auf die Nachbearbeitung des Falls in Hinblick auf Mark Schreiber. Benjamin ist noch zu kurz auf seinem Posten, aber Yvonne wird nicht zögern zu handeln, sofern sie eine Ungereimtheit findet. Sie ist loyal, doch an erster Stelle steht ihre Tätigkeit als Kommissarin«, sinnierte Nick.

»Ich habe schon gedacht, dass es sich bei dieser Yvonne Engel um eine toughe Lady handelt. Habe ich doch auch keine Hemmungen, dich zu stoppen, wenn es notwendig ist«, entgegnete Samantha und schwieg einen Augenblick. Als sie schließlich weitersprach, wirkte sie nachdenklich. »Was du zuerst gesagt hast, Nick, stimmt. Willst du als Berater tätig werden, musst du lernen, dich abzugrenzen – und nicht nur du, wir alle. Das hat oberste Priorität. Also lassen wir jetzt Mayr, Schreiber and all the other names ruhen und beschäftigen uns mit der eigenen Zukunft.«

Nick und Peter nickten zustimmend.

Kapitel 34

Nick drehte sich auf die Seite und beobachtete Luisa, die fest schlief. Ihre roten Locken bedeckten beinahe das gesamte Kopfkissen, auch vom Gesicht sah er nicht viel, weil ihr Haar es größtenteils verdeckte. Wie regelmäßig und ruhig sie atmete. Am liebsten hätte er sie an sich gezogen, aber er wollte sie nicht wecken. Draußen dämmerte es gerade erst.

Er selbst hatte eine unruhige Nacht hinter sich gebracht. Ständig war er aus wirren Träumen hochgeschreckt und hatte jedes Mal lange gebraucht, um abermals einschlafen zu können. Seit er aus München zurück war, fand er einfach keine Entspannung. Immer wieder kreisten seine Gedanken um die Morde von Lockwood und Pfeiffer sowie um die Verdächtigen. Er hatte sich sogar dabei ertappt, wie er Szenarien entwarf, wer Mark Schreibers Verhaftung inszeniert haben könnte und welchem der beiden Grundmotive er letztlich den Vorzug gab.

Gern hätte er Axel zwischendurch angerufen und nach dem aktuellen Stand gefragt, doch bewusst griff er nicht zum Telefon. Samantha hatte es auf den Punkt gebracht: Er musste lernen, sich an gewisse Regeln zu halten, und eine wesentliche besagte, dass ein Fall für ihn abgeschlossen zu sein hatte, wenn der leitende Ermittler es so bestimmte.

Ich bin nicht mehr in der mir bekannten Form persönlich beteiligt und kann mich abgrenzen, redete er sich ein und überlegte im selben Atemzug, ob er das tatsächlich je schaffen würde. Aber ohnehin war noch nichts entschieden. Es war anregend, Pläne in die Richtung zu schmieden, als externer Fallanalytiker mit eigenem Team zu arbeiten. Wie dies jedoch in der Realität umzusetzen war, lag im Dunklen. Samantha hatte sich erboten, diesbezügliche Recherchen anzustellen. Bis erste Ergebnisse vorlagen, musste er nicht weiter darüber sinnieren.

Gerade wollte sich Nick erneut in eine geeignete Position zum Weiterschlafen bringen, als sein Handy klingelte. Er fuhr hoch und schlagartig war er nicht nur munter, sondern hellwach. Wer rief ihn um diese Zeit an? Eilig zog er das Handy von dem Schränkchen, das neben dem Bett stand, und schaltete das Gerät stumm. Auf dem Display stand *Yvonne Engel.* Er nahm das Gespräch an und flüsterte: »Moment ...« So geräuscharm wie möglich stand er auf und schlich aus dem Schlafzimmer. Als er die Treppe erreicht hatte, nahm er das Handy wieder ans Ohr. »Yvonne, was ist denn los?«

Es vergingen einige Sekunden, bis sie antwortete: »Ach, Nick.« Sie schluchzte auf. »Axel ...«

Nick, der mittlerweile die Küche erreicht hatte und gerade die Kaffeemaschine einschalten wollte, hielt mitten in der Bewegung inne. »Was ist mit ihm?«

»Er ist ... tot.«

Nick erstarrte. »Was? Entschuldige, Yvonne, ich begreife nicht ganz. Axel ist gestorben? Um Himmels willen. Wie ... Was ist geschehen?« Er fasste sich. »Bitte verzeih, ich bin durcheinander. Hat er sich etwas angetan?«

»Nein. Nick! Axel ist ermordet worden und es sieht aus, als wäre ... Ein Aquamarin liegt neben seinem Kopf und er ist ganz sicher bewegt worden. Es ist wie bei Lockwood und Pfeiffer. Ich bin am Tatort«, fügte sie hinzu.

Nur langsam drang die Tragweite der Nachricht in Nicks Bewusstsein vor. Sie wahrhaft zu realisieren, brachte er allerdings noch nicht fertig. Obwohl er sich wie paralysiert fühlte, musste er versuchen, sich zu konzentrieren. Yvonne bedurfte jetzt eines Halts und keiner konfusen Floskeln. Nicht umsonst hatte sie ihn angerufen. »Darfst du mir Fotos zusenden?«, erkundigte er sich.

Abermals gab sie einen Schluchzer von sich. »Denkst du, ich schere mich gerade um Regeln und die Frage, ob ich vorher jemand Bescheid geben soll? In ein paar Minuten hast du die Bilder. Und Nick ... Bitte hilf uns. Ich bin nicht blind und weiß, dass deine Tätigkeit zu abrupt geendet hat, auch wenn bei uns später kein Wort darüber verloren worden ist. Doch nun ist alles anders und ich –«

»Das ist im Augenblick kein Thema«, unterbrach Nick sie. »Aber es ist dir bewusst, dass ich nur an dem Fall weiterarbeiten kann, wenn ich offiziell bestätigt werde?«

»Bei uns herrscht heller Aufruhr. Du kannst dir nicht vorstellen, was hier los ist. Sie werden dir die Füße küssen, wenn du kommst.«

Nick hüstelte. »Yvonne, gleich vorweg: Wenn, möchte ich mein Team mitnehmen, unbedingt.« Als er keine Reaktion erhielt, sprach er weiter: »Es steckt kein Misstrauen euch gegenüber dahinter, ich benötige nur unbedingt die neutralen Sichtweisen meiner Kollegen. Ihr seid persönlich betroffen und somit befangen.«

»Ich verstehe«, antwortete Yvonne leise. »Noch etwas, Nick. Mark Schreiber sitzt nach wie vor in Untersuchungshaft. Er selbst kann es also nicht gewesen sein.«

Wenngleich Yvonne es nicht sehen konnte, nickte er. »Darf ich dir einen Rat geben, Yvonne? Ich bin gerade völlig von der Rolle und kann mir lebhaft vorstellen, wie es dir, Benjamin und den anderen Kollegen ergehen muss – es steht in keinem Vergleich. Versucht trotzdem, euch auf die Gegebenheiten zu konzentrieren. Gestattet euch keine Ablenkung, sei es durch Trauer, die bestehenden Verdächtigen oder sonst etwas. Der Tatort ist wichtig. Du hast ein fantastisches Auge und verstehst es, die Dinge sachlich und strategisch zu betrachten. Tu das auch jetzt – gerade jetzt.«

Sie schniefte. »Versprochen. Ich sende dir gleich die Fotos und melde mich morgen. Ist das in Ordnung?«

»Natürlich. Haltet durch und ... mein Beileid.« Nick war überzeugt davon, dass sie seine letzten Worte nicht mehr registriert hatte. Bestimmt hätte sie zumindest mit einem knappen »Danke!« darauf reagiert.

Er stellte eine Kaffeetasse unter den Auslauf der Maschine und drückte auf die Espresso-Taste. An Schlaf brauchte er nun nicht mehr zu denken.

Kapitel 35

»Endlich lernen wir Sie beide kennen.« Benjamin reichte Peter Westernschmidt die Hand, daraufhin machte er einen Schritt auf Samantha zu, ergriff die ihre und sagte: »Nick hat mir einiges über Ihre Rechercheleistungen erzählt. Vielleicht können Sie mir bei Gelegenheit ...« Sein Lächeln erstarb abrupt.

Samantha klopfte ihm auf die Schulter. »I know, kid. Es ist schwer, aber das wird wieder. Nenn mich bitte Sam. Halten wir uns nicht mit diesem lästigen deutschen *Sie* auf. It just stops.«

Yvonne, die mit starrer Miene an ihrem Platz an der Wand lehnte, begrüßte Samantha und Peter ebenfalls, allerdings mit einem knappen »Yvonne Engel.«

»Wollen wir in einen Besprechungsraum gehen oder in unserem Büro bleiben?«, fragte Benjamin.

»Ich denke, wir alle fühlen uns hier wohler«, entgegnete Nick und setzte sich rittlings auf Benjamins Schreibtisch.

Samantha und Peter nahmen auf den Stühlen Platz, Yvonne blieb stehen.

»Wie du gewünscht hast, Nick, fahren wir dann zu Mark Schreiber. Es kann nicht mehr lange dauern, bis seine Anwälte ihn freigeboxt haben. Sie arbeiten auf Hochtouren daran.« Yvonne verschränkte die Arme.

»Nur weil er dieses Mal ein Alibi hat, kann er es trotzdem gewesen sein. Er hat jemanden beauftragt. Der Mann ist gerissen und Geld spielt bei ihm keine Rolle.«

Nick gab ihr keine Antwort und fragte stattdessen: »Was hat das nochmalige Verhör von Anna Wein und Marietta ergeben?«

»Nichts. Das Mädchen weigert sich weiterhin standhaft, etwas zu sagen. Das Einzige, das sie von sich gegeben hat, waren Phrasen: Es sei so furchtbar gewesen, sie dürfe nicht daran denken, es handle sich um den schrecklichsten Moment in ihrem Leben. Und Madame Wein ...« Benjamins Blick schwenkte zu Yvonne, die übernahm.

»Sie hat uns behandelt wie unmündige Schulkinder. Aber ich bin überzeugt, dass Axels Ableben sie ehrlich getroffen hat. Es war, als verstünde sie seinen Tod nicht – besser kann ich es nicht erklären.«

»Versuche es bitte. Wie kommst du zu deiner Meinung?«, hakte Peter ein.

Yvonne schürzte die Lippen. »Sie trägt eine Maske aus purer Selbstbeherrschung, doch ihre Augen hat sie nicht unter Kontrolle. Es sind Kleinigkeiten: blinzeln, zucken, öffnen, zusammenkneifen – total minimalistisch.« Sie wandte sich an Nick. »Ich habe mir deinen Ratschlag zu Herzen genommen und versuche, alles, was mir unterkommt, regelrecht zu scannen. Nicht nur den Tatort.«

Nick schenkte ihr ein anerkennendes Lächeln. Sie brauchte jeden möglichen positiven Beistand und selbst die kleinste Geste zählte. Obwohl Yvonne gefasst wirkte, hatte er ihre geröteten Augen und die Ringe darunter sofort bemerkt. Menschen wie sie gestatteten sich keine emotionale Regung vor Publikum und oft litten sie deshalb mehr als andere, die ihre Gefühle zeigten. Das Telefonat war eine Ausnahme aufgrund der Situation gewesen, aber selbst da hatte sie sich erstaunlich beherrscht gezeigt. »Es ist eine Gabe, die einzelnen Elemente isoliert und wirklichkeitsgetreu wahrzunehmen. Ich kann das zum Beispiel nicht, ohne mich bewusst darauf zu konzentrieren. Ließe ich den Dingen freien Lauf, würde mein Gehirn vor lauter Möglichkeiten und Szenarien mit der Informationsflut nicht zurechtkommen.«

Yvonne nickte, antwortete jedoch nicht. Kurz herrschte Schweigen.

Schließlich durchbrach Samantha die Stille. »Well, meine Sweethearts, was tun wir nun als Erstes? Mein Freund wünscht mich so bald wie möglich wieder zurück nach Wien.« Sie blickte in die Runde. »Ihr müsst mich nicht so verdutzt anschauen. Amors Pfeil trifft auch in meinem Alter. Man hört mit fünfzig Jahren nicht auf, zu leben und zu lieben.«

Nicks Miene blieb ausdruckslos, wenngleich er Samantha am liebsten umarmt hätte. Sie setzte ihre joviale Art ein, um Yvonne und Benjamin zumindest ein wenig aus ihrem Schmerz herauszuholen und gleichzeitig voranzutreiben. Er selbst brauchte nur noch zu übernehmen und das Thema vorzugeben. »Ich würde vorschlagen, wir bilden Zweierteams: Yvonne und Peter, Samantha und Benjamin. Egal wie oft ihr die Akten schon durchgegangen seid und jeden Satz darin kennt, bitte tut es ein weiteres Mal. Teilt euch die einzelnen Bereiche auf, wie es euch beliebt. Und vergleicht die

Fälle miteinander, Punkt für Punkt. Ich fahre jetzt zu Mark Schreiber in die U-Haft.«

Yvonnes Kopf ruckte hoch. »Soll ich nicht mitkommen?«

Geflissentlich war Nick eingangs nicht näher auf Yvonnes Formulierung wegen des Besuchs bei Mark Schreiber eingegangen. Nun musste er es tun, und er wollte erst gar nicht mit Entschuldigungen für seine geplanten Handlungen beginnen, sehr wohl aber mit Offenheit und Erklärungen. »Nein. Ich will allein mit ihm reden. Was ich vorhabe, verlangt eine kameradschaftliche Basis und die kann ich aufgrund der Historie weder mit dir noch mit Benji erreichen.«

»Und was hast du vor?«, fragte sie.

»Ich werde meinen Status als Berater ausnutzen und die diesbezüglichen Grenzen ausloten. Offiziell kann ich nichts entscheiden, wiederum schreibt mir keiner vor, wie ich zu agieren habe. Nach dem Motto: Was mir auf der einen Seite fehlt, füge ich auf der anderen hinzu.« Nick richtete sich auf. »Wir sehen uns morgen früh. Yvonne und Benji, bleibt nicht die halbe Nacht hier, sondern sorgt für ausreichenden Schlaf. Wir benötigen alle einen wachen und regen Geist.« Dann sah er Samantha und Peter an. »Bis später im Hotel.«

Kapitel 36

Noch immer kochte Juri Sanger vor Wut, hatte jedoch beschlossen, sich nichts anmerken zu lassen. Dieses Geschäft stand wahrhaft unter keinem guten Stern. Erst war Tom Lockwood umgebracht worden und nun bereitete ihm Sylvia Schreiber Probleme, aber mittlerweile hatte er seine feste Zusage gegeben und diese konnte er unter keinen Umständen zurückziehen. Dann wären nämlich nicht nur die normalen Unternehmungen gefährdet, sondern sein eigenes Leben. Diese Vereinigung hatte die Macht, ihn in seiner eigenen Heimatstadt wie eine Fliege zu zertreten. »Wie konnten Sie so dämlich sein, Kleines?«, fragte er so beherrscht wie möglich.

Sylvia Schreiber schlug die Beine übereinander und senkte den Blick. »Ich kann doch nichts dafür. Um Himmels willen, ich weine seit Tagen. Können Sie sich vorstellen, wie ich mich fühle? Ohne Medikamente könnte ich nicht aufrecht vor Ihnen sitzen. Seit Axels Tod bin ich nicht mehr ich selbst. Ich habe Ihnen gerade alles, wirklich alles, offenbart! Sie müssen das verstehen.« Tränen lösten sich aus ihren Augenwinkeln und liefen über die Wangen. Sie wischte sie nicht fort.

Diese Frau ist komplett verrückt. Ich erinnere mich nicht, so jemanden schon einmal erlebt zu haben – und das bedeu-

tet etwas, überlegte Juri. Sie war ein hochgradiger Risikofaktor, aber wenigstens hatte er sie in der Hand, auch ohne Mark Schreiber und ihre Kinder im Talon. »Reden wir nicht mehr darüber. Sie werden einen anderen Mann finden als Axel Mayr. Immerhin sind sie eine sehr schöne Frau.«

Sylvia Schreiber sah ihn direkt an. »Meinen Sie das ernst?«

»Ja. Haben Sie keinen Spiegel zu Hause?« *Verfluchte Scheiße, sie hat in der Tat die außergewöhnlichsten Augen, die ich je gesehen habe. Einzigartig, genauso irre wie sie,* dachte er. »Und wenn Sie keinen Kerl finden, organisiere ich Ihnen einen als Draufgabe. Aber zurück zum Thema: Haben Sie alles nach meinen Anweisungen in die Wege geleitet?« Erstaunt beobachtete Juri, wie sich Sylvias Körperhaltung und Mimik abrupt verwandelten. Sie richtete sich auf, reckte kokett ihr Kinn vor und setzte ein Lächeln auf. »Ich habe die Operation in dieser Klinik in der Ukraine fest reserviert. Eine Woche lang werde ich dort verbringen. Der Privatflug ist ebenfalls gebucht.«

»Und in der Klinik haben Sie ausschließlich mit Doktor Petruk Kontakt?«

Sylvia nickte. »Nur mit ihm. Er hat mir eine Bestätigungsmail mit den Details der Behandlung zugesandt. Darüber hinaus gibt es einen nachvollziehbaren Mailverkehr mit meinen Fragen und seinen Antworten. Außerdem wird meine Veränderung nicht zu übersehen sein.«

»Hervorragend. Alles ist somit belegbar.« Juri atmete auf. Auch wenn Sylvia Schreiber offenkundig nicht richtig tickte, besaß sie eine pragmatische Seite, die zum passenden Zeitpunkt hervortrat. Er durfte sich nicht zu viele Sorgen machen. Der USB-Stick, den es zu transportieren galt, würde dank Sylvia Schreiber an seinem Bestimmungsort in der Ukraine ankommen. Und allein darum ging es.

Der Leiter der ansässigen Schaltzentrale – das Kartell hatte München als Hauptknotenpunkt für Europa erwählt – hatte sich klar ausgedrückt: Das Paket musste von einer außenstehenden wie integren Person mit einem plausiblen Reisegrund außer Landes gebracht werden. Juri hätte es nicht einmal riskiert, einen entfernten Bekannten dafür einzusetzen. Und beträfe es sein eigenes Geschäft, wäre er unbekümmerter vorgegangen. Aber er durfte sich nicht mit der neuen Gruppierung vergleichen. Für Menschenhandel im weltweiten Stil mit hochrangiger Beteiligung galten besondere Gesetze.

»Juri, Sie wirken gedankenverloren?«, sagte Sylvia leise.

Ihre Stimme klang wie ein sanftes Glockenspiel. Diese Frau beherbergte wahrlich sowohl den Teufel als auch einen Engel in sich. Sie war brandgefährlich. »Das bin ich – war ich.« Er räusperte sich. »Den Stick werden Sie eine Stunde vor Ihrer Abfahrt zu Hause an der vereinbarten Stelle im Garten finden. Wo Sie ihn zu verstecken haben, wissen Sie.«

Sie schmunzelte und löste ihre übergeschlagenen Beine. »Da, wo ihn Tom nicht hätte hintun können.«

Abrupt stand Juri von der Parkbank auf und griff sich in den Schritt. Sein Penis war hart. Was war diese Frau doch für ein Luder! »Wir werden uns bis zu Ihrer Abreise nicht wiedersehen. Viel Vergnügen in der Klinik und alles Gute für die Operation.« Er machte einige Schritte, dann drehte er sich kurz zu ihr um und musterte sie. *Scheiße, sie ist echt eine verdammt anziehende Frau und allemal einen Fick wert,* dachte er und überlegte einen Moment lang, ob er sie trotz des Risikos, das sie im Nachhinein darstellen würde, am Leben lassen sollte. Sie könnte ihm mannigfaltige Dienste erweisen.

Kapitel 37

»Ich war der Meinung, die hätten Sie rausgekickt?«, fragte Mark Schreiber und zog seinen linken Mundwinkel zur Seite.

Für Nick hatte dieses Mienenspiel etwas Abgefeimtes und zugleich Höhnisches an sich, aber er würde sich nicht ablenken lassen. »Nachdem man Sie im Etablissement von Anna Wein gefasst hat, war ich plötzlich ein Dorn im Auge.«

Mark Schreibers Mimik veränderte sich zu einem mäßig interessierten Ausdruck. »Und warum?«

Nick zog die Brauen hoch. »Womöglich habe ich Ihre Person und den Vorfall betreffend die falschen Überlegungen angestellt. Ich zweifle nämlich daran, dass Sie der Mörder von Tom Lockwood und Siegmund Pfeiffer sind.«

»Das ist jetzt wohl mit dem Tod von Mayr bewiesen.«

»Herr Schreiber, Sie wissen genau, dass Sie noch lange nicht außen vor sind. Was meinen Sie, denkt die Polizei? Nichts ist einfacher für Sie, als Axel Mayr nach genauen Vorgaben ermorden zu lassen.«

Mark Schreiber beugte sich vor. »In wenigen Stunden gehört diese lächerliche Untersuchungshaft der Geschichte an. Dann kann ich mich endlich zur Wehr setzen, und seien Sie versichert, dass ich das mit voller Vehemenz tun werde.«

Nick hatte die erste Brotkrume gestreut, nun kam die zweite an die Reihe. »Wo sind eigentlich Ihre Kinder im Augenblick untergebracht? Und geht es ihnen gut?«, fragte er mit einfühlsamer Stimme.

»Bei meinen Eltern. Ich hätte gern verhindert, dass sie von dem hier erfahren, aber mein Sohn ist zwölf Jahre alt. Er versteht bereits, was in den Medien über mich berichtet wird.«

»Das tut mir sehr leid. Ich verstehe Ihre Sorge.« Kurz presste Nick die Lippen aufeinander. »Was geschieht mit den Kindern, sollten Sie verurteilt werden?«

Schlagartig veränderte sich Mark Schreibers Gebaren abermals. Sein Unterkiefer begann sich zu bewegen und sichtlich unbewusst ballte er die Hände zu Fäusten. Das ganze Gesicht wirkte auf einmal kantiger. »Ich würde nicht verhindern können, dass sie zu Sylvia kommen.« Er stieß einen unzufriedenen Laut aus. »Hören Sie zu, Herr Stein, wir treffen uns hier nicht auf ein nettes Kaffeekränzchen. Was wollen Sie von mir?«

»Ihre Sicht des Ganzen.«

Mark Schreiber stieß einen sarkastischen Lacher aus. »Die erzähle ich seit meiner Verhaftung, aber niemand hat bis jetzt zugehört. Okay, reden wir Klartext. Ich habe noch nie einen Menschen mit eigenen Händen getötet oder jemanden engagiert, der einen Mord für mich begeht. Ich bin nichts weiter als ein willkommener Sündenbock und meine Verhaftung war inszeniert. Wer das allerdings arrangiert hat, entzieht sich meiner Kenntnis. Anna Wein war auf jeden Fall nur das ausführende Organ. Wahrscheinlich ist sie selbst dazu genötigt worden.« Er verschränkte die Finger und stützte die Ellbogen auf dem Tisch ab. »Ich grüble die ganze

Zeit. Geschäftlich habe ich einige Feinde, aber dass sie so weit gehen würden, um mich aus dem Verkehr zu ziehen? Nun, möglich ist alles. Vielleicht hat einer die Situation ausgenutzt.« Er löste die Finger wieder voneinander und öffnete in einer fragenden Geste die Arme. »Oder ich habe rein gar nichts damit zu tun und bin durch Zufall zwischen irgendwelche dubiosen Fronten geraten.«

»Erzählen Sie mir von Ihrem Besuch bei Anna Wein. Was haben Sie getan, das außerhalb der Norm lag? Das Mädchen redet nämlich nicht.«

»Verwundert Sie das? Sie hätte nichts zu berichten. Nicht einmal annähernd habe ich die Grenzen der Vereinbarung ausgeschöpft. Wie auch? Sie hat ja gleich zu schreien begonnen.«

»Erzählen Sie es mir trotzdem«, forderte Nick Mark Schreiber auf.

»Sie wollen es wirklich wissen? Nun gut. Ich habe sie geohrfeigt und ein wenig herumgezerrt, dann ein paarmal auf sie eingetreten, ins Weiche – Bauch, Genitalbereich. Der Kopf ist mit Schuhen tabu. Ich darf sie verhauen, blaue Flecke sind egal, am Ende kann ich sie nehmen, wie ich es mir wünsche. Und bricht einmal ein Nasenbein oder fällt ein Zahn aus, wird kein Wind darum gemacht, auch Einrisse in bestimmten Bereichen werden toleriert. Ich zahle viel Geld dafür, das müssen Sie mir glauben.«

Nick musste all seine Kraft aufwenden, um die Abscheu zu verbergen. »Und wegen Ohrfeigen und wenigen Tritten hat sie um Hilfe gerufen?« Die Wortwahl viel ihm unendlich schwer.

Mark Schreiber musterte Nick aufmerksam, bevor er antwortete. »Wie am Spieß. Drei Sekunden darauf sind die beiden Bodyguards hereingestürmt und haben mich niedergerungen. Es war, als hätten sie schon vor der Tür gewartet.«

»Sie haben beteuert, der Schlüsselanhänger gehöre nicht Ihnen.«

Mark Schreiber nickte eifrig. »So ist es auch. Ich habe keine Ahnung, wie das Ding auf meinen Schlüsselbund gekommen ist und warum so ein Wind darum gemacht wird – keiner sagt mir etwas zu diesem Thema.« Er stieß einen Seufzer aus. »Als ich in das Zimmer gegangen bin, habe ich sofort mein Sakko ausgezogen und es auf einem Stuhl abgelegt. Jeder hätte meine Schlüssel an sich nehmen können, während ich am Boden lag. Aus meiner Position habe ich kaum etwas gesehen.«

Nick hatte mitten in Mark Schreibers Erzählung aufgehorcht. War ein Detail im Eifer der momentanen Situation komplett untergegangen? »Sie wissen nicht, was der Schlüsselanhänger zu bedeuten hat?«

Wieder zog Mark Schreiber den Mundwinkel zur Seite. »Nein, es ist mir auch – ganz ehrlich – egal.« Er lehnte sich zurück und verschränkte die Arme. »Im Übrigen werden wir unser Gespräch jetzt beschließen. Es führt zu nichts. Sobald ich von diesem verfluchten Ort verschwunden bin, können wir uns an einem neutralen Ort treffen und reden – off records und quid pro quo. Ich lasse mich nicht weiter von Ihnen ausquetschen. Selbst wenn Ihr Verständnis echt ist, stehen Sie im Augenblick auf der anderen Seite.«

Unverzüglich stand Nick auf. Jede Minute, die er jetzt noch sitzen bleiben würde, war Zeitverschwendung.

Zudem hatte er alles erreicht, was er wollte. »Auf Wiedersehen, Herr Schreiber. Rufen Sie mich an.«

»Und Ihre Handynummer?«

»Melden Sie sich in der Abteilung. Ich werde bekannt geben, dass meine Nummer an Sie weitergegeben werden soll.«

Kapitel 38

Gerade hatte Nick Yvonne und Benjamin über sein gestriges Gespräch mit Mark Schreiber informiert. Kurz fixierte er Benjamin, dann schwenkte sein Blick weiter zu Yvonne und blieb an ihr hängen. »Ich hoffe, seine Anwälte sind gut genug, um ihn herauszuholen. Reichen die Argumente allerdings nicht aus, müsst ihr bei Gericht unterstützend einwirken, dass Mark Schreiber freikommt.«

»Was?« Yvonne starrte Nick entgeistert an. »Warum willst du das? Er ist und bleibt ein Verdächtiger.«

»Ich habe euch erzählt, dass er nach seiner Entlassung inoffiziell mit mir reden wird – genau deshalb«, entgegnete Nick.

»Ich verstehe nicht, was für einen Sinn das haben soll. Damit können wir doch nichts anfangen ... *off records.*« Sie verdrehte die Augen.

»Ich möchte Folgendes von dir wissen, Yvonne: Ihr habt begonnen, in Teamarbeit alles wiederum durchzuarbeiten. Ist irgendetwas Neues dabei zutage getreten?«, fragte Nick.

Sichtlich irritiert schüttelte sie den Kopf. »Nichts. Wie denn auch?«

Nick faltete die Hände. Gestern Abend hatten Samantha, Peter und er noch bis nach Mitternacht an der

Bar des Hotels, in dem sie untergebracht worden waren, gesessen und ihre Eindrücke sowie die zukünftige Vorgehensweise besprochen. Es lag auf der Hand, dass der bisherige Ablauf den Fall nicht in der notwendigen Weise weitergebracht hatte, also mussten sie dringend einen alternativen Weg einschlagen. Das Gespräch mit Mark Schreiber hatte Nick die letzte Bestätigung gegeben. Er wollte seine Möglichkeiten voll ausschöpfen und notfalls sogar weiterschreiten. Es ging nicht mehr nur um die Aufklärung der drei Morde, sondern auch darum, einen vierten zu verhindern. Dessen war Nick nämlich mittlerweile gewiss: Das Töten würde nicht aufhören.

Obwohl es grundsätzlich nicht sein Ansinnen war, über Yvonnes und Peters Köpfe hinweg zu entscheiden, würde er sich von seiner geplanten Vorgehensweise nicht abbringen lassen. Vor allem Yvonne schwamm zu sehr in Axels Fahrwasser und kämpfte darum, die ursprüngliche Fixierung zu erhalten. Dessen ungeachtet würde er versuchen, Yvonne und ebenso Benjamin seine Taktik so schonend wie möglich beizubringen. Im Optimalfall würden sie selbst darauf kommen, was nicht bedeutete, dass es ohne Diskussion ablaufen würde. Dazu wollte Samantha eine – wie sie es genannt hatte – kleine List anwenden. Nick sollte die beiden genau zu dem Punkt bringen, wo sie jetzt standen: Vor dem Wort *nichts*. Sie würde alles Weitere erledigen.

»Ich sagte: nichts«, wiederholte Yvonne mit ungeduldiger Stimme.

»Slow down«, entgegnete Samantha. »Wenn du wütend bist, schlage gegen einen Sandsack. Wir sind hier, um zu helfen. Ich packe meine Glaceehandschuhe wegen niemandem aus, auch nicht deinetwegen.«

Einen Augenblick lang schien Yvonne abzuwägen, ob sie Samantha die Stirn bieten oder gekränkt sein sollte. Schließlich nickte sie.

Samantha lächelte versöhnlich. »Wir beide ähneln einander, Yvonne. Deshalb begreife ich, was du durchmachst und fühle mit dir. Bevor du deinen Schmerz offenbarst, zeigst du dich lieber aggressiv. Das ist in Ordnung, lass es dich nur nicht besitzen.« Sie zwinkerte Yvonne zu, die als Reaktion aufschluchzte und abermals nickte.

Nick war überzeugt davon, dass Yvonne gerade das Bedürfnis unterdrückte, sich in Samanthas Arme zu werfen. Benjamin hingegen verhielt sich erstaunlich ruhig. Nick hätte ihm diese Courage nicht zugetraut.

Als hätte er Nicks Gedanken vernommen, stellte Benjamin die entscheidende Frage: »Was willst du nun also unternehmen?«

Nick reagierte prompt. »Es ist Zeit, die Dinge auf andere Art anzugehen, unter Hochdruck und mit variantenreichen Mitteln. Mark Schreiber kann womöglich, vor allem unbewusst, gute Informationen liefern. Er wird aber nur frei mit mir sprechen, wenn er nicht mehr in U-Haft sitzt. So viel dazu. Dann hat Axel – das ist leider ein Fakt – Sylvia Schreiber mit einer Schutzmauer umgeben. Niemand hat ihr so richtig auf den Zahn gefühlt. Das werden wir schlagartig nachholen. Und letztlich ist Juri Sanger in keiner Weise in die Enge getrieben worden. Manchmal muss man um sich schlagen, damit etwas geschieht.«

»Ist das ein Vorschlag oder hast du uns gerade mitgeteilt, wie wir weiter vorgehen werden?« Weder Yvonnes Stimmlage noch ihre Miene verrieten, wie ihre Äußerung gemeint war.

Bevor Nick etwas erwidern konnte, schaltete sich erneut Samantha ein: »Er teilt es euch nicht bloß mit, er bestimmt, was zu geschehen hat. Und ihr solltet ihm dankbar sein, Nick lehnt sich nämlich sehr weit aus dem Fenster.«

»Warum *dankbar*?«

»Good God! Hörst du denn niemals auf, Mädchen?« Samantha verdrehte die Augen. »Weil ihr sonst bald die nächste drapierte Leiche vorfinden werdet. Do you understand?«

Abrupt stand Benjamin auf, sah Nick eindringlich an und sagte: »Juri Sanger bringt man nicht mit einem Fingerschnippen dazu, hier aufzutauchen. Wie stellen wir das an?«

Nick hatte Benjamin wahrlich unterschätzt, nun bewies der junge Mann auch Entscheidungskraft. »Ich werde versuchen, den Kontakt über Wiens ehemaligen Rotlichtkönig herzustellen. Der *Blonde Franz* ist weit über die Grenzen hinweg bekannt und zählt zu den Altehrwürdigen der Branche.«

»Was haben wir von diesen inoffiziellen Terminen?« Yvonne senkte den Blick. Sie wirkte verlegen. »Verzeih die Frage, Nick, aber ich muss es begreifen, und das tu ich noch nicht.«

»Du brauchst dich nicht zu entschuldigen. Es ist wichtig, dass du weißt, worauf ich hinauswill. Also: Die geregelten Abläufe haben in eine Sackgasse nach der anderen geführt. An erster Stelle steht jetzt, die Wahrheit zu erfahren, und die wird uns niemand in einem Verhörraum kundtun.«

Yvonne lächelte zaghaft. »Woher weißt du, dass sich Juri Sanger und der *Blonde Franz* je begegnet sind?«

»Ich habe keine Ahnung, ob sie sich persönlich kennen. Aber sie wissen voneinander, das steht außer Frage.«

Yvonne nickte. »Und was machen wir inzwischen? Däumchen drehen?«

Samantha lachte auf. »Das würde dir so passen, Blondie. Wir beide gehen jedes Interview Wort für Wort durch, das mit Sylvia Schreiber geführt wurde, und bereiten alles für ein Gespräch mit ihr vor. Darauf freue ich mich besonders. Was ich bis jetzt über sie gelesen habe, wirkt so übertrieben liebreizend und hilfebedürftig. Ich bevorzuge Frauen wie wir sie sind: etwas ruppig, jedoch mit einem großen Herz.«

Yvonnes Augen weiteten sich. »Sylvia Schreiber ist sehr höflich und nett, trotz meines Nachnamens viel mehr *Engel* als ich es bin. Und eigentlich ... kann ich sie ebenfalls nicht ausstehen.«

»Gut, wenn ihr beide Sylvia Schreiber nicht leiden könnt. Ich will auch keine Loblieder über sie hören«, entgegnete Nick und stand auf.

Kapitel 39

»Alles läuft wie geplant. Der USB-Stick wird morgen an uns übergeben.« Tassilo Welk gab einen knurrenden Ton von sich. »So ein sinnloser Aufwand deswegen. Ich würde ihn in ein Kuvert stecken und mit der Post oder einem Paketdienst schicken. Niemand kümmert sich darum. Sagst du mir endlich, wer das so will und was auf dem Stick drauf ist?«

»Wie oft fragst du mich das noch?«, antwortete Juri Sanger in scharfem Ton und presste die Lippen aufeinander. Er selbst kannte den genauen Inhalt ebenso wenig, war aber ausreichend informiert. Auf dem Stick befanden sich relevante Daten, die für den Aufbau der ukrainischen Niederlassung notwendig waren. Selbstverständlich waren die Daten verschlüsselt und im Grunde konnte niemand etwas damit anfangen – außer dem Empfänger selbst. Oberflächlich betrachtet musste Juri Tassilo also recht geben, jedoch steckte ein anderer, tieferer Sinn dahinter.

Die Führung des Kartells war nicht daran interessiert, mit den jeweils wichtigsten ansässigen Gruppierungen in Wettstreit zu geraten. Also pickten sie sich die geeignetste – Juri war dank seines Einflusses und der Verbindung zur Ukraine erwählt worden – heraus und nahmen diese für kleine, aber wichtige Aufgaben mit ins Boot. So sorgten sie dafür, dass nicht nur ein

Teil des Kuchens abfiel, sondern ebenso eine Kooperation entstand.

»Ist okay, ich werde mich nicht wieder erkundigen«, entgegnete Tassilo und runzelte die Stirn.

Jetzt ist der dumme Scheißkerl beleidigt. Wofür hält er sich? Für unentbehrlich? Wenn er so weitermacht, werde ich ihm eine Lektion erteilen müssen. Ob er nun mit Helena verlobt ist oder nicht, dachte Juri und sagte laut: »Wir müssen überlegen, was wir mit Sylvia Schreiber tun, sobald sie den Auftrag ausgeführt hat.«

»Sie wird alles zu unserer Zufriedenheit erledigen, wir haben sie felsenfest in der Hand. Besser geht's gar nicht.«

»Scheiße. Hörst du mir nicht zu?«, herrschte Juri Tassilo an. Ruhiger fuhr er fort: »Danach! Sie ist komplett durchgeknallt und stellt somit eine Gefahr dar.«

Tassilo kniff die Augen zusammen. »Sie wäre für diversen Kleinkram möglicherweise auch in Zukunft durchaus hilfreich. Meinst du nicht?«

»Das werden wir noch abwägen. Wenn, dann sollte die Angelegenheit am besten gleich in der Ukraine –« Das Klingeln seines privaten Handys unterbrach Juri mitten im Satz. Er warf einen Blick auf das Display. »Da muss ich rangehen.« Er bedeutete Tassilo sitzen zu bleiben und nahm das Gespräch an. »Servus, Franz, wir haben lang nichts voneinander gehört. Wie läuft es in Wien?«

»Es könnte nicht schöner sein, der Ruhestand bekommt mir bestens. Ich genieße die Zeit von früh bis spät, aber das habe ich davor auch schon getan. Du weißt, wie ich bin.«

Juri lachte. »Und ob. Wie nennt ihr Wiener das? *Wein, Weib und Gesang.* Ich habe leider noch ein paar Jährchen durchzuhalten, bis es so weit ist.« Er machte eine Pause. »Du hast mich angerufen, Franz. Kann ich etwas für dich tun?«

»Ja, in der Tat. Ich habe einen Anruf von Nick Stein erhalten, du kennst ihn.«

»Nicht persönlich. Er mischt aktuell hier in München mit. Das geht mir mächtig auf den Sack. Scheiße, was will er – oder du?« Juri kniff die Augen zusammen.

»Er wünscht sich ein privates Gespräch mit dir. Hör mal, Juri, der Typ ist in Ordnung. Er steht auf der falschen Seite, aber davon abgesehen ist er nicht *zwider*. Und eines garantiere ich dir: Es ist von Vorteil, wenn er nicht offensiv gegen einen vorgeht. Ich für meinen Teil hatte ihn immer lieber vor als hinter mir.«

Während Juri noch die Bedeutung des Wortes *zwider* überlegte, antwortete er: »Schaden kann es nicht und ich vertraue dir. Wie ist er zu erreichen?«

»Ich schick dir seine Nummer. Und wenn du mal unser schönes Wien beehrst, melde dich bei mir. Ich *verzah* dich zu einem Heurigen, damit du in den Genuss eines guten *Weinderls* in der richtigen Atmosphäre kommst. Und *fesche Hasen* haben wir auch genug.«

»Das werde ich machen.« Juri unterbrach die Verbindung und legte das Handy zur Seite. Auf Tassilos fragenden Blick sagte er: »Entweder wir sind bald fein raus oder sitzen tiefer in der Scheiße. Ich muss nachdenken. Lass mich allein.«

Betont langsam stand Tassilo auf.

Juri entging das Zögern nicht.

Kapitel 40

Nick betrat das Hotelzimmer und machte es sich auf dem Bett gemütlich. Samantha, Peter und er hatten in einem nahegelegenen Restaurant Abend gegessen und sich nachfolgend an der Hotelbar einen Drink gegönnt. Vorrangiges Thema war Sylvia Schreiber gewesen.

Das nochmalige Durchsuchen ihrer Gesprächsprotokolle hatte erwartungsgemäß nichts Neues hervorgebracht, einen Punkt allerdings verdeutlicht: Axel war zwar Sylvias Schutzengel gewesen und hatte seine behütende Hand über sie gelegt, aber sie war nichtsdestoweniger umfassend durchleuchtet worden.

Nick griff nach seinem Handy, das er neben sich auf dem Bett bereitgelegt hatte, und wählte Luisas Nummer.

Sie hob sofort ab. »Hallo, Schatz. Schön, dass du dich noch meldest. Nun, wie läuft es tatsächlich?«

Unter Tags hatten sie bereits miteinander telefoniert, doch war Nick nicht allein im Raum gewesen und hatte dementsprechend verhalten sprechen müssen. Aber auch jetzt wollte er nicht über die Arbeit reden. Er vermisste Luisa. »Es entwickelt sich – egal. Viel lieber möchte ich wissen, was du gerade trägst.«

Luisa lachte leise auf. »Die Wahrheit? Diese uralte Jogginghose, die ich nur anhabe, wenn du nicht da bist, und ein weißes T-Shirt. Der Slip darunter allerdings ist schwarz und aus reiner Spitze. Gefällt dir das?«

»Und wie! Das alte Ding ist schnell ausgezogen und das Shirt ebenfalls. Ich stelle mir gerade vor, wie ich deine wunderbaren Brüste von dem Stoff befreie«, flüsterte Nick.

»Würdest du sie denn jetzt gern berühren wollen?«, fragte Luisa.

Deutlich spürte Nick die Erregung in sich aufsteigen. »Du ahnst nicht, wie sehr. Ich würde sie zuerst sanft streicheln und dann mit meinen Lippen –« Ein gedämpftes Klopfen an der Tür unterbrach ihn. Er stöhnte auf. »Ach nein. Was ist denn nun? Liebling, ich muss kurz unterbrechen. Jemand ist an der Tür, es können nur Sam oder Peter sein.«

Luisa stieß einen Seufzer aus. »Wie schade. Meldest du dich danach?«

Es klopfte erneut.

Nick schwang die Beine über den Bettrand und erhob sich. »Natürlich, bis gleich. Ich liebe dich.« Er legte das Handy auf dem kleinen Schreibtisch ab, ging zur Tür und öffnete sie. Vor ihm stand Yvonne. Auf der Stelle sah er, dass sie geweint hatte. »Yvonne! Ist etwas passiert?« Er machte einen Schritt zur Seite. »Komm doch bitte herein.«

Sie nickte, betrat den schmalen Eingangsbereich und lief weiter in den Schlafraum. Sichtlich unschlüssig blieb sie mitten im Zimmer stehen.

Nick zuckte mit den Schultern. »Es gibt leider nur einen Stuhl. Setzen wir uns aufs Bett.«

Nebeneinander nahmen sie auf der Längsseite Platz.

Nick lächelte Yvonne zu und forderte sie mit einem knappen »Nun?« auf, zu erzählen.

»Ich komme direkt aus dem Büro. Mark Schreiber wird morgen früh aus der Untersuchungshaft entlassen. Nick …« Sie senkte die Lider. »Dieser Mann darf nicht freikommen. Ich glaube nach wie vor daran, dass er schuldig ist.«

Nick ergriff ihre Hand und drückte sie. »Du irrst dich. Wir haben heute im Büro doch alles durchgesprochen und du hast es verstanden. Was hindert dich daran, die neue Vorgangsweise anzunehmen und zu akzeptieren, dass Mark Schreiber die Morde nicht begangen hat?«

Yvonne schluchzte auf. »Axel. Er war von Mark Schreibers Täterschaft überzeugt. Ich habe jahrelang an seiner Seite gearbeitet und er war mein Mentor. Verstehst du? Ich weiß, wie gut er war und welches Gespür er hatte.«

»Vielleicht wollte Axel ihn zu sehr als den Mörder sehen?«, antwortete Nick mit leiser Stimme. Auch wenn es Yvonne womöglich die Augen geöffnet hätte, würde er weder über Axels Offenbarung und die Drohung noch über seinen Hass auf Mark Schreiber mit ihr sprechen – mit niemandem. Vertrauen ging über den Tod hinaus, sofern nicht zwingende Gründe dagegensprachen. Yvonne musste es schaffen, ihre Sichtweise ohne diese Informationen zu variieren.

»Ich komme mir wie eine Verräterin vor, wenn ich anders denke als er.«

»Ich habe genug Zeit an Axels Seite verbracht, um zu erfahren, welch guter Mensch und Kriminalist er gewesen ist. Loyal und korrekt, mit der richtigen Portion Großmut und Mitgefühl. In diesem Punkt hat er sich allerdings in etwas verrannt. Aber du darfst nicht vergessen, dass er sich dessen durchaus bewusst war. Was meinst du, warum er mich unter anderem hinzugezogen hat?«

»Ihr habt über solche Dinge gesprochen? Als du von einer Sekunde auf die andere nicht mehr mitgearbeitet hast, dachte ich, es hätte Probleme zwischen euch beiden gegeben.«

Nick lächelte und schloss einen Augenblick die Augen. Yvonne brauchte auch hier nicht alles zu erfahren. Sie sollte Axels Bild in Ehren halten und sich immer an den erinnern, der er tatsächlich gewesen war.

Yvonne schien zu verstehen, dass er nicht darüber reden wollte, und ging nicht weiter darauf ein. »Du glaubst also wirklich nicht, dass Mark Schreiber ...?« Ihre Stimme erstarb.

»Mark Schreiber ist ohne Zweifel ein verabscheuungswürdiger Mensch, aber kein Mörder. Ich habe euch ausführlich von meinem Gespräch mit ihm berichtet. Er wusste de facto nicht, was der Schlüsselanhänger zu bedeuten hat. So ein Verhalten kann man nicht einfach vortäuschen, er war rundum ehrlich.«

Yvonne legte die Handflächen auf ihr Gesicht und ein Beben durchlief ihren Körper. Jäh begann sie herzzerreißend zu weinen.

Nick legte den Arm um sie und sprach leise auf sie ein: »Ich weiß, dass ihr ein wunderbares Team gewesen seid und Axel nicht bloß dein Chef, sondern auch dein Freund war. Es tut mir unendlich leid. Meine Worte bedeuten jetzt keinen Trost für dich, doch ich garantiere dir, es wird besser werden.« Deutlich spürte er, wie

Yvonne sich an ihn presste und langsam ruhiger wurde.

Schließlich hob sie den Kopf und sah ihn an. Ihre Hand umschlang seinen Nacken und zog ihn zu sich. Dann küsste sie ihn.

Automatisch öffnete Nick die Lippen und ihre Zunge drang in ihn ein. Etwas in seinem Inneren explodierte und er reagierte. Seine Finger vergruben sich in ihren Locken und er beugte sich über sie. Es fehlte eine einzige Bewegung und sie würden auf dem Bett liegen. *Um Himmels willen, was mache ich hier?,* schrie es in ihm auf und Luisas Bild schob sich in sein Bewusstsein. Sachte löste er sich von Yvonne und rutschte ein Stück von ihr weg. »Bitte entschuldige«, murmelte er.

Eilig richtete Yvonne ihr Haar und wischte sich mit dem Daumen die Tränen fort. »Nein, mir tut es leid. Du hast nichts getan. Ich weiß auch nicht, was in mich gefahren ist.«

»Dich trifft keine Schuld. Du befindest dich in einer Ausnahmesituation. Ich hätte mich beherrschen müssen.«

Yvonne lächelte. »Aber es hat gutgetan, für einen Moment habe ich alles rundherum vergessen. Du küsst hervorragend, das muss man dir lassen.«

Nick erwiderte ihr Lächeln. »Sei versichert, dass der Abend gänzlich anders verlaufen würde, befände ich mich nicht in einer festen Beziehung – einer sehr glücklichen.«

Yvonne stand auf. »Ich sollte jetzt wohl besser gehen. Bleib bitte sitzen, so ist es weniger peinlich für mich. Ist ... alles in Ordnung zwischen uns?«

»In jeder Hinsicht. Und Yvonne, friss den Schmerz nicht in dich hinein. Wenn du reden willst, ich bin für dich da.«

Sie nickte. »Du bist wirklich okay, Doktor. Ich werde in mich gehen, was Axel und Mark Schreiber betrifft, versprochen. Gute Nacht.«

Nick sah ihr nach, bis sie aus seinem Blickfeld verschwunden war, und er schließlich die Tür ins Schloss fallen hörte. Sofort stand er auf und holte sein Handy. Er öffnete die Anrufliste, doch konnte er sich nicht überwinden, Luisa nochmals anzurufen. Er durfte dem eben Geschehenen keine zu große Bedeutung beimessen, trotzdem fühlte er sich schrecklich. Wenn auch nur kurz, hatte er sich ohne nachzudenken in die Situation gestürzt. Ein anderer Mann hätte es nicht so weit kommen lassen. Was stimmte nicht mit ihm?

Mit einem Unmutslaut öffnete er WhatsApp, um Luisa eine Nachricht zu senden.

Kapitel 41

Nick sah die Brücke über die Isar schon von Weitem. Er ließ den Blick kreisen und nahm sein Umfeld bewusst wahr. Juri Sanger hatte einen geeigneten Ort für ihr Treffen gewählt. Die Gegend war nicht stark frequentiert, aber es tummelten sich genug Menschen auf den Wegen und Autos auf der Straße, um nicht aufzufallen. Keiner würde zwei Männern Beachtung schenken, die eine Unterhaltung führten. Hielten sie einigen Abstand zueinander, konnte man nicht einmal davon ausgehen, dass sie sich kannten und miteinander sprachen.

Als Nick die Brücke erreichte, hielt er an und beobachtete die Personen, die den Fluss gerade überqueren. Keiner ähnelte Juri Sanger, aber er war auch fünf Minuten zu früh. Schließlich setzte er sich wieder in Bewegung und ging bis zur Mitte der Brücke, wo er sich dem Wasser zuwandte und die Ellbogen auf dem steinernen Geländer abstützte.

Es vergingen etwa zwei Minuten, als Nick aus dem Augenwinkel einen Mann wahrnahm, der auf ihn zukam. Er blieb direkt neben ihm stehen.

»Hallo, Herr Stein.«

Nick drehte sich Juri zu. »Danke, dass Sie mich treffen, Herr Sanger.«

»Unser gemeinsamer Freund hat sich für Sie eingesetzt. Er kann Sie gut leiden.«

Nick verzog die Lippen zu einem Grinsen. »Es kommt darauf an, in welchem Zusammenhang man mich kennenlernt.«

Juri gab einen Lacher von sich. »Die Beschreibung könnte auch auf mich passen. Also, Herr Stein, was wollen Sie von mir?«

»Ich möchte mich mit Ihnen über die Fälle Lockwood, Pfeiffer und Mayr unterhalten. Falls Sie vorhaben, mich zu fragen: Ich trage kein Aufnahmegerät bei mir.« Nick zog sein Handy aus der Hosentasche. »Und das ist ausgeschaltet.«

»Sie wären der dümmste Mensch zwischen München und Wien, würden Sie unser Gespräch heimlich aufnehmen. Ich denke, Sie haben wenig Lust, den *Blonden Franz* oder mich gegen sich aufzubringen.« Juri strich sich über das Kinn. »Ich habe mit allen drei Morden nichts zu tun. Aber zählt das, wenn *ich* das sage?«

»Die Wahrheit zählt immer. Herr Sanger, ich bin nicht daran interessiert, einen vermeintlichen Mörder abzuliefern, sondern den echten. Wahrscheinlich haben Sie die Taten wirklich nicht in Auftrag gegeben – ich glaube Ihnen –, doch etwas haben Sie mit der ganzen Sache zu tun. Und ich rede nicht von Ihren kleinen Transaktionen mit Tom Lockwood.«

»Ich hatte Lockwood als Architekt engagiert und ihn danach einige Male zurate gezogen.« Abermals lachte Juri. »Die Beratungen hat mein Assistent übernommen.«

Nick nickte. »Tassilo Welk. Ganz ehrlich, die Geldwäsche interessiert mich überhaupt nicht und wir können gern bei der Architektenversion bleiben. Mir geht es allein um bestimmte Vorfälle, wie etwa den von Mark

Schreiber, der im Moodclub plötzlich über die Stränge schlägt und sich auf einmal ein besonderer Anhänger auf seinem Schlüsselbund befindet. Woher wissen Sie eigentlich von dem Aquamarin?«

Kurz musterte Juri Nick abwägend. »Beschäftigt Sie die Sache mit diesem verschissenen Edelstein genauso wie mich?«

»Es war mir klar, dass Sie davon wissen, obwohl es nicht an die Medien gegeben wurde.«

»Herr Stein, Sie scheinen ein kluger Mann zu sein, also reden wir unter uns beiden Klartext. Erstens habe ich die Morde nicht beauftragt, zweitens empfinde ich es als überaus lästig, dennoch in die Sache verwickelt zu sein, und drittens bin ich aus eben genannten Gründen selbst auf die Suche nach dem Mörder gegangen. Ich kann es nicht gebrauchen, dass mir die Polizei im Nacken sitzt. Das ist schlecht für mein Geschäft. Verstehen Sie? Ich habe Sie unterstützt, verfluchte Scheiße.«

»Warum Mark Schreiber?«, fragte Nick. Sich weiter nach Juris Informationsquelle zu erkundigen, brachte nichts. Es lag auf der Hand, dass Sanger die Polizeiakten gelesen hatte. Durch wen er an sie herangekommen war, würde er allerdings nicht preisgeben. Es war einen Versucht wert gewesen.

»Gegenfrage: Wer sollte es sonst getan haben? Schreiber ist gewalttätig und jähzornig. Wir sind zu dem Zeitpunkt damals auf keine andere mögliche Person gestoßen.«

Nick blickte Juri unverhohlen an. »Haben Sie inzwischen eine Ahnung, wer es in Wirklichkeit getan hat?«

»Sie gefallen mir, das meine ich ehrlich. Der *Blonde Franz* hat recht. Sie sind – wie hat er es ausgedrückt? –

nicht *zwider*. Und nur deshalb sage ich Ihnen jetzt Folgendes: Warten Sie einige Tage ab, dann melde ich mich möglicherweise bei Ihnen.« Juri Sanger hob die Hand in einer Drohgebärde. »Und übrigens, ich will, dass Sie Anna Wein in Ruhe lassen.«

»Ich hatte nie vor, etwas gegen sie zu unternehmen. Madame Wein hat mich äußerst beeindruckt, in mehrfacher Hinsicht«, entgegnete Nick.

Zum dritten Mal lachte Juri. »Scheiße, ja, Sie behagen mir echt. Vielleicht treffen wir uns einmal wieder. Ich werde mich in positivem Sinne an Sie erinnern.« Er tippte sich an die Stirn, drehte sich um und ging.

Nick wandte sich erneut der Isar zu. Er wollte Juri Sanger nicht hinterherschauen. Die Zeit war besser zu nutzen, indem er das Gehörte Wort für Wort in seinem Gedächtnis abspeicherte. Dann konnte er jede Aussage zerlegen und seine Schlüsse ziehen. Ein Satz hatte sich bereits in seinem Gehirn festgebrannt: *In ein paar Tagen melde ich mich möglicherweise bei Ihnen.*

Kapitel 42

Sylvia hatte sich für ihre Reise in besonderer Weise zurechtgemacht. Voller Enthusiasmus drehte sie sich vor dem Spiegel im Ankleideraum hin und her. Das neue Kostüm stand ihr hervorragend und die eleganten Schuhe dazu verliehen ihr den notwendigen Schick einer Businesslady. *Wenn ich in diesem Outfit nicht gut aussehe, worin dann?* Immerhin hatte sie für alles plus einer passenden Handtasche fast sechstausend Euro ausgegeben.

Wie spannend das Leben sich doch entwickeln konnte. Noch vor ein paar Jahren war sie an ihrem Dasein beinahe zugrunde gegangen und nun entfaltete sie sich in vielerlei Hinsicht. Alles flog ihr wie von selbst zu. Sie war sogar Teil eines geheimen Unterfangens.

Natürlich hatte sie in ihrer Zeit mit Tom mitbekommen, dass er an irgendwelchen illegalen Geschäften beteiligt gewesen war. Damals hatte sie Angst verspürt, obwohl es nicht einmal sie betroffen hatte. Heute traute sie sich alles zu: Immerhin war sie die Partnerin eines bedeutenden Mannes aus der Unterwelt. Wer sollte ihr da etwas anhaben? Darüber nachzudenken, dass dieser Juri sie in Wahrheit an der Leine führte und ihr neues Leben auf einen Schlag zunichtemachen konnte, war sinnlos. Wer sich mit dem Teufel einließ, hatte auch das Risiko zu tragen. Irgendjemand würde immer auf der Strecke bleiben, aber das war ihr mittlerweile egal, solange es nicht sie selbst betraf.

Jäh krampfte sich Sylvias Magen zusammen, als ihr Axel Mayr einfiel. Er war ohne Zweifel ein solches Opfer gewesen und sie musste sich eingestehen, dass er nichts Falsches getan hatte. Mit ihm hätte sie vielleicht glücklich werden können. Einen Augenblick lang ergab sie sich wehmütig der Erinnerung an seine innige Umarmung. Wie fest er sie gehalten hatte! Noch jetzt verspürte sie die Sicherheit, die er ihr in diesem Moment geschenkt hatte. Sie würde sie nie vergessen.

Als sie bemerkte, wie ihre Augen feucht wurden, schob sie den Gedanken an Axel beiseite. Warum war er auch so stur gewesen und hatte unbedingt seinem Weg folgen müssen? Der Schmerz nahm schlagartig zu und sie krümmte sich zusammen. *Du bist stark, also greife nach der Zukunft. Das Vergangene lässt sich nicht mehr verändern,* sprach sie sich vor und spürte, wie sich der Krampf tatsächlich langsam löste. Erleichtert atmete sie mehrmals tief durch und richtete sich wieder auf.

Warum sollte sie Axel nachtrauern, selbst wenn es sich geziemte? Ihr Leid würde ihn nicht lebendig machen und sie konnte auch nicht wissen, wie es mit ihm in Wirklichkeit verlaufen wäre. Hatte Juri nicht unlängst gesagt, er könnte ihr jederzeit einen Mann beschaffen? Unwillkürlich musste sie schmunzeln. Was fing sie mit *irgendeinem Mann* an, da ihr doch nicht verborgen geblieben war, wie Juri sie mit seinen Blicken förmlich verschlungen hatte. Axel war hingebungsvoll und durchaus beschützend gewesen, aber nichts im Vergleich zu Juri. Er strahlte pure Kraft und Mut aus.

Sie brauchte nur seinen Auftrag ordnungsgemäß zu erledigen, dann würde sich der Rest von selbst ergeben. Ob Juri wohl verheiratet war? In diesem Fall würde sie seine Geliebte werden.

Das Bild Juris, wie er sich ihr voller Leidenschaft hingab, gefiel ihr außerordentlich. Dank Philipp durfte sie zum ersten Mal erleben, welch wunderbare Gefühle eine heimliche Affäre mit sich brachte. Ihn würde sie allerdings aufgeben müssen. Juri gestattete keinesfalls einen Zweiten neben sich.

Sylvia sah auf ihre Armbanduhr. Es war so weit! In zehn Minuten würde das Taxi kommen, um sie zum Flughafen zu bringen. Sie musste sich bereit machen.

Kapitel 43

Nick warf einen schnellen Blick auf Yvonne. Sie saß an ihrem Schreibtisch und konzentrierte sich auf den Bildschirm. Seit dem Abend in seinem Hotelzimmer herrschte eine eigentümliche Verbundenheit zwischen ihnen. Der Kuss, so unangebracht er gewesen war, hatte etwas in ihr aufgelöst. Es schien, als hätte Yvonne trotz der Trauer um Axel eine Art Frieden mit dem neuen Verlauf des Falls und vor allem mit sich selbst gefunden. Natürlich lag es nicht nur an der nächtlichen Zusammenkunft, sondern genauso an der Aussage Juri Sangers, der indirekt bestätigt hatte, Mark Schreiber eine Falle gestellt zu haben.

Aber auch Nick war auf privater Ebene zu einer Ruhe gekommen, die er zuvor zwar verspürt, jedoch noch nicht verinnerlicht hatte. Nach dem Vorfall mit Yvonne war er voller Selbstzweifel nahezu panisch zu Samantha gelaufen. Sie kannte ihn und sein Vorleben wie kein zweiter Mensch und war früher schon bereit gewesen, ihm stets unverblümt ihre Meinung zu sagen. Oft genug hatte sie ihm gehörig den Kopf gewaschen. Dieses Mal allerdings war ihre Reaktion gänzlich anders ausgefallen, als er vermutet hatte: mit einem herzlichen Lachen und einer Gratulation. Auf seine erstaunte Frage, wie sie sich darüber amüsieren und ihn obendrein beglückwünschen konnte, hatte sie eine unerwartete Antwort parat gehabt: »Yvonne ist eine hübsche Frau. Sie ist in dein Hotelzimmer gekommen, hat sich in deine Arme geworfen und begonnen, dich zu küssen. Früher wärst du über sie hergefallen like a bullock, jetzt aber hast du dich beherrscht. Und es war nicht nur dein Gewissen, das dich abgehalten hat. Du wolltest es nicht. Den Moment der Schwäche darfst du getrost vergessen. Er war nichts weiter als ein Reflex. Was denkst du, würde ich tun, wenn ein attraktiver Mann mich in solch einer Situation küsst?«

Benjamin unterbrach Nicks Gedanken. Ohne den Blick von seinem Computer zu nehmen, sagte er: »Ich hab's.«

»Lasst euch Zeit«, entgegnete Nick.

»Müssen wir nicht, ich bin ebenfalls fertig.« Yvonne hob die Schultern und ließ sie beim Ausatmen wieder fallen.

Nach dem Gespräch mit Juri Sanger war bei Nick unter anderem der Aquamarin als Thema abermals hervorgestochen, also hatte er einen diesbezüglichen Plan ersonnen: Yvonne und Benjamin sollten sich nochmals alle Niederschriften über den Stein – auch wenn sie alles bereits in- und auswendig kannten – durchlesen, während Samantha und Peter das Thema bewusst nicht behandelten. Somit ergaben sich – durch das vorhandene Wissen seines Teams eingeschränkt – zwei Lager. Yvonne und Peter kommentierten auf Basis der Fakten, die anderen ließen ihren Gefühlen freien Lauf.

»Zwei Dinge können wir als gesichert annehmen: Mark Schreiber weiß grundsätzlich nichts über den Aquamarin und Juri Sanger hat keine Ahnung, was er zu bedeuten hat«, leitete Nick die Gesprächsrunde ein und öffnete die Arme, um den Startschuss zu geben.

»Ich habe mir die Fotos der aufgefundenen Steine genau angesehen«, begann Yvonne. »Während bei Lockwood und Pfeiffer Aquamarine gefunden worden sind, die rund und glatt geschliffen waren, hatte der bei Axel einen Facettenschliff. Der Stein auf dem Schlüsselanhänger war sowieso gröber geformt. Hätten wir uns davor nicht eingehend damit beschäftigt, wüsste ich nicht, ob ich ihn auf den ersten Blick als Aquamarin erkannt hätte.«

»Es sind doch wohl vielmehr Frauen, die sowohl einen Hang zu Glücksbringern als auch zu Schmucksteinen haben – egal, ob an einer Kette um den Hals getragen, in der Geldbörse oder einer Schatulle zu Hause verstaut. Yvonne und mich nehme ich mit Stolz aus.« Samantha zwinkerte Yvonne zu.

»Das stimmt so nicht ganz. Du unterschätzt unser Geschlecht«, warf Peter ein. »Ich sammle seit meiner Kindheit Edelsteine. Und ich bin nicht der einzige Mann, der das tut.«

»Du bist gay und die meisten deiner Freunde genauso«, entgegnete Samantha.

»Zwei Drittel der Männer, die du auf einschlägigen Tauschbörsen oder Messen triffst, sind hetero. Auf eine Geschlechtertheorie würde ich mich nicht einlassen.«

»Was meint ihr, hat der aufwendig geschliffene Stein bei Axel zu bedeuten – sofern die Steine überhaupt etwas zu bedeuten haben?«, fragte Nick.

»Möglicherweise hatte Axels Tod eine größere Bedeutung oder seine Person war wertvoller für den Mörder«, überlegte Samantha. »Vielleicht war auch gerade kein anderer Aquamarin zur Hand.«

»Den Stein am Schlüsselanhänger können wir wohl ausklammern. Er stammt nicht vom Täter, entweder hat ihn Anna Wein oder jemand von Juri Sanger besorgt«, warf Yvonne ein.

»Nehmen wir die Möglichkeit einmal weg, dass die Steine Verwirrung stiften sollen, und gehen davon aus, dass der Aquamarin für den Täter tatsächlich von besonderem Belang ist«, warf Nick ein.

Samantha zog die Brauen hoch. »Trägt Sylvia Schreiber Schmuck?«

Auf Anhieb schüttelten Yvonne sowie Benjamin die Köpfe und Nick sagte: »Eine Armbanduhr, Glashütte, sehr dezent und edel. Keine Ringe, Armbänder oder Halsketten.«

»Auch auf den Aufnahmen von der Detektivagentur war kein Schmuck zu entdecken. Wir haben am Anfang übersichtshalber sogar einige ältere Aufnahmen aus dem Netz ausgegraben, ebenfalls nichts. Selbst bei großen Veranstaltungen, auf denen Sylvia Schreiber mit ihrem Exmann zu Repräsentationszwecken gewesen ist, gab es keinen Schmuck an ihr«, bestätigte Benjamin.

Samantha seufzte. »Schade, es war nur ein Gedanke.«

»Es ist wirklich selten, dass eine Frau so gar keinen Schmuck trägt«, bestätigte Nick ihre Aussage.

Samantha räusperte sich. »Nicht jede Frau behängt sich wie ein Christmastree. Ich habe es schon als Mädchen nicht gewollt.«

»Ich war auch nie ein Fan davon, weder von echtem noch von Modeschmuck«, bestätigte Yvonne.« Sie ballte die Hand zur Faust und ließ sie auf die Tischplatte niedersausen. »Kann sein, kann nicht sein. Hört das denn nie auf? Es ist zum Verrückt werden.«

Etwas schwerfällig hievte sich Nick aus dem Stuhl. Sein linkes Bein war eingeschlafen. Er schüttelte es. »Nicht verzweifeln und schwarzmalen! Das ist ein interessanter Ansatz, den ich zu dem Mittagessen mit Mark Schreiber jetzt mitnehme. Macht inzwischen weiter.«

»Hoffentlich ist das Treffen so produktiv wie jenes mit Juri Sanger. Sonst stehen wir gleich wieder vor einer Mauer«, entgegnete Yvonne.

Samantha zeigte auf Nick, der mittlerweile an der Tür stand. »Sieh dir sein Gesicht an. Ich kenne diese Miene genau. Er wird keine Ruhe geben, bis die Lösung gefunden ist – aber alles step by step.«

Kapitel 44

Lustlos stocherte Mark Schreiber in seinem Caesar's Salad und schob den Teller schließlich zur Seite. »Ich brauche ein ordentliches Steak und Kohlehydrate. Man sollte meinen, ich hätte im Gefängnis abgenommen. Aber nein, meine fünf Kilo zu viel sind geblieben, genauso wie die anderen Schwierigkeiten.« Er musterte Nick. »Hatten Sie etwas damit zu tun, dass ich ohne Komplikationen raus bin?«

Nick antwortete ehrlich: »Maximal indirekt. Ich habe die Münchner Kollegen gebeten, sich nicht dagegenzustellen und Ihre Entlassung zu befürworten.«

Mark Schreiber nickte. »Danke. Ich schwöre Ihnen, ich habe mit den Morden nichts zu tun.«

»Ich glaube Ihnen. Dennoch hätten Sie eine Verurteilung verdient, aber nicht wegen dieser Taten«, erwiderte Nick gelassen. Mark Schreiber war ein Mann, der die Wahrheit vertrug.

»Sie sind ehrlich zu mir, also werde ich es auch zu Ihnen sein: Sie haben recht und ich gehe im Geschäft über Leichen, bloß über keine echten.«

Nick fixierte Mark Schreiber und sprach spontan aus, was er dachte: »Das meinte ich nicht. Würden Sie diese schrecklichen Dinge mit den Mädchen nicht anstellen, fände ich Sie trotz so mancher beruflichen Handlungen sympathisch.«

Mark Schreiber zuckte mit den Schultern. »Jeder ist, wie er ist.«

»Man darf auch an sich arbeiten. Ihre spezielle Lust ist außergewöhnlich und sollte behandelt werden. Sie hat einen Ursprung und ich bin überzeugt, das Problem ließe sich lösen oder zumindest eindämmen«, entgegnete Nick. »Das ist allerdings nicht unser Thema. Herr Schreiber, zwischen unserem letzten Gespräch und heute haben sich einige Fragen ergeben, die ich Ihnen gern stellen würde.«

»Ich habe Ihnen versprochen, offen, aber inoffiziell zu antworten, sobald ich frei bin. Mir liegt ja selbst alles daran, dass Sie den Täter schnappen. Dann bin ich endlich außen vor.«

Nick schob seinen Teller ebenfalls beiseite – er hatte zeitgleich mit Mark Schreiber aufgehört zu essen – und faltete die Hände. »Ich kann Siegmund Pfeiffer ausschließlich mit Ihnen in Verbindung bringen. Es muss also einen anderen roten Faden zwischen Lockwood, Pfeiffer und Axel Mayr geben. Haben Sie eine Idee?«

Mark Schreiber blies die Backen auf. »Lassen Sie mich kurz überlegen … Ein Geschäftspartner hat mir Lockwood empfohlen, der wiederrum Kontakt zu Pfeiffer hatte. Die beiden haben Golf miteinander gespielt. In dieser Gruppe gibt es einige, die Lockwood engagiert hatten, er war ein guter Architekt. Ob es einen Bezug zu Axel Mayr gibt, weiß ich nicht. Ich stelle Ihnen gern eine Liste mit Namen zusammen, die Sie selbstverständlich nicht von mir haben. Vielleicht findet sich in Ihren Akten der eine oder andere, den Mayr einmal im Visier hatte. Da sind nicht nur integre Geschäftsleute dabei. Gar keine, genau genommen. Aber deshalb zu töten? Und warum Lockwood, Pfeiffer und Mayr? Wir leben doch nicht in den USA mit Serienkillern an jeder Straßenecke.« Er musterte Nick prüfend. »Habe ich etwas Falsches gesagt?«

»Leider ja. Auszuschließen ist es nämlich nicht, dass wir es mit einem solchen zu tun haben, ich rechne sogar mit weiteren Fällen, wenn wir den Täter nicht schnellstens aufgreifen – das nun haben Sie nicht von mir.« Nick nippte an seinem Mineralwasser. »Kannte eigentlich Ihre Exfrau Siegmund Pfeiffer?«

»Möglich. Wenn, ist sie aber nur im Zuge irgendeines offiziellen Events auf ihn getroffen. Bei solchen Anlässen war Sylvia immer sehr zurückhaltend, also mehr als Händeschütteln hat es nicht gegeben.« Mark Schreiber grinste. »Keiner meiner Geschäftspartner hätte es gewagt, Sylvia näherzukommen. Das können Sie mir glauben.«

Nick verkniff sich eine Anspielung auf Tom Lockwood und fragte: »Da wir gerade bei Ihrer Exfrau gelandet sind ... Mir ist aufgefallen, dass sie nie Schmuck trägt.«

Mark Schreiber nickte. »Ich weiß zwar nicht, warum das in irgendeiner Form wichtig sein soll, doch es stimmt. Sylvia hasst Schmuck.«

»Warum das?«, erkundigte sich Nick wie beiläufig. Das Wort *hassen* empfand er als durchaus drastisch gewählt.

»Ach, das war eine dumme Geschichte und Sylvia hat damals aus einer Mücke einen Elefanten gemacht. Unsere Tochter war gerade drei oder vier Wochen alt. Sylvia hat die Kleine ins Bett gebracht und dabei muss sich einer dieser hässlichen billigen Klunker aus ihrem Armband gelöst haben. Er ist in die Wiege gefallen und Sylvia hat es nicht bemerkt. Als sie den Stein später gefunden hat, ist sie komplett ausgeflippt und hat sich eingeredet, das Baby hätte ihn verschlucken können. Seitdem trägt Sylvia weder Halsketten, Armbänder noch Ringe.«

Nick hatte Mark Schreibers abfällige Bezeichnungen für den Schmuck, den Sylvia Schreiber getragen hatte, registriert. »Mochten Sie den Schmuck Ihrer Exfrau nicht? Ich vermute, es waren zumindest teilweise Geschenke von Ihnen.«

Mark Schreiber tippte sich an die Stirn. »Ich war damals schon vermögend und hätte ihr die prachtvollsten Dinge geschenkt – Diamanten, Saphire, Smaragde, alles. Aber was wünschte sie sich? Es durfte bloß dieser eine armselige Pseudoedelstein sein. Und warum? Weil er angeblich ihre besondere Augenfarbe widerspiegelte und deshalb ein Abbild ihrer Seele war. Schwachsinniges Aberglaube-Zeug.«

Kurz hielt Nick den Atem an. »Wissen Sie noch den Namen des von ihr bevorzugten Steins?« Bewusst wollte er die Bezeichnung *Aquamarin* nicht aussprechen und Mark Schreiber damit in eine bestimmte Richtung dirigieren. Er sollte sich ohne jeglichen Hinweis frei erinnern.

»Warten Sie mal ...« Mark Schreiber legte seine Fingerspitzen auf die Schläfen. »Es ist so lange her. Aqua...? Ja! Aquamarin. Sie war ganz versessen darauf.«

Nick hob die Hand. »Entschuldigen Sie mich für einen Moment, Herr Schreiber, ich muss eine Nachricht senden.« Er zog sein Handy aus der Innentasche des Sakkos, öffnete WhatsApp und schrieb in die Gruppe, die Samantha für den allgemeinen Austausch zwischen ihnen gleich nach ihrer Ankunft in München erstellt hatte:

Fahrt sofort zu Sylvia Schreiber und bringt sie aufs Revier. Ruft sie vorher nicht an! Und behaltet sie da, bis ich komme. Ich erkläre euch dann alles.

Sobald Nick das Handy weggesteckt hatte, fuhr Mark Schreiber ihn an: »Was soll das? Ich erwähne den Namen des Steins und Sie müssen unbedingt in der Sekunde jemandem etwas schreiben?« Er hatte das letzte Wort noch nicht fertiggesprochen, als sich seine Augen weiteten. »Ich glaub's nicht! Der Schlüsselanhänger! Sylvia hat diese Aquamarine in allen Varianten gesammelt: glatt, fein geschliffen als Schmuck und auch im Urzustand. Ich erinnere mich, sie hatte sogar ein eigenes Schränkchen dafür.« Sein Oberkörper schnellte vor. »Sagen Sie mir jetzt auf der Stelle, ob der Stein an diesem Schlüsselanhänger, den man mir untergeschoben hat, ein Aquamarin ist?«

Als Antwort senkte Nick den Kopf.

Mark Schreiber starrte ihn mehrere Sekunden lang an. »Ich hatte überhaupt nicht mehr daran gedacht und somit die Verbindung nicht hergestellt«, flüsterte er schließlich. »Nein, das ist nicht möglich. Ich reime mir gerade etwas völlig Falsches zusammen, oder?«

»Im Augenblick kann ich Ihnen nur eines raten, Herr Schreiber: Ziehen Sie keine voreiligen Schlüsse.«

»Um Himmels willen, sie ist die Mutter meiner Kinder! Ich war jahrelang mir ihr verheiratet.«

»Bitte bleiben Sie ruhig. Ich werde mich jetzt darum kümmern und gebe Ihnen Bescheid, sobald ich mehr herausgefunden habe. Das verspreche ich Ihnen. Ist es in Ordnung, wenn ich Sie allein lasse?«

»Ja, gehen Sie. Ich komme zurecht«, antwortete er mit tonloser Stimme.

Kapitel 45

Sobald Nick sein Auto erreicht hatte, holte er abermals sein Handy hervor und wählte Yvonnes Nummer. Nachdem es einmal geläutet hatte, wurde das Gespräch unterbrochen, doch gleich darauf traf eine Nachricht von ihr ein:

Sam anrufen!

Umgehend tippte er auf Samanthas Kontakt.

Sie hob sofort ab. »Hi Nick. Wir sind alle vor Sylvia Schreibers Haus.«

»Wie habt ihr das so schnell geschafft?«

»Lucky hit. Wir wollten rasch auf einen Imbiss gehen, dann hat Benji aber vorgeschlagen, hinauszufahren und in einem netten Restaurant zu Mittag zu essen, damit wir die Köpfe freibekommen. Wir waren keine zehn Minuten von ihrem Haus entfernt, als du geschrieben hast, und sind blitzartig aufgesprungen. Whatever! Was hat die Nachricht zu bedeuten?«

»Das erkläre ich dir gleich. Ich will erst wissen, ob ihr sie habt?«

»Nein. Sylvia Schreiber ist nicht zu Hause und in ihrem Briefkasten steckt Werbung von mindestens ein bis zwei Tagen. Yvonne und Benjamin reden gerade mit den Nachbarn und versuchen herauszufinden, wo sie steckt. Peter und ich warten einstweilen im Auto. Also ...«

»Sämtliche Details erzähle ich euch später, allen zusammen. Die Kurzfassung: Sylvia Schreibers Lieblingsedelstein ist der Aquamarin.«

»O shit!«

Nick hörte ein klackendes Geräusch und nachfolgend eine Autotür zuschlagen. »Was machst du?«

»Ich bin ausgestiegen und laufe zu Yvonne und Benji, um sie zu informieren. Als Erstes benötigen wir einen Durchsuchungsbefehl für Sylvia Schreibers Haus und wohl eine Fahndung, sofern wir hier keinen Anhaltspunkt finden, wo sie sich befindet. Ich mache das nicht zum ersten Mal und weiß genau, was zu tun ist, Sweetheart, vergiss das nicht.«

»Perfekt. Ich selbst fahre ins Büro zurück und warte dort auf euch. Und, Sam, sag Yvonne und Benjamin, sie sollen ruhig bleiben. Es ist eine heiße Spur, nichts weiter.«

»Das ist mir klar. Sylvia Schreiber kann genauso hereingelegt worden sein wie ihr Exmann.«

Kapitel 46

Juri saß an seinem Schreibtisch und betrachtete Sylvia Schreibers Fotos auf jenem Handy, das Benno für die Beschattung verwendet hatte. Er misstraute der Technik zu sehr, um die Bilder auf ein anderes Gerät zu übertragen. Das Telefon vernichtete er mit einem Schlag, doch wusste er, ob nicht irgendwelche Dateifragmente bei einem Transfer zurückblieben?

Er lehnte sich in seinem Stuhl zurück und zoomte ihr Gesicht heran. Sie war wirklich eine wunderschöne Frau und unter anderen Umständen wäre er durchaus geneigt, sie sich zu nehmen. Bei Bedarf konnte er auf viele Frauen zurückgreifen, aber die zählten nicht. Allesamt waren sie Huren, ob sie nun Geld verlangten oder nicht. Sylvia Schreiber hingegen hatte Klasse. Sie war mit einem reichen Mann verheiratet gewesen und zählte zur Oberschicht Münchens. *Ja, sie in meinem Bett zu haben, hätte mir gut gefallen. Außerdem sind Verrückte nachweislich die Besten. Schade.* Juri seufzte. Viel lieber würde er sich jetzt ausmalen, was er mit Sylvia anstellte, als die Entscheidung treffen zu müssen, was mit ihr geschehen sollte.

Sylvia Schreiber war gut in der Ukraine gelandet und der USB-Stick befand sich in den Händen des Empfängers. Sie hatte in der Klinik eingecheckt und würde in knapp zwei Stunden operiert werden. Das war eine der

Voraussetzungen gewesen: Alles musste nachvollziehbar sein und den Tatsachen entsprechen. Dazu gehörte auch eine echte Operation. Sylvia hatte die Straffung und Vergrößerung ihrer Brüste gewählt.

Juri überlegte. Wie würde es sich auf ihn auswirken, wenn bei Sylvia Schreibers OP etwas passierte? Sie etwa einen Herzstillstand erlitt. Wahrscheinlich nahm ihn die Polizei abermals ins Visier – seine Verbindung zur Ukraine und ihr unvermuteter Tod während der Operation reichten dafür allemal aus. Selbst wenn sie einfach verschwand, war er nicht aus dem Schneider – die Ukraine blieb bestehen und damit der Hinweis auf ihn.

In diesem Fall ging es Juri nun weniger um die neue Organisation – sie war von allem abgeschottet und der Deal erfolgreich abgeschlossen –, als um seine laufenden Geschäfte. Um einen reibungslosen Ablauf zu erhalten, musste er endlich aus der Schusslinie geraten.

Eine andere Variante sah vor, dass Sylvia Schreiber unbehelligt zurückkehrte. Die Polizei würde ihr weitere Fragen zu den Morden stellen und das schlimmste Szenario war, dass sie der Herausforderung nicht standhielt und von dem USB-Stick erzählte, den sie für ihn transportiert hatte. Und damit stand die Polizei wieder vor seiner Tür – darüber hinaus das Kartell.

Juri massierte sein Kinn. Wie verhinderte er, in den Fokus der Polizei zu geraten? Während des Gesprächs mit Nick Stein war ihm spontan ein Gedanke gekommen, den er im Folgenden jedoch nicht ins Kalkül gezogen hatte. Nach genauerem Betrachten war er ihm zu abwegig erschienen, aber war er das tatsächlich? Was würde geschehen, wenn er sich selbst ins Zentrum der

Aufmerksamkeit brachte, allerdings auf andere Weise? Dieser Nick Stein war ein vernünftiger Mann, mit dem man bestimmt reden und einen Deal aushandeln konnte. Der Nachteil war, dass Stein hier in München über keine Entscheidungsgewalt verfügte. Er müsste also einen direkten Weg mit Aussagegewalt finden, der unter dem wachen Auge Nick Steins verlief. Ein Name aus den Lockwood-Akten tauchte in Juris Gedächtnis auf und er nickte zufrieden.

Noch einmal scrollte er durch die Bilder und wählte einige von ihnen aus, dann schickte er sie an seinen Drucker. Als das Gerät zu arbeiten begann, stand er auf und rief nach Tassilo.

Kurz darauf wurde die angelehnte Tür zu seinem Arbeitszimmer ganz aufgezogen. »Du hast mich gerufen?«

»Ja, setz dich.«

Während Tassilo Platz nahm, wanderte sein Blick zum Drucker. Das erste Foto war bereits fertig und lag in der Papierhalterung. »Druckst du da Bilder aus?«

»So ist es. Wenn sie raus sind, nimmst du das Handy da und bringst es in den Safe im Keller. Schnapp dir auch gleich den Drucker und vernichte ihn. Das werden wir später mit dem Handy ebenfalls machen, aber warte, bis ich es dir sage. Ach ja, und besorg mir einen neuen Drucker.«

»Dieser ist doch gerade mal einige Monate alt. Willst du ihn etwa wegen dieser Ausdrucke schrotten? Das ist schon beinahe paranoid.«

»Hinterfrage meine Handlungen nicht«, zischte Juri. Im Stillen musste er Tassilo allerdings recht geben.

Dennoch, der Teufel schlief nicht. Vielleicht hatte dieses Gerät irgendwo eine versteckte Funktion, mit der man den letzten Ausdruck wiederholen konnte.

Kapitel 47

Den Durchsuchungsbefehl für Sylvia Schreibers Haus hatten sie prompt erhalten. Nun lehnte Nick am Türrahmen von ihrem Arbeitszimmer und beobachtete den Mann, der achtsam die Kabel des Computers löste, um alles einzupacken.

Er sah zu Nick hoch und grinste schief. »Ich mache das immer selbst. Sie haben keine Ahnung, was und vor allem wie es mir sonst geliefert wird. Soll ich mich um etwas vorrangig kümmern, wenn ich das mit dem Passwort erledigt habe?« Sorgfältig rollte er ein Kabel zusammen und erklärte währenddessen: »Ich habe ihn zuerst hochgefahren, deshalb weiß ich, dass das System geschützt ist. Aber welcher PC ist das heutzutage nicht? Jeder glaubt, mit ein paar Buchstaben und Zahlen wäre alles sicher. Das Gerät ist übrigens brandneu und war nicht billig.«

»Sylvia Schreiber hat Axel einmal erzählt, dass ihr jemand ein spezielles Grafikprogramm beibringt. Sie will Fotos künstlerisch gestalten.«

»Photoshop wahrscheinlich. Also das als Erstes?«

»Als Zweites. Checken Sie bitte zuerst die Mails, ob Sie etwas zu einer Reise finden: Flugbuchung, Hotelreservierung, Kontakt mit einem Reisebüro. Ich brauche auch den Namen dieses EDV-Lehrers, eventuell ist er irgendwo vermerkt.«

»Okay, wird gemacht. Wenn ich den Computer eingepackt habe, können die Kollegen den Raum durchsuchen. Ich gebe Bescheid und werde –«

Als Nicks Handy zu klingeln begann, stoppte der Mann und widmete sich wieder seiner Arbeit.

Nick blickte auf das Display, die Nummer war unterdrückt. »Nick Stein.«

»Herr Stein, hier spricht Anna Wein. Ich bemerke gerade, dass sich unsere Namen reimen: Stein und Wein.«

»Madame Wein, guten Tag. Was kann ich für Sie tun?«, entgegnete Nick, ohne auf ihr kleines Geplänkel einzugehen.

»Ich darf Sie zu mir in mein Etablissement bitten. Und nehmen Sie bitte Frau Yvonne Engel mit.«

»Wann ist es Ihnen recht?«, fragte Nick knapp.

»Nun, ich meine, jetzt erscheint es mir äußerst günstig. Sie wollen nicht warten, das garantiere ich Ihnen. Und auch ich möchte diese besondere Angelegenheit so rasch wie möglich hinter mich gebracht haben.«

»Wir sind auf dem Weg.« Nick steckte das Handy weg und lief die Treppe ins Erdgeschoss hinunter, wo er Yvonne noch vor wenigen Minuten im Wohnzimmer gesehen hatte.

Sie kniete vor dem Couchtisch und blätterte die Zeitschriften durch.

»Yvonne! Anna Wein hat angerufen. Wir beide sollen sofort zu ihr kommen.«

Yvonne richtete sich auf. »Ich fahre mit?«

»Sie hat ausdrücklich nach dir verlangt. Ich habe aber bewusst keine Fragen gestellt. Es hätte das Telefonat nur unnötig hinausgezögert und nichts gebracht.«

Yvonne zog die Handschuhe aus und nickte ihm zu. »Dann lass uns gehen.«

Nick fand beinahe direkt vor dem Moodclub einen Parkplatz. Untertags war in dieser Gegend naturgemäß nicht viel los. Nachdem er den Motor abgestellt hatte, drehte er sich Yvonne zu. »Bist du bereit?«

»Ich brenne darauf zu erfahren, was sie von uns will.«

»Ich ebenfalls, aber wir dürfen unsere Aufregung nicht zeigen. Schaffst du es, cool zu bleiben und dir nichts anmerken zu lassen?«

»Natürlich, du kannst dich auf mich verlassen«, antwortete Yvonne und öffnete die Autotür.

Sie stiegen aus dem Wagen und liefen auf den Eingang des Etablissements zu. Noch ehe sie ihr Ziel erreicht hatten, öffnete der Hüne die Tür und ließ sie eintreten. Sowohl Nick als auch Yvonne mussten ihre Schritte zügeln, als sie sich dem Barbereich näherten.

Im Durchgang hielt Nick an und sah sich um. Anna Wein saß an ihrem angestammten Platz.

Wie bei seinem ersten Besuch näherte sich ihnen eine junge Frau. »Madame Wein erwartet Sie.« Sie blieb stehen und vollführte eine einladende Handbewegung.

Nick bedankte sich mit einem Nicken und ging ohne eine hastige Bewegung zu machen auf Anna Wein zu. Yvonne spürte er dicht hinter sich.

Als er den Tisch erreichte, streckte ihm Anna Wein den Arm entgegen und er küsste ihre Hand. Es gehörte sich so. »Guten Tag, Madame Wein.«

Anna Wein nickte ihm und Yvonne zu. »Es freut mich, Sie beide zu sehen. Nehmen Sie bitte Platz.« Ihr Mund verzog sich zu einem Lächeln. »Sie waren schnell, Herr Stein. Wohl haben Sie es in den Eiern gespürt, dass ich etwas Besonderes für Sie habe, nicht wahr?« Blitzschnell schoss ihre Hand vor und packte Nick im Schritt. Sie drückte zu und ließ ebenso rasch wieder los. »Klein und fest, wie ich es mir gedacht habe.« Ihr Blick schwenke zu Yvonne. »Als Sie und Ihr schlaksiger Kollege mich aufgesucht haben, war mein Auge wegen Axel Mayrs Tod getrübt. Jetzt erkenne ich es umso deutlicher: Sie sind wahrhaft ein hübsches Mädchen.«

Yvonne wirkte verlegen. »Dem Mädchenalter bin ich bereits entwachsen.«

»Ach, machen Sie sich nichts daraus. Das Älterwerden bringt einige Vorteile mit sich. Sie würden übrigens eine hervorragende Domina abgeben: Der Engel mit der Peitsche.«

Seit Nick sich gesetzt hatte, beobachtete er jede Bewegung Anna Weins. Sie redete ungewöhnlich viel und ging offensiv vor. Auf der Stelle hatte sie sich zudem auf ihr bekanntes Terrain begeben: Sex. Ohne Zweifel war sie nervös und am liebsten hätte er sie gestoppt. So eigenartig es war, empfand er es jedoch als unhöflich, Madame Weins gewählten Rhythmus zu durchbrechen. Sie würde zum Kernpunkt kommen, wenn sie es für angebracht hielt.

Yvonne schmunzelte. »Ich bin recht zufrieden als *Engel mit der Knarre*.«

Anna Wein stieß einen Lacher aus. »Dann wissen Sie sich also gegen das andere Geschlecht zu wehren. Das ist gut, aber ich verrate Ihnen ein Geheimnis: Sie brauchen sie nicht zu hassen, es ist besser, sie zu lieben. Es wird Ihr Leben bereichern. Das sage ich Ihnen als Domina.« Kurz schwieg sie. Ihr Blick ruhte nach wie vor auf Yvonne. »Ich möchte Ihnen mein aufrichtiges Beileid aussprechen. Axel war ein Ehrenmann und ich habe ihn geschätzt. Sein Ableben hat mich sehr getroffen.« Wieder pausierte sie. »Umso mehr freut es mich, Ihnen behilflich sein zu können.«

»Sie sprechen vom Grund unserer Anwesenheit?«, erkundigte sich Nick.

»So ist es. Mir wurde etwas übergeben, das ich unter bestimmten Voraussetzungen an Sie weiterleiten darf. Die betreffende Person will nicht explizit genannt werden, doch wir an diesem Tisch wissen, von wem ich spreche – insbesondere Sie, Herr Stein.«

»Welche Voraussetzungen meinen Sie?«, fragte Yvonne.

»Dieser Jemand möchte die Polizei bei der Auffindung des Täters unterstützen. Der erste Appell ist an Sie gerichtet, Herr Stein: Man befand Sie für vertrauenswürdig. Sie werden die Unterlagen in geeigneter Form nutzen. An Sie persönlich, liebe Yvonne Engel, ergeht der zweite. Sie vertreten das Gesetz. Man wünscht, ab sofort von Ihnen in Ruhe gelassen zu werden, was diesen unseligen Fall betrifft. Verstehen Sie?«

»Wenn wir den Täter gefasst haben, werden auch die Akten dazu geschlossen. So viel kann ich Ihnen versichern«, antwortete Yvonne mit fester Stimme.

»Hervorragend, diese Aussage soll genügen.« Anna Weins Blick schwenkte zu Nick. »Herr Stein, was ist mit Ihnen?«

»Ich werde alles Notwendige in die Wege leiten lassen. Und sagen Sie ihm Grüße von mir. Eigentlich wollte er sich selbst bei mir melden. Richten Sie ihm das aus.«

Abermals lachte Anna. »Das werde ich mit diebischer Freude tun.«

»Worum geht es? Mark Schreiber?«, fragte Yvonne. Sie schien langsam ungeduldig zu werden.

Anna Wein legte den Zeigefinger auf die Lippen. »Meine Liebe, keine Namen, scheinen sie auch noch so unbedeutend.« Mit einer eleganten Bewegung zog sie einen Umschlag unter ihrem Gesäß hervor und reichte ihn Nick. »Er ist warm von meinem Körper. Stecken Sie ihn unter Ihr Sakko, aber bitte auf die Herzseite.«

Nick nahm das Kuvert an sich und tat wie ihm geheißen. »Danke, Frau Wein.«

»Nichts zu danken. Guten Abend.«

Nick stand auf und bedeutete Yvonne, die durcheinander wirkte, ihm zu folgen. Das abrupte Ende des Gesprächs irritierte sie offensichtlich noch mehr, als sie es ohnehin bereits war.

Schweigend verließen sie den Moodclub, wobei Nick darauf achtete, seine Schritte auch jetzt zu drosseln.

Erst als er das Auto gestartet hatte, zog er den Umschlag unter seinem Sakko hervor und schnallte sich an. »Halt das bitte, ich fahre um die Ecke.« Er gab Gas und fand zwei Querstraßen weiter eine passende Parkmöglichkeit.

Yvonne gab ihm das Kuvert zurück. »Mach du auf, ich bin zu aufgeregt. Spuren werden wir wohl keine zerstören, oder?«

»Mit Sicherheit nicht, weil es keine relevanten zu finden geben wird.« Nick griff nach dem Kugelschreiber in der Mittelkonsole und öffnete den Umschlag dennoch vorsichtig. Dann zog er – ebenso achtsam – einige Blätter Papier heraus. Das erste war ein Ausdruck aus dem Internet. »Klinika Professor Iwanow«, las Nick vor und überflog den Rest leise. »Das ist die Adresse einer Klinik für plastische Chirurgie in der Ukraine.« Er überreichte Yvonne das Blatt und betrachtete das nächste.

Es handelte sich um ein Foto. Nick benötige einen Augenblick, um die bombastische Villa von Siegried Pfeiffer wiederzuerkennen, die darauf abgebildet war. Eine Frau stand mit dem Rücken zur Aufnahme vor der Eingangstür und drückte gerade auf die Klingel. Sie war elegant und sexy gekleidet: ein kurzes, schwarzes Cocktailkleid, hauteng, Schuhe mit hohen Absätzen, außerdem trug sie einen Hut und Handschuhe. Im unteren rechten Abschnitt war der Datums- und Zeitstempel abgedruckt. Er blätterte um und sah die Frau von der Seite. »Du liebe Güte!«, entfuhr es ihm. In Windeseile warf er einen Blick auf das nächste Bild und zeigte es Yvonne. »Kennst du dieses Reihenhaus?«

Sie nickte. »Klar, da hat Axel gewohnt. Es war ganz anders, als sein steriles Büro. Hübsch eingerichtet, ein kleiner Garten dabei mit eigenem Grillplatz – im Grunde perfekt für eine Familie. Was ...?«

Nick, der inzwischen weitergeblättert hatte, übergab ihr wortlos die restlichen Fotoausdrucke und deutete auf die Stelle rechts unten.

Yvonne brauchte nicht lange, um die Bilder durchzusehen. »O mein Gott«, flüsterte sie schließlich. Das Papier in ihren Händen raschelte, weil sie so stark zitterte. »Der Tag und die Uhrzeiten beim Betreten sowie Verlassen des Gebäudes. Warum trägt sie beim Gehen diesen langen Umhang und ein Baseballcape? O mein Gott«, wiederholte Yvonne mit bebender Stimme.

»Um das Blut an sich zu verdecken«, entgegnete Nick leise.

»Befindet sich Sylvia Schreiber jetzt in dieser Klinik?«, fragte Yvonne.

»Ja, ich bin fest davon überzeugt. Diese Unterlagen stammen von Juri Sanger.«

»Ich verstehe das alles nicht, Nick. Welche Verbindung besteht zwischen Sylvia Schreiber und Juri Sanger? Und warum ist sie in der Ukraine? Das kann doch kein Zufall sein, Juri muss sie dorthin ...« Yvonnes Stimme erstarb und Tränen lösten sich aus ihren Augenwinkeln.

»Ich weiß es nicht. Juri hat mir gesagt, dass er auf die Suche nach Lockwoods Mörder gegangen ist. Er muss alle Beteiligten beschattet haben.« Aus Rücksicht auf Yvonne holte Nick nicht weiter aus. Auf ihre zweite Frage gab er eine ehrliche Antwort: »Ich befürchte, dass wir den wahren Grund für ihren Klinikaufenthalt nie herausfinden werden.«

»Juri Sanger will von uns in Ruhe gelassen werden und hat uns aus diesem Grund ...« Yvonne schaffte es auch bei diesem Satz nicht, fertigzusprechen.

»... die Mörderin geliefert. Sylvia Schreiber«, vollendete Nick. Vorsichtig nahm er Yvonne die Blätter aus der Hand und steckte sie zurück in das Kuvert.

Kapitel 48

Yvonne betrat das Büro und setzte sich an ihren Schreibtisch. Sie warf einen Blick in die kleine Runde. »Ich komme gerade von *oben*. Sie haben Sylvia Schreiber in der ukrainischen Klinik gefasst. Morgen wird sie ohne großes Aufheben nach Deutschland ausgeflogen. Mehr ist mir dazu nicht gesagt worden. Wahrscheinlich wollen sie nicht viel Wind um die Bürokratie machen – wer weiß, was da wieder nicht gerade läuft.« Sie seufzte. »Mein Weltbild hat sich so schnell wie drastisch geändert. Ich muss wahrlich lernen, umzudenken.«

Benjamin sah sie an. »Das müssen wir beide, in vielerlei Hinsicht. Wie haben wir so blind sein können?«

Es handelte sich zweifellos um eine rhetorische Frage, dennoch reagierte Peter darauf. »Sylvia Schreiber ist eine schwerkranke Frau. Ihr wusstet zwar, dass sie gewisse psychische Probleme hat – wie viele andere Menschen auch –, aber dieses Ausmaß konntet ihr nicht erkennen.«

»Peter hat recht. Ich bin Kriminalpsychologe und habe es nicht gesehen, ihre Therapeutin, die sie jahrelang versorgt hat, ebenso wenig. Die Problematik liegt in zwei wesentlichen Faktoren begründet: Der Betroffene erkennt seine Krankheit häufig selbst nicht, und wenn er sich an die Umgebung anpasst, bemerkt es das Umfeld ebenfalls nicht. Personen wie Sylvia Schreiber führen ein vermeintlich normales Leben direkt unter uns. Vordergründig zeigen sie sich als liebevolle Familienmenschen, sorgen für ihre Kinder und das Zuhause, sind erfolgreich im Beruf. Nachts ziehen sie aus und tun schreckliche Dinge. Erst wenn sie aufgegriffen werden, was häufig nur durch Zufall geschieht, enthüllt sich die Wahrheit. Im Nachhinein ist es leicht, die Anzeichen zu deuten, davor bisweilen unmöglich.«

»Ihr habt Sylvia Schreiber gemäß eurem Wissenstand als labil eingestuft und das war völlig korrekt. Magersucht, eine kleine Depression – wie Peter sagte, völlig normal in der heutigen Zeit«, fügte Samantha hinzu.

»Was hat sie eigentlich genau, Nick?«, fragte Yvonne.

Er hob die Hände. »Es gibt viele psychische Krankheitsbilder und die Grenzen sind häufig verschwommen. Ihr Hass richtet sich jedenfalls gegen Männer, womöglich liegt ein Missbrauch in ihrer Kindheit vor und die Jahre an Mark Schreibers Seite haben entsprechend auf sie gewirkt. Darum kümmern sich aber jetzt Ärzte ... Psychiater.«

Yvonne nickte. »Sie wird direkt in *die Geschlossene* überstellt und diese wird sie wahrscheinlich nie wieder verlassen.«

Benjamin atmete geräuschvoll aus. »Vor uns liegt eine Menge Aufräumarbeit, doch im Augenblick dreht sich alles in meinem Kopf.« Er rieb sich die Augen und zuckte entschuldigend mit den Schultern. »Eine Kombination aus Schlafmangel und Reizüberflutung.«

Nicks Blick ruhte für einen Moment auf Benjamin und glitt dann weiter zu Yvonne. »Ihr werdet alles bravourös meistern, auch in Gedenken an Axel.« Es waren nicht nur leere Worte, die sie beruhigen sollten, er war wirklich überzeugt davon. Auf jeweils unterschiedliche Weise steckte herausragendes Potenzial in den beiden.

Natürlich befanden sie sich aktuell noch in einem Ausnahmezustand, obwohl sich der erste Schock mittlerweile gelegt hatte. Es würde lange Zeit dauern, bis sie alles verarbeitet hatten – und dabei dachte Nick nicht an die Akten. Yvonne und Benjamin hatten eine schwere Last zu tragen: Ihr Chef war ums Leben gekommen, weil Sylvia Schreiber aufgrund ihrer gesamten Erscheinung und wegen Axels Beeinflussung nicht als Täterin, sondern vielmehr als Opfer der Umstände angesehen worden war.

Innerhalb weniger Stunden war eine wahre Flut von Beweisen und damit die volle Wahrheit förmlich über sie hereingebrochen: Erst die Fotoausdrucke von Juri Sanger, die Sylvia Schreiber beim Eintreten in die Häuser von Siegmund Pfeiffer und Axel Mayr zeigten, im Fall von Axel auch beim Verlassen, und bald darauf die ersten Ergebnisse des EDV-Spezialisten von ihrem Computer. Auf dem Gerät selbst war – bis auf Mails ihre Reise in die Ukraine betreffend – nichts Auffälliges zu finden gewesen, dafür auf einem USB-Stick, den Sylvia Schreiber in einem Behälter für Stifte versteckt hatte. Darauf befanden sich unzählige Fotografien der drei Opfer aus allen möglichen Perspektiven.

Was selbst Nick eine Gänsehaut beschert hatte, war die Tatsache, dass Sylvia begonnen hatte, eines der Bilder von Tom Lockwood in Photoshop zu bearbeiten.

Der wahrhaftige Schrecken zeigte sich für ihn im Resultat: Diese unfertige Collage stellte nämlich ein richtiges Kunstwerk dar. Die Harmonie des Bildes war sagenhaft. Sowohl die Farben, vorrangig blau, als auch sämtliche Elemente darin, allen voran die in Position gebrachte Gestalt, besaßen ein Ebenmaß und eine Eindringlichkeit, die einem schier den Atem raubte.

Samantha hatte es beim Betrachten kurz und treffend zusammengefasst: »Da sieht man, dass Genie und Wahnsinn in der Tat nah beisammen liegen.«

Kapitel 49

Nick legte sein Handy zur Seite und lehnte sich zurück. Gerade hatte er mit Yvonne telefoniert. Sie und Benjamin hielten sich aufrecht, doch jeder für sich durchlebte auf unterschiedlichen Ebenen eine schwere Zeit.

Vor allem Yvonne hatte es hart getroffen und sie kämpfte auf mannigfaltige Weise mit ihren Gefühlen. Nachdem ihr rasch klar geworden war, dass sie es allein nicht schaffen würde, hatte sie sich auf Empfehlung von ihm in Behandlung begeben und ihre Wahl war ausgerechnet auf Elisabeth Brecht gefallen.

Nick war keineswegs überzeugt, dass dies die richtige Vorgehensweise darstellte, aber er hatte geschwiegen. Vielleicht nämlich war es genau das, was Yvonne brauchte. Nicht bloß eine Beratung, sondern einen Menschen, der mit dem Thema vertraut war und ebenfalls auf seine Weise damit zurechtkommen musste. Er wollte sich nicht ausmalen, wie es Elisabeth Brecht im Moment erging. Sylvia Schreiber war ihre Patientin gewesen und sie hatte das Ausmaß der Störung nicht erkannt.

Wie wohl Mark Schreiber mit der Situation zurechtkam? Bevor Nick aus München abgereist war, hatte er sein Versprechen eingelöst und ihn persönlich und detailliert über alles informiert. Mark Schreiber hatte seine Betroffenheit offen gezeigt, wobei seine große

Sorge den Kindern gegolten hatte. Trotz aller Lehrbücher würde es für Nick immer ein Rätsel bleiben, wie konträr Menschen fühlen und agieren konnten. Mark Schreiber war das beste Beispiel: Auf der einen Seite die aufrichtige und keinesfalls gespielte Liebe zu seinen Kindern, andererseits der ausgelebte Wunsch, Frauen rohe Gewalt anzutun.

Als sein Handy klingelte, richtete Nick sich auf und sah auf das Display. Es war Samantha. Er nahm das Gespräch an und begrüßte sie.

»Are you ready for the future, Boss? Dann sollten wir nämlich dringend eine Besprechung einberufen. Ich halte die Pistole für den Startschuss bereits in meinen Händen.«

Nick lachte. »Schließ dich mit Peter kurz und teilt mich ein, ich bin flexibel.«

»Morgen um dreizehn Uhr kommen wir zu dir, okay?«, antwortete Samantha prompt.

»In Ordnung, machen wir Nägel mit Köpfen – wie man sagt«, entgegnete er und eine Welle der Vorfreude durchströmte ihn.

Epilog

»Was meinst du damit?« Sylvia blickte Tom irritiert an.

Er hob die Arme. »Dass du diesen Mann gereizt hast. Du weißt einfach nicht, wie du dich richtig verhalten sollst.«

»Wirfst du mir tatsächlich vor, ich hätte mit ihm geflirtet?«

»Er hat dich angestarrt, als würde er dich auf der Stelle verschlingen. Und was machst du? Du lächelst ihn auch noch an.«

»Das war bloß eine freundliche Geste!« Sylvia spürte, wie sich ihre Kehle verengte.

Tom schüttelte den Kopf. »Und kaum gehe ich auf die Toilette, steht er schon bei dir. Was glaubst du wohl, warum?«

»Du bist über fünfzehn Minuten fort gewesen. Ich kann doch nichts dafür, wenn er zu mir kommt«, verteidigte sie sich.

»Ich war so lange weg, weil ich erfahren wollte, was passiert, wenn ich nicht da bin.«

Sylvia ließ die Schultern sinken und schlang die Arme um ihren Körper. Auf einmal fühlte sie sich *klein* und schuldig. Durch Zufall hatte sie in die Richtung dieses Mannes geblickt und ihm ein Höflichkeitslächeln geschenkt. Als Tom dann zur Toilette gegangen war, hatte der Fremde sie ins Visier genommen und die Gelegenheit ausgenutzt. Er hatte ihr ein Kompliment gemacht und sie auf einen Drink eingeladen. Sie hatte abgelehnt, aber er war trotzdem stehen geblieben und sie hatten einige belanglose Worte gewechselt. Weder hatte sie ihn in irgendeiner Weise animiert noch auf seine Avancen reagiert. Sie war bloß freundlich gewesen – nichts weiter.

»Du bist eine schöne und besondere Frau. Ich will nicht ständig aufpassen müssen, weil du dich falsch benimmst«, sprach Tom weiter.

Warum hörte er nicht auf zu reden? In Sylvias Ohren begann es zu klingeln. Jahrelang hatte sie die Erniedrigungen ihres Exmannes ertragen müssen. Tom war in der Tat um keinen Deut besser. Vielleicht war sie sogar vom Regen in die Traufe gelangt.

»Du kannst doch nicht so dumm sein, keine Ahnung zu haben, was die Kerle alle von dir wollen!«

Das Klingeln wurde lauter. *Ich bin nicht dumm!*, schrie es in ihrem Inneren. Sie verspürte den Drang wegzulaufen, blieb aber wie erstarrt stehen.

Tom redete weiter. »Sex! Sie möchten dich in ihrem Bett haben, schnell und unkompliziert. Dann gehen sie wieder. Oder glaubst du, auch nur einer würde sich ernsthaft in dich verlieben und dir so zur Seite stehen, wie ich es tu?«

Automatisch zog Sylvia die Arme enger um ihren Körper. *Stopp, bitte!* Wie ein Kind, das für ein Vergehen gescholten wurde, blickte sie zu Boden und fixierte ihre Schuhspitzen.

»Für dich, meine liebe Sylvia, habe ich mein Leben komplett umgedreht. Deine Scheidung hast du mit mir durchgestanden. Ich bin da gewesen, jede einzelne Minute, rund um die Uhr! Und so dankst du es mir?« Mit jedem Wort wurde Toms Stimme leiser, dabei umso bedrohlicher.

Förmlich spürte Sylvia, wie sie schrumpfte. »Ich habe ... nichts getan«, stammelte sie.

»Du bist unfähig, alleine zu existieren und brauchst mich. Also tu gefälligst, was ich dir sage, sonst ...« Er vollendete den Satz nicht.

Noch immer sah Sylvia auf ihre Schuhspitzen, die mit einem blassblauen Nebel verschmolzen, der sich wie aus dem Nichts gebildet hatte und ihre Füße umschmiegte. Und dabei formte sich das Klingeln in ihren Ohren zu Worten: *Tu gefälligst, was ich sage, Klingeling, du bist unfähig, Klingeling, du kannst nicht alleine existieren, Klingeling.* Sylvia visualisierte eine hin- und herschwingende Glocke. Mit jedem Schlag des Pendels gegen das Gehäuse wuchs etwas in ihr. Das Geräusch hob an und mutierte zu einer gewaltigen Klangwolke. Sie wollte die Hände an ihre Schläfen legen und dem Gefühl Einhalt gebieten, doch dann spürte sie die Macht, die von dieser Empfindung ausging.

Langsam löste Sylvia die Arme vom Körper. Sie fühlte sich wie in eine Art Trance versetzt, die entgegen der üblichen Vorstellung ihre Sinne schärfte. Als stünde sie in einem Flammenmeer, das ihr mit jedem Züngeln mehr Kraft und Stärke verlieh.

»Nein!«, schrie sie auf und sprang unvermittelt auf die Anrichte zu. Mit beiden Händen umfasste sie den metallenen Kerzenleuchter, der dort stand, holte weit aus und schlug Tom mit voller Wucht auf den Kopf.

Er gab einen dumpfen Laut von sich und starrte sie ungläubig an. Nicht einmal die Hände hob er, um sich zu schützen.

Sylvia schlug ein zweites Mal auf ihn ein und das Blut spritzte in alle Richtungen. Zögerlich ließ sie die Arme sinken und fixierte ihn wie gebannt.

Er wankte, machte einen Schritt nach vorn und blieb wieder stehen.

Neugierig musterte sie sein Gesicht. Es zeigte eine ganze Bandbreite an minimalen Regungen. Sollte sie den Kerzenleuchter ein drittes Mal benutzen? Spontan entschied sie sich dagegen. Jetzt wollte sie sehen, wie er litt und was mit ihm geschah. Wie lange er sich wohl auf den Beinen hielt? Er würde nicht ewig in dieser Position verharren können.

Sylvia bemerkte, wie er versuchte, die Hand auszustrecken und einen weiteren Schritt zu machen, doch knickten seine Knie ein und für einen endlos scheinenden Augenblick wankte er. Sein Körper geriet in eine Schieflage und plötzlich fiel er ungebremst um. Das Geräusch des Aufschlags war ohrenbetäubend und glich einem überlauten Donner.

Zwar registrierte Sylvia den Laut, aber in ihr herrschte auf einmal völlige Stille. Sie wich einige Schritte zurück und erstarrte. Deutlich spürte sie, wie ein tiefer Frieden sie einnahm und Dunkelheit sie beschützend einhüllte. Die Minuten zogen vorüber, wobei sie die Zeit nicht als solche erfasste. Sie befand sich außerhalb der Sphäre.

Nur zögerlich löste sie sich schließlich aus dem Zustand. Ihre Empfindungen waren so allumfassend, dass sie sich nicht so rasch davon trennen wollte. Trotz ihrer

Entrücktheit hörte sie das Knacken ihrer Nackenwirbel, als sie den Kopf drehte. Sie bewegte die Arme, hob hintereinander die Beine hoch, blinzelte den milchigen Film von ihren Pupillen und blickte an sich hinab.

Sie registrierte die roten Flecke auf ihrer schneeweißen Hose, auch ihr silberfarbener Sommerpulli war bespritzt. Der Farbkontrast erregte sie auf seltsame Weise. *Ich sehe aus wie das Gemälde eines Aktionskünstlers.* Sie lächelte. Dabei fühlte sie die Trockenheit ihrer Lippen und glitt mit der Zunge darüber.

Ihr Blick wanderte weiter und blieb an Tom hängen. Als würde sie ihn scannen, betrachtete sie ihn zentimeterweise von den weißen Turnschuhen bis zu seinem Gesicht. Sie registrierte das blutverklebte Haar, den leicht geöffneten Mund und die verdrehten Gliedmaßen. Ähnlich musste wohl ein Maler sein neuestes Gemälde prüfend taxieren, um es für gut oder schlecht zu befinden.

Gespannt wartete sie auf eine Regung in sich. Sollten nicht langsam Entsetzen und Furcht in ihr hochsteigen? Nichts geschah, allein ihr Magen reagierte und schickte Säure durch die Speiseröhre nach oben. Die Übelkeit verging binnen Sekunden. *Panik wäre jetzt angebracht. Oder Trauer. Komm schon, Sylvia, sonst lebst du doch auch in ständiger Angst.* Die Kunst ging ihr nicht mehr aus dem Sinn. *Irgendwie sieht er aus wie eine Skulptur. Er – Tom,* dachte sie und begann leise vor sich hinzusummen: *Tom, mein Retter aus der Not. Der wunderbare Tom. Der mich über alles liebende Tom.*

Jäh überkam Sylvia eine ungeahnte Fröhlichkeit. Der Gedanke, selbst ein Kunstwerk – eine *Skulptur* – erschaffen zu haben, gefiel ihr über alle Maßen. Aber noch war sie nicht zufrieden: Sein linkes Bein war eigentümlich verdreht und passte nicht zum rechten Arm, der zum Teil unter Toms Oberkörper lag.

Die hellen Jeans waren fast sauber geblieben, ganz im Gegensatz zu seinem Shirt und den grauen Fliesen rundherum. Außerdem verteilte sich das Blut großzügig über seine linke Gesichtshälfte. Der Kopf selbst war leicht zur Seite geneigt und sein Schopf stand in die entgegengesetzte Richtung. Mit diesem Ausschnitt war sie durchaus zufrieden. Hier herrschte Symmetrie. *Asymmetrie, die durch ihre Schieflage ein Gleichmaß erhält,* korrigierte sie sich.

Sylvia spitzte die Lippen. Alles in ihr kribbelte.

Kurzentschlossen löste sie sich von ihrem Platz und machte einen Schritt auf Tom zu. Vorsichtig, um nicht in das Blut zu treten, umrundete sie ihn und kniete sich an einer geeigneten Stelle nieder. Mit Zeigefinger und Daumen griff sie nach dem Saum seiner Jeans und zog daran, bis sie sein Bein in eine geeignete Position gebracht hatte. Prüfend betrachtete sie das Resultat, stand auf und sah sich die Veränderung aus der Vogelperspektive an. Dann wiederholte sie den Vorgang mit seinem Arm und begutachtete im Anschluss auch diese Variation.

Mit deinem Tod bestimme ich über dich. Und sieh, wie schön du jetzt bist. Fehlerfrei, dank mir. Im Leben hatte er versucht, sie unter dem Deckmantel seiner Liebe zu lenken. Er war ihrer Spontaneität gekonnt entgegengetreten, hatte auf ihre Suche nach Nähe und Zuneigung reagiert, indem er sie vollends eingenommen hatte. Seine Aussagen klangen in ihrem Ohr: *Du musst auf mich hören. Ich mache alles für dich. Folge meinem Rat. Du brauchst mich.* Die Stimme wurde immer lauter. Panisch riss sie die Hände hoch, vergrub ihr Gesicht in den Handflächen und begann zu weinen. Als sie schließlich die Finger von den Wangen nahm, klebten sie vor Nässe, doch die Quelle war versiegt. Sie wollte nicht mehr weinen, nie wieder. Ihre Mundwinkel zuckten. Sie hatte eine Idee!

Mit einer schwungvollen Bewegung drehte sie sich um, lief in den Vorraum, wo ihre Handtasche stand, und zog ihr Handy heraus. Kurz verharrte sie und überlegte. War es nicht die abschließende Aufgabe eines jeden Künstlers, sein Werk nach Fertigstellung zu signieren? Zielbewusst griff sie noch einmal in die Handtasche und entnahm dem Seitenfach einen kleinen blaugrünen Stein. *Ich habe ein Kunstwerk erschaffen, also darf ich es auch kennzeichnen,* sagte sie sich vor, während sie in den Wohnraum zurückging.

Sorgfältig wischte sie den Edelstein an ihrem Pulli ab, wobei sie darauf achtete, ihn nicht mehr direkt mit den Fingern zu berühren, bis sie ihn neben Toms Kopf gelegt hatte. Dann schaltete sie auf die Kamerafunktion des Handys und begann, ihn zu fotografieren. Mit jedem Druck auf den Auslöser fühlte sie sich freier und eine erwartungsvolle Spannung stieg in ihr auf. Ob die Fotos gut waren?

Als sie ihn schließlich aus jeder möglichen Perspektive aufgenommen hatte, besann sie sich und blickte Tom bewusst an. Sie musste ihre Empfindungen reflektieren. Noch immer kam nichts – keine Wehmut, keine Trauer, auch ihr Gewissen regte sich nicht. Vielmehr verspürte sie Dankbarkeit. Tom hatte sein Leben für ihre Freiheit gegeben, eine größere Form der Liebe konnte es nicht geben. Dabei zählte es nicht, dass er diesen Schritt nicht freiwillig getan hatte.

Als wollte sie Toms Ruhe nicht stören, schlich sie aus dem Wohnzimmer in den Vorraum, nahm ihre Handtasche und öffnete die Eingangstür. Sie trat über die Schwelle hinaus auf den Gang, zog die Tür leise hinter sich zu und stieg die Treppe hinab.

Niemand begegnete ihr, als sie das Wohnhaus verließ und zu ihrem Wagen eilte, der direkt vor dem Gebäude stand. Erst als sie sich auf den Fahrersitz fallen ließ, gewahrte sie ihre Unachtsamkeit. Trotz der vorangeschrittenen Uhrzeit hätte sie jemand sehen können. Der Weg war kurz, doch sowohl im Stiegenhaus als auch auf der Straße war es hell genug, um die verräterischen Spuren an ihr zu entdecken.

Mit einer schnellen Bewegung der Hand wischte sie die Bedenken fort. Es war gut gegangen, das Glück stand auf ihrer Seite. Das nächste Mal würde sie achtsamer vorgehen. *Das nächste Mal?* Der Gedanke irritierte sie, noch mehr, als ihre Nervenenden auf der Stelle erwartungsvoll zu kribbeln begannen. *Ich habe keine Eile. Alles wird genauso geschehen, wie ich es will, sofern ich nicht wieder schwach werde,* dachte sie. Im Augenblick hatte sie sich außerdem wahrlich um andere Dinge zu kümmern. Sie musste ihre Kleidung verschwinden lassen, den Tatort reinigen und die Polizei verständigen – eine schlaflose Nacht und ein arbeitsreicher Vormittag lagen vor ihr.